D1748037

acabus

Alexandra Doerrier

# Die Lukasbrüder

Die Nazarener und die Kunst ihrer Freundschaft

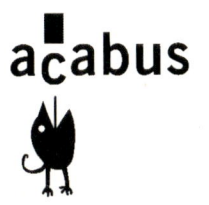

acabus

Doerrier, Alexandra: Die Lukasbrüder. Die Nazarener und die Kunst ihrer Freundschaft, Hamburg, acabus Verlag 2016

Originalausgabe
ISBN: 978-3-86282-402-1

Dieses Buch ist auch als eBook erhältlich und kann über den Handel oder den Verlag bezogen werden.
PDF-eBook: 978-3-86282-404-5
ePub-eBook: 978-3-86282-405-2

Lektorat: Jasmin Meinke, acabus Verlag
Umschlaggestaltung: Marta Czerwinski, acabus Verlag
Umschlagmotiv: Friedrich Overbeck: Italia und Germania,
© bpk / Bayerische Staatsgemäldesammlungen

Bibliografische Information der Deutschen Nationalbibliothek:
Die Deutsche Nationalbibliothek verzeichnet diese Publikation in der Deutschen Nationalbibliografie; detaillierte bibliografische Daten sind im Internet über http://dnb.d-nb.de abrufbar.

Der acabus Verlag ist ein Imprint der Diplomica Verlag GmbH, Hermannstal 119k, 22119 Hamburg.

© acabus Verlag, Hamburg 2016
Alle Rechte vorbehalten.
http://www.acabus-verlag.de
Printed in Europe

*Für die Schwestern der Abtei vom Hl. Kreuz in Herstelle, die mir durch die freundliche Aufnahme in ihrem Kloster das Schreiben dieses Buchs ermöglicht haben.*

„*Es ist eine schöne Sache, einen längst verstorbenen Künstler aus seinen hinterbliebenen Werken sich im Geiste neu zu erschaffen, und aus allen den verschiedenen leuchtenden Strahlen den Brennpunkt zu finden, wohin sie zurückführen, oder vielmehr den himmlischen Stern, von welchem sie ausgingen.*"

*Ludwig Tieck*

# Inhalt

1. Eine neue Schöpfung .......................................................13
2. Die Schwestern des Lazarus ............................................22
3. Christus & Johannes .......................................................37
4. Die Tochter der Gräfin ....................................................51
5. Triest ..............................................................................66
6. Venedig ..........................................................................79
7. Der Märtyrer ..................................................................91
8. Florenz ..........................................................................96
9. Urbino .........................................................................101
10. Assisi ...........................................................................110
11. Rom .............................................................................122
12. Café Greco ..................................................................128
13. Der Vatikan .................................................................135
14. Sankt Isidor ................................................................145
15. Karneval ......................................................................155
16. Das Abendmahl ..........................................................166
17. Die Mahnung ..............................................................180
18. Die Passion .................................................................186
19. Unvollendet ................................................................194
20. Sulamith und Maria ...................................................201
21. Das Hohelied ..............................................................206
22. Vollendet ....................................................................209

Nachwort .........................................................................213

Danksagung .....................................................................215

## 1. Eine neue Schöpfung

Da lag ich nun in meinem Sarg und sollte sterben. Ich musste mich ganz schön krümmen, um hineinzupassen. Sie hatten ihn nicht für mich geschmiedet. Nur Adelige konnten sich Kupfersärge leisten. Ewig halte ich es in dieser Position nicht aus, dachte ich, als meine drei Freunde den Deckel auf den Trog schoben.

Dunkelheit umgab mich. Ich bekam keine Luft. Mit der Hand tastete ich die Innenseite ab und kratzte mit meinem Fingernagel versehentlich über das Metall. Ein Schauer durchlief meinen Körper.

Mein Herz pulsierte. Wie lang es wohl dauert, bis der Sauerstoff verbraucht ist?

Jemand atmete schwer. Der Geist des Adeligen, schoss es mir durch den Kopf. Ich habe ihm die Ruhestätte genommen. Zur Strafe legt er mir jetzt seinen trockenen Leichenstaub auf die Kehle.

Es ist mein Atem, versuchte ich mich zu beruhigen. Einfach liegen bleiben, Hottinger. Es ist bald vorüber.

Aber das Keuchen war so laut, als läge ein Fremder neben mir, der in mein Ohr hauchte. Der Adelige war nur einer von zweitausend Toten, die ich in der Gruft gezählt hatte. Sein entfleischtes Gerippe hatte ich erst am Vortag entsorgt.

Zwei Wochen lang hatte ich mit dem Kirchendiener Stedl morsche Sargbretter gesammelt, Brustkörbe zertrümmert, Beckenknochen raumsparend ineinander gelegt, Wirbel-, Fuß- und Handknochen in Kisten verstaut und Schädel gestapelt. Ein Spaß war das nicht, sondern im wahrsten Sinne des Wortes Knochenarbeit. Aber es musste Platz geschaffen werden für neue Leichen. Gestorben wurde immer, gerade jetzt, da Napoleon Wien besetzt hielt und das Gelbfieber grassierte.

Der Tod mag eine Erlösung sein, dachte ich. Aber das Sterben? Und es kann jedem passieren. Es wird jedem passieren. Vielleicht schon morgen? Oder eben heute. Ganz sicher irgendwann.

Ich schloss meine Lider und sah das Bild meines Vaters vor mir. Ich hielt ihm die Leiter, während er das Blechschild »Jacques Hottinger – Seidenwaren en gros et en détail« über der Ladentür hastig abschraubte. Er warf es zu Boden, trampelte wild fluchend darauf herum und schlug mit einem Hammer auf seinen Namen. Ich stand erschrocken daneben. Drei Generationen war das Geschäft in Familienbesitz und jetzt das. Meine Mutter, die aus der Werkstatt gestürzt war, versuchte, ihn zu beruhigen. Er schubste sie gegen die Tür und verarbeitete anschließend ein Dutzend Webstühle zu Brennholz. Staunend lief ich hinter ihm her. Mutter weinte, Vater schrie.

Noch nie hatte ich ihn so lebendig gesehen.

Vier Wochen später war er tot. Er war abends zu Bett gegangen und morgens einfach nicht mehr aufgestanden. Ich war schockiert. Der Bankrott hatte ihn umgebracht. Oder die viele Arbeit?

»Wer sähet, der erntet«, hörte ich noch seine Stimme. »Belohnt wird nur, wer sich anstrengt im Leben.«

Alles Unfug! Erst arbeitet man sein Leben lang und dann ist man tot! So sieht es aus.

Erschrocken darüber, wie plötzlich man sterben konnte, hatte ich mich in das Wiener Nachtleben gestürzt. Ich war kein frommer Weltentsager wie mein Freund Overbeck.

Gierig nach Leben – das war ich. Oper, Theater, Bankette, Illuminationen, rauschende Bälle. Ich hatte mich so lange auf dem Parkett gedreht, bis ich in den Dekolletés der Damen und im Opiumnebel versunken war. Nachdem mich meine Freunde Vogel und Pforr halb tot aus der Donau gezogen hatten, hatte ich im Spital genug Zeit, über mein Dasein nachzudenken.

Zu viel Arbeit bringt den Tod, zu viel Vergnügen bringt den Tod. Was hat das Leben für einen Sinn?

Ich wusste es nicht. Aber in mir brannte eine unbändige Sehnsucht, es heraus zu finden.

»Sie studieren die Malerei? Zu einem Künstlerleben gehört es wohl, früh das Zeitliche zu segnen?« Das waren die Worte des Doktors, dem ich ein Gemisch aus Absinth und Donauwasser ins Gesicht gespuckt hatte. »Sie sind ja erst einundzwanzig! Haben Sie denn schon ein Werk vollbracht, für das es sich lohnt zu sterben?«

Nein, das hatte ich nicht. Aber die Worte des Doktors arbeiteten in mir und ließen mir keine Ruhe. Sie spukten in meinem Kopf herum und legten sich schließlich um mein suchendes Herz.

Ein Bild, für das es sich lohnt zu sterben!

Diese Worte wurden mir zu Medizin.

Wenn mir das gelänge, dann könnte ich eine Spur in dieser Welt hinterlassen. Dann erinnerte man sich auch noch in zweihundert Jahren an Konrad Hottinger.

Ich fühlte mich sehr schnell genesen und konnte es nicht abwarten, von meinem Krankenbett aufzuspringen. Ich musste weiter zeichnen. Kurz darauf war mir Overbeck in der Kunstakademie begegnet. Er sprach vom mittleren Weg und rechten Maß und von seiner Vision der Urschönheit, die alles weltlich Schöne übertraf. Er suchte nach würdigen Anhängern, ja nach Auserwählten und ich wusste, dass ich einer von ihnen war. Er versprach, uns in das gelobte Land der Kunst zu führen. Nach Italien. Mir war, als flöchte er ein dickes Seil aus seinen Überzeugungen, an dem ich mich bis nach Rom hangeln konnte. Overbeck hielt alles in der Hand, wonach ich mich sehnte. Er fand Antworten auf meine Fragen und gab die Richtung vor. Ich folgte ihm gern.

»Zehn Tage nach meiner Geburt wurde die Bastille gestürmt.« Er pflegte diesen Satz so auszusprechen, als ob es zwischen den beiden Ereignissen irgendeinen Zusammenhang geben müsse. Er hatte nichts Geringeres vor, als die Kunst zu revolutionieren. Er beabsichtigte eine neue christliche Malerei zu schaffen und Geschichte zu schreiben. Die Leichtigkeit der italienischen Renaissance, die er in den Bildern Raffael Santis sah, wollte er mit der deutschen Formstrenge der Dürerzeit verbinden.

Fast drei Jahrhunderte waren seit Raffaels Tod vergangen. Mit ihm war die Schönheit von der Erde verschwunden, denn nach ihm hatte es keinen Maler mehr gegeben, der fähig war, vergleichbare Kunst zu schaffen. Aber jetzt waren wir da! Und plötzlich erkannte ich den Sinn meines Daseins – meine Lebensaufgabe. Wir wollten an Raffaels Schaffen anknüpfen und der Welt ein Gemälde schenken, das zurecht als Kunstwerk bezeichnet werden konnte. Ein Bild zu schöpfen, für das es sich lohnte zu sterben – das war jetzt mein Ziel. Und um das zu erreichen, war ich bereit, Entbehrungen in Kauf zu nehmen. Ich durfte mich nicht länger mit dem Nachtleben betäuben und mich in der Fülle von Möglichkeiten verlieren. Ich musste mich reinigen. Mit dem sinnlosen Vertun meiner Zeit war jetzt ein für alle Mal Schluss! Ich musste wegkommen von allen Ablenkungen und allem Überfluss – hin zur Einfachheit.

Und dieses neue Leben begann jetzt!

Die unbequeme Haltung im Sarg machte meinen Knochen langsam zu schaffen und auch meine Freunde schienen unruhig zu werden. Mit dreifachem Klopfen signalisierte ich, dass ich für meine Auferstehung bereit war. Overbeck, Pforr und Vogel hoben den Sargdeckel und legten ihn zur Seite. Ich schnappte nach Luft. Die Kapuzenschatten der langen, schwarzen Mäntel tanzten im Kerzenschein an der Steindecke, als meine Freunde sich um mich versammelten. Sie hatten ihre Initiation schon hinter sich.

»Heute stirbst du dein altes Leben, Hottinger.« Overbeck beugte sich über mein Gesicht. Im Halbdunkel sah ich nur seine gewaltige Nase und seinen entschlossenen Blick. »Lass alles Selbstgefühl fahren und achte dich als nichts vor der Göttin Kunst. Demütige dein Herz und werde wie ein Kind. Dann wirst du neu geboren als Mitglied des Lukasordens.«

Wie ein Phoenix aus der Asche erhob ich mich und streifte mein altes Leben von mir ab.

»Gelobst du allem Weltlichen zu entsagen und die Kunst als deine Vermählte anzunehmen?«, fragte Overbeck feierlich. Ich hob meine Hand zum Schwur. »Ja, ich gelobe.«

»Dann bist du nun ein Lukasbruder – ein Pilger der Schönheit!«

Pforr und Vogel legten mir meinen Mantel um die Schultern. Mit meinem neuen Kleid gerüstet stieg ich aus dem staubigen Sarg.

Overbeck stellte den Kandelaber, den er in der Hand hielt, auf den Steinboden. Dabei fiel ihm sein kinnlanges Haar ins Gesicht. Seit Monaten hatte er es wachsen lassen, um Raffael ähnlich zu sehen.

»Dein Leben wird künftig von Entbehrung geprägt sein. Zur beständigen Erinnerung an das heutige Gelöbnis nimm diesen Bundesbrief als Zeichen.«

Ich nahm meine Urkunde entgegen, auf die Overbeck unseren neuen Stempel gedruckt hatte. Er zeigte den Evangelist Lukas, Schutzpatron aller Maler, mit einem Stier. Das Symbol des Lukasordens. Dieses Zeichen sollte von nun an die Rückseiten all unserer Gemälde signieren. Der Einzelne zählte nicht, sondern nur noch die Bruderschaft. Als persönliches Geheimzeichen hatte sich jeder von uns ein Signum überlegt, mit dem wir die Vignette verzieren wollten. Außer uns sollte niemand erfahren, wer sich hinter welchem Zeichen verbarg. Mein Signum war von nun an ein Kelch, Overbecks ein Palmenblatt und Vogels eine Gämse. Pforr hatte sich einen Totenschädel mit einem Kreuz darauf und einem flatternden Schmetterling als Zeichen ausgesucht.

Ich legte die Urkunde auf den Sarg, dessen Patina im Kerzenschein hellgrün schimmerte und bildete mit den anderen einen Kreis um den Kandelaber.

Overbeck räusperte sich. »Zur beständigen Erinnerung an den Grundsatz unseres Ordens, die Wahrheit, und an das geleistete Versprechen, dieser lebenslang treu zu bleiben, lasst uns nun das Gelöbnis sprechen!«

Wir reichten uns die Hände und sprachen gemeinsam:

»Wir geloben, die Kunst auf ihre ursprüngliche Bestimmung zurückzuführen und immer tiefer in ihr Geheimnis vorzudringen. Unsere Seelen wollen wir von unreinen Gedanken befreien und uns ganz in die Malerei versenken. Möge der Himmel all unsere Wünsche tilgen, die uns von diesem Ziel abbringen.«

Overbeck zog einen Kelch und ein Messer aus seiner Manteltasche. »Um die Ernsthaftigkeit unseres Anliegens zu besiegeln, lasst uns nun unser Blut als Zeichen der Hingabe darbringen.«

Er reichte mir den Messingkelch und schob seinen Hemdsärmel nach oben.

»Ich gebe dieses Blut für Raffael, mit dessen Tod auch die Schönheit starb.«

Er ritzte mit der Klinge die Haut seines Unterarms auf. Ich hielt das Gefäß so, dass sein Blut hineintropfen konnte.

Dann war ich an der Reihe und Overbeck fing mein Blut auf. Andächtig ging er weiter zu Pforr, der die Klinge blitzschnell über seine Pulsader zog. Einen Moment dachte ich, er würde sich vor unseren Augen selbst töten. Das Blut floss über seine schmale Hand in den Kelch. Vogel verzog sein bleiches Gesicht. Er zögerte einen Moment, als ihm Pforr das verschmierte Messer gab.

»Soll ich es für dich tun?«, fragte Pforr.

Vogel schüttelte heftig den Kopf, kniff die Augen zusammen und führte die Klinge vorsichtig über seine Haut. Gespannt blickten wir auf seinen Unterarm, der so schneeweiß war wie zuvor. Er öffnete die Augen und drückte solange an seiner Haut herum, bis er uns mit einem strahlenden Gesicht seinen herausgequetschten Blutstropfen zeigte. Pforr hielt den Kelch an Vogels Elle, damit der kostbare Lebenssaft sein Ziel nicht verfehlte.

Ich nahm Vogel das Messer aus der Hand und säuberte es mit meinem Schnupftuch.

Overbeck hob den Kelch und damit unser Gemeinschaftsblut mit beiden Händen in die Höhe. »Wollt ihr gegen die Manier der Kaiserlichen Akademie der Künste kämpfen?«

»Ja!«, riefen wir laut.

»Wollt ihr als Lukasbrüder in das Heilige Land der Kunst ziehen?«

»Ja!«

»Wollt ihr in den Tempel der Unsterblichkeit?«

»Ja!«

»Es lebe unsere Bruderschaft! Es lebe Sankt Lukas!« Overbeck senkte seine Arme. »Bringen wir nun unser Opfer dar.«

Er deutete mir, den Kerzenleuchter zu nehmen. Wir wollten unser Blut zu der edelsten und begehrtesten Grabstätte bringen, die unter dem Kirchenaltar der Michaeler Kirche lag.

Ich ging voran. Eine Fledermaus flatterte irritiert vom ungewohnten Licht durch den engen Tunnel. Der Kerzenschein reichte kaum zehn Schritte. In den Nischen der Gänge, an deren Wänden schwere Eisenketten hingen, tauchten immer wieder Skelettteile auf. Totenschädel mit tiefen Augenhöhlen und abgebrochenen Zähnen.

»Ihr habt ganze Arbeit geleistet«, sagte Vogel leise.

Das hatten wir. Ich schämte mich dennoch, dass ich seit dem Tod meines Vaters jede Tätigkeit annehmen musste, um zu überleben. Als Brezeljunge vor der Hofburg zu stehen und von den anderen Kommilitonen aufgezogen zu werden, war schlimmer gewesen. Sie hatten gut lachen. Von ihnen brauchte keiner neben dem Studium zu arbeiten. Hier unten in der Gruft hatte mich wenigstens niemand gesehen. Und zehn Taler Lohn waren für mich dabei herausgesprungen. Mit Gassenlaternen anzünden, Turmuhr aufziehen und Kirche reinigen war nicht so viel Geld zu verdienen, denn auch den Kirchendienern hatte man das Brot geschmälert.

»Sieht aus wie ein alter Weinkeller, in dem menschliche Körper lagern. Nur die Luft hier unten ...«, hörte ich Pforrs Stimme hinter mir.

Als ich mich zu ihm umdrehte, war er gerade dabei, sich einen Totenkopf unter den Mantel zu stecken. Ich überlegte, ob ich etwas sagen sollte, aber es waren ja genug da und so schnell zählte sie sicher keiner wieder.

Wir mussten uns ducken, um durch den Gang in das nächste Gewölbe zu gelangen. Vogel hielt sich seinen Arm vor die Nase.

»Hier riecht es ja wie bei Maurer in der Anatomie.«

»Verwesung!« Ich zuckte mit den Achseln. An diesen Geruch hatte ich mich gewöhnt.

Overbeck sah feierlich auf das Farbkreuz, dass die Kirchendiener an die Decke gepinselt hatten. Genau an dieser Stelle befand sich in der über uns liegenden Kirche der Altar.

»Möge Gott unser Opfer annehmen.« Mit gesenktem Haupt stellte Overbeck den Kelch mit unserem Blut in eine Mauernische. Während er noch Gebete murmelte, schob ich einen Sargdeckel zur Seite, damit ich den anderen die Gräfin zeigen konnte.

»Hilf mir«, bat ich Vogel.

»Eine Mumie?« Vogel wich zurück und stieß gegen einen morschen Nussbaumsarg, der in sich zusammenkrachte. Achtzehn Gulden zahlte man beim Tischler für ein sechs bis sieben Schuh langes Ruhebett dieser Qualität, und dann zerfiel es doch irgendwann.

»Wer ist sie?«, fragte Pforr.

»Eine Gräfin«, flüsterte ich, als ob sie uns hören konnte. »Der Luftzug hat sie ausgetrocknet. Und die Sägespäne unter ihr haben die Leichenflüssigkeit aufgenommen.«

Pforr entfernte mit seinem Mantelärmel eine fingerdicke Schmutzschicht vom Sargdeckel. »Welch schönes Antlitz ist in deinen Staub gemalt?«

Vogel hustete.

Zum Vorschein kam eine Sanduhr. Weiter unten legte Pforr Blumenornamente und eine abgebrochene Lebenskerze frei.

»Lasst uns verschwinden«, bat Vogel. Er nahm mir den Kandelaber aus der Hand und beugte sich über die Tote. Wachs tropfte auf ihr brüchiges Gewand.

»Pass doch auf!«, schimpfte ich und kniete mich neben den Sarg.

Pforr näherte sich dem Gesicht der Toten, berührte es vorsichtig und begann zu dichten:

> »Und einen Leichnam sah ich vor mir liegen
> sein Leichentuch von Todesschweiß betaut.
> Der Schmerz stand noch auf seinen bleichen Zügen
> der Mund geöffnet noch vom letzten Laut.«

»Hast du dich mal wieder verliebt?«, spottete Vogel.

Pforr schlug ihm auf das Schienbein.

»Sie sieht so friedlich aus«, flüsterte Overbeck, der unbemerkt neben mich getreten war und sich über die Tote beugte. »Als ob sie schläft.«

»Der Schlaf jagt uns keinen Schrecken ein«, meinte Vogel und wandte sich schon Richtung Ausgang.

Der Anblick der Gräfin hatte mir die Furcht vor dem Tod genommen. Sie trug ein Rüschenkleid, gewirkte Seidenstrümpfe und fingerlose Handschuhe. Selbst die hohen Absätze ihrer Lederschuhe waren noch gut zu erkennen. Ihr Kopf, den eine Haube bedeckte, war auf ihre linke Schulter gesunken. Nach all den Jahren hier unten in der Gruft hatte sie ihre Grazie nicht verloren. Da war ein Leuchten in ihrem zerfallenen Gesicht, das mir verriet, dass sie selig heimgegangen war nach einer langen Reise.

Die Anmut, die ich trotz der Hinfälligkeit des Fleisches in ihr sah, erschütterte und berührte mich auf gleiche Weise.

Die Schönheit schien mit dem Tod auf rätselhafte Weise verwoben zu sein. Bergen sie vielleicht dasselbe Geheimnis?

## 2. Die Schwestern des Lazarus

Drei Monate nach unserem Gelöbnis geschah etwas, das uns einen Schritt weiter nach Italien, das Land unserer Sehnsucht, bringen sollte.

Ich presste mich an der Kirchenmauer entlang, denn in Wien lief man ständig Gefahr, von einem Fiaker gerädert zu werden. Sechshundertfünfzig an der Zahl standen vom Morgen bis Mitternacht an jeder Ecke bereit. Sie sorgten auch dafür, dass man oft nicht atmen konnte, weil die Luft von dem beißenden Gestank der Pferdeäpfel verpestet war. Vor dem ‚Gasthaus zur Donau' stolperte ich über einen Betrunkenen. Die Beine hatte er bis auf den Fahrweg lang ausgestreckt, sein roter Kopf hing ihm schlaff auf der Brust.

Der Wirt kam heraus und kippte zwei Pferden einen Eimer Wischwasser vor die Hufe. Als er den Mann sah, trat er dem armen Tropf kräftig in die Hüfte. Der gab nur einen grunzenden Laut von sich und kippte zur Seite.

Eingebettet zwischen Kunstakademie und Wohnhäusern lag die Kirche Sankt Anna. Ein Schwall abgestandener Weihrauchluft kam mir entgegen, als ich die schwere Holztür öffnete. Ich wusste, dass ich Overbeck hier finden würde. Entweder steckte er seine Nase in die Bibel oder er saß in seinen langen Mantel gehüllt bei den Katholiken, obwohl er wie ich Protestant war. Ich hatte Angst, dass er eines Tages an der Kirchenbank festwachsen würde, deswegen musste ich ihn ab und zu an der Ferse kitzeln.

Der Kerzenschein hinter dem Milchglas des Beichtstuhls verriet die Umrisse eines gebückten Weibes mit Haube, dessen unverständliches Gemurmel der Priester mit tröstenden Worten wie »Vergebung« und »wir alle sündigen« beantwortete.

Overbeck hatte sich in einer kleinen Seitenkapelle versteckt. Er saß mit angelehntem Oberkörper auf der Bank und starrte auf eine Marienikone, die durch das Flackern des Lichts abwechselnd erleuchtet und wieder verdunkelt wurde.

»Overbeck.«

Er zuckte zusammen. »Guten Morgen, Hottinger, ist es schon soweit?«

»Nein«, log ich. Ich stellte meine Ledertasche auf die Bank und setzte mich neben ihn.

»Nur eine reine Seele kann eine solche Ikone schaffen«, flüsterte er.

Overbeck konnte sich gar nicht sattsehen an diesem Bild. Die Zeit hatte eine bräunliche Schicht auf dem Holz hinterlassen und das Gesicht der Gottesmutter verändert. Es war eine Kopie des Marienbildes, das der Evangelist Lukas selbst gemalt hatte.

»Ich will endlich das Original sehen«, sagte Overbeck.

»Dazu müssen wir nach Rom fahren.«

Er nickte. »Wir müssen frei werden.«

»Frei?« Ich sprach wohl etwas zu laut. Overbeck hielt sich den Finger vor den Mund und sprach gedämpft: »Ich meine, frei von allem. Von allem herkömmlichen Wissen.«

Ich überlegte. Viel Brauchbares hatten wir an der Akademie ohnehin nicht gelernt.

»Wir sollten alles Handeln lassen und einfach nur sein«, erklärte er.

»Oh ja«, schwärmte ich. »Faul in der Sonne liegen und die Beine im Tiber baumeln lassen. Eine schöne Romerin, die uns mit Öl salbt, eine andere, die uns mit Trauben füttert.«

»Hottinger!« Ich hörte die Ernsthaftigkeit seiner Zurechtweisung noch im Nachhallen des Echos. Overbeck senkte die Stimme wieder: »Träum nicht immer von irdischen Damen, schau dir lieber Maria an. Sie entführt dich in eine von aller Zerfahrenheit befreite, vollendete Welt.«

Eine einseitige Wirklichkeit, die mir viel zu eng ist, dachte ich. Die Ruhe, die Maria ausstrahlte, konnte ich aber nicht leugnen.

»Sie trägt Christus in sich«, säuselte Overbeck.
Ich zuckte mit den Achseln. »Sie ist seine Mutter.«
»Achte auf den Hintergrund!«, bat er.
Ich stand auf, nahm die Kerze vom Ständer und beleuchtete das Gemälde. Außer abgeblättertem Gold konnte ich nichts Auffälliges entdecken.
Overbeck erhob sich und blickte mich an, als hätte er auf dem tiefsten Meeresboden einen Schatz geborgen. »Ich habe geheimes Wissen erhalten.«
»Von wem?«
Er schüttelte den Kopf, als dürfte er mir das nicht sagen. Dann blickte er sich um, kam näher und hauchte mir ins Ohr: »Sie ist auf Goldgrund gemalt.«
Ich verstand nicht. Was sollte daran so besonders sein? Es war eine Ikone.
»Auch wir sind auf Goldgrund gemalt«, flüsterte er mit leuchtenden Augen. »Auf diesen Grund müssen wir wieder zurück.«
Ich wusste weder, ob ich da hinwollte oder was ich da sollte, noch wovon Overbeck überhaupt sprach.
»In Maria ist mir die Urschönheit entgegengestrahlt, die Vollkommenheit aller sinnlichen Erkenntnis. Sie ist eine Verkündigung der Hoffnung, die unseren Blick zum letzten Horizont erhebt.«
Overbeck sah sich wieder um, als ob er befürchtete, dass uns jemand belauschte.
»Vor ihr hatte ich meine Vision einer Kunst, die kein Auge je gesehen und kein Herz je ergriffen hat, da sie schöner als alles Gold und Silber, alle Blumen, Wiesen und Wälder, Himmel und Meere sein wird. Sie sprudelt aus der Urschönheit, die die Quelle aller anderen Schönheit ist.«
Ich stellte die Kerze auf den Ständer und nahm meine Ledermappe, während Overbeck weiter schwärmte: »Die Schönheit Marias bildet die Brücke zwischen dem Wahren und dem Guten. Ihre Schönheit ist vollkommen. Siehst du das?«

Ich zog meine Taschenuhr heraus. »Ich sehe, dass wir zu spät kommen.«

Overbeck warf Maria einen letzten Blick zu, wie ein Liebender, den im Moment des Abschieds schon die Sehnsucht packt. Am Ärmel zog ich ihn hinaus.

Ich drückte gegen den Löwenkopf, der als Türklopfer am Portal der Kunstakademie angebracht war und betrat das Atrium. Jeden Morgen wurden wir hier von einer Kopie der Laokoongruppe begrüßt, die uns zeigte, dass die griechische Antike als Norm aller Schönheit zu gelten hatte.

Wir stiegen die mächtige Holztreppe mit geschnitztem Geländer hinauf. Dieser Weg fiel mir von Tag zu Tag schwerer. Immer dieselbe Leier. Morgens in den Antikensaal, dann Stiche kopieren, nachmittags Statuen des Altertums in Ton modellieren und die restliche Zeit im Hörsaal verbringen. Am Anschlag stand, dass heute Professor Füger, der in den Feuilletons als Wiener Kunstpapst gepriesen wurde, über die griechische Mythologie und deren Einfluss auf die Malerei referierte. Abends strömten wir mit bis zu fünfzig Kommilitonen in den Aktsaal, um den Körperbau durchtrainierter Militärs in Anwesenheit zweier Professoren und eines Korrektors zu studieren.

Wenn wir wenigstens mal ein weibliches Modell zeichnen dürften, dachte ich.

Auf dem Weg zum Unterricht kamen wir am Anatomiesaal vorbei. Die Tür stand offen. Professor Maurer war gerade dabei, einen namenlosen Landstreicher, den die Gendarmen tot aufgefunden und der Akademie zur Verfügung gestellt hatten, zu sezieren. Ein Pulk Studenten stand um den Tisch herum und sah gebannt zu, wie der am meisten gehasste Professor genüsslich das Skalpell an einem Arm des Toten ansetzte und die weiße Haut der Länge nach aufschnitt. Da er der Meinung war, dass man einen Menschen nur lebensecht nachbilden konnte, wenn man nicht nur den Knochenbau, sondern auch den Verlauf der Muskeln und Sehnen genauestens kannte, hatte er im

Nebenraum des Anatomiesaals sein Kabinett des Grauens aufgebaut: eine Sammlung von Gläsern, in denen Arme, Beine, Hände, Füße und ganze Köpfe in Essigessenz schwammen.

Als wir den Antikensaal betraten, saßen unsere Freunde mit den anderen Studenten bereits im Kreis vor ihren Staffeleien und zeichneten eine Gipsstatue, die lebensgroß in der Mitte des Raums stand.

»Konrad Hottinger, Friedrich Overbeck, Sie kommen zu spät.«

Professor Caucig zog die Augenbrauen zusammen.

»Entschuldigen Sie, Herr Professor.«

Schnell setzten wir uns nebeneinander an die zwei freien Staffeleien und packten unsere Zeichenblätter aus. Ich spitzte meine abgebrochene Kohle mit dem Messer.

»Es wäre schön, wenn Sie diese Vorbereitungen zu Hause durchführten und Ihre Kommilitonen nicht unnötig störten.«

Widerwillig legte ich das Messer zur Seite.

»Dies ist der junge Horus, den wir Professoren in Gemeinschaftsarbeit aus dem Garten des Palais des Fürsten Wenzel von Paar hierher geschafft haben. Das Original ist aus Carraramarmor und befindet sich in unserer Bibliothek.«

Da stand ein nackter Knabe mit einer albernen Lotusblüte auf dem Kopf, den rechten Zeigefinger hatte er an seinen Mund geführt. Die linke Hand stützte er auf einen Dreifuß, um den sich spiralförmig eine Schlange wand.

»Zunächst müssen wir betrachten, wer Horus war. Wer weiß es?«

Niemand meldete sich. Jeder sah konzentriert auf sein Blatt und hoffte, nicht aufgerufen zu werden. Caucig schüttelte den Kopf und griff nach dem Zeigestock, der auf seinem Pult lag.

»Schon Herodot berichtet im fünften Jahrhundert vor Christus über die Ägypter, die ihrem Gott Osiris zu Ehren ein Fest hielten, bei dem sie einen Stier schlachteten. Während die Haut des Tiers mit Opfergaben gefüllt verbrannt wurde, stimmten die Ägypter in einer Zeremonie Klagelieder an, denn Osiris war von Seth getötet worden.«

Ich gähnte demonstrativ laut. Vogel, der links neben mir saß, grinste. Caucig ging vor uns im Kreis herum und rieb den Zeigestock auf seiner Handinnenfläche. »Die Trauer über den Tod des Gottes schlug bald in Freude über seine Auferstehung um. Seiner Gemahlin Isis, der mächtigsten Gestalt im ägyptischen Pantheon und Herrscherin der Welt, war es nämlich gelungen, die über das Land verteilten Körperteile des Osiris wieder zusammenzusetzen und ihn zu neuem Leben zu erwecken. Daraufhin zeugten sie einen gemeinsamen Sohn – Horus.« Caucig blieb vor Isidor Hagen stehen und klopfte mit seinem Stock zwei Mal fest auf die Staffelei.

Hagen stand auf, ohne seine Kohle aus der Hand zu legen.

»Was bedeutet denn Ihr Taufname?«

Hagen zog die Schultern hoch. »Keine Ahnung, Herr Professor.«

»Warum wissen Sie das nicht? Isi-dor – Geschenk der Gottesmutter Isis. Setzen! Im griechisch-römischen Kult wurde Isis zur Überwinderin des Todes und zur Muttergottheit.«

Caucig ging an sein Pult und hielt einen Druck hoch, der aussah wie eine schlechte Kopie der Marienikone aus Sankt Anna.

»Horus ist weder ewig noch unvergänglich, sondern wird immer wieder neu geboren. Wie es uns vom Christentum her vertraut ist, wird das, was mit dem Tod und der Auferstehung des Osiris gemeint ist, zum Mysterium erklärt und die Osiris-Isis-Geschichte zu einem Geheimkult erhoben, über den eigentlich gar nicht gesprochen werden darf. Deswegen hält unser griechischer Horusknabe, Harpokrates genannt, einen Finger an den Mund, was als ein Hinweis auf die Pflicht des Initiierten gedeutet werden kann, Stillschweigen zu bewahren.«

Ich wünschte, Caucig würde seiner Aufforderung Folge leisten und uns in Ruhe zeichnen lassen. Alte Büsten, anatomische Präparate und Gliederpuppen abzeichnen – das sollte

Kunst sein? Jeder Einzelne musste sich so weit zurücknehmen, dass am Ende fünfzehn Skizzen aus verschiedener Perspektive vor dem Professor lagen, die so aussahen, als seien sie von einem einzigen Maler gezeichnet. Caucig verlangte, dass wir abbildeten ohne hinzuzufügen. So hatte ich mir in den vergangenen Jahren jeden Schnörkel abgewöhnt.

*Zucht zur geordneten Schönheit* nannten es die Professoren. *Sklavenplantage* nannte ich es. Wir waren doch keine Druckerpressen! Dieses stetige Abzeichnen machte mich mürbe. Wo war der Künstler in mir geblieben? Er wurde schleichend abgetötet. Ich entfernte mich so weit von mir selbst, dass ich manchmal das Gefühl hatte, mich von außen zu beobachten. Ich sah die Marionette, die nur noch an Fäden hing und von den Professoren geführt wurde. Ein Puppenhaus war diese Akademie. Ein Tollhaus! Und wie sollte man die Kunst bewerten? Das war absurd. Ich war dem Geschmack der Professoren hilflos ausgeliefert. Ich konnte sie nicht einmal achten. Jede Idee, jedes Leben wurde in dieser Anstalt im Keim erstickt.

Aus mir war ein Gliedermann geworden, so verbogen, wie die Lehrer ihn haben wollten. Gehorsam, pflichtbewusst und meisterhaft im Abzeichnen, aber auch ohne jeden eigenen Esprit.

Widerwillig versuchte ich, die Konturen der Schlange mit der Kohle nachzuziehen, während Professor Caucig mir im Weg stand und mit seinem Zeigestock über Harpokrates' Brust glitt.

»Nur im günstigen Klima kommt die Natur zur Entfaltung aller Schönheit. Unter blauen Himmeln, an warm besonnten Meeresstränden, von weichen Winden gekühlt, kann man die Spur zunehmender Schönheit verfolgen.«

Vielleicht legte Caucig so großen Wert auf antike Schönheit und den reinen Umriss der Figur, weil seine eigene Gestalt eher missraten war. Caucig war klein und gedrungen, sein Hohlkreuz schob seinen dicken Bauch nach vorn, sodass die Goldknöpfe seines Rocks jeden Moment abzuspringen drohten. Seine pludrige Hose, die bis über das Knie reichte, hatte er in weiße Strümpfe gestopft. Wenn man ihn nicht sah, konnte man seine Schnallenschuhe hören, die bei jedem seiner Schritte ein lautes Klacken verursachten. Und wenn man ihn nicht hörte, dann konnte man ihn wittern, denn Caucig hatte einen eigenen Geruch, der wohl von seiner ungewaschenen, silbergrauen Zopfperücke kam. Wenn er den Flur entlangging, zog er diesen Gestank beständig hinter sich her und selbst wenn wir die Fenster nach dem Unterricht schnell aufrissen, dauerte es eine ganze Weile, bis wir wieder atmen konnten.

»Die Spur der Schönheit reicht natürlich nicht bis nach Afrika, denn dieser Kontinent ist dem heißen Scirocco ausgesetzt, der durch seine brennenden Dünste jede Kreatur ermattet. Verständlich, dass die Wiege Homers nur da stehen konnte, wo unter dem ionischen Himmelsblau die höchste Schönheit gedieh. Griechenland war für den Scirocco, der die Luft verfinstert, unerreichbar.«

Ich will Menschen aus Fleisch und Blut zeichnen!, dachte ich. Kranke, Krüppel, Gefallene. Sünder, die sich in Sehnsucht nach dem Guten verzehrten, Gesichter, in denen Gott mit dem Teufel ringt. Ich will mir Schönheit erarbeiten und sie zwischen den Makeln entdecken.

Ich legte ein leeres Zeichenblatt über meinen Horus und zog mit der Kohle Caucigs Silhouette nach, während er weiter philosophierte.

Ich zeichnete seine verkürzten Arme und Beine, die leblos an seinem Körper hingen. Sein Bauch platzte wie eine Kanonenkugel aus dem zu engen Rock. Knöpfe flogen wie Geschosse durch die Luft. Mit seiner Nase, die steil in den Himmel zeigte, sah er auf einmal aus wie ein Schwein. Nur drei Borsten wuchsen ihm aus der Glatze. Caucigs Perücke lag mit abgeschnittenem Zopf am Boden.

Das ist wahre Schönheit!, schrieb ich darüber.

»Die Griechen verfolgten heldenhaft kämpfend die Macht des Guten.« Caucig deutete mit seinem Zeigefinger, der schon in natura wie eine Kochwurst aussah, auf die Statuen im Saal. »Die Götter waren im Kunstwerk zu Menschen geworden, um die Menschen zu den Göttern zu erheben. Mollard, hören Sie auf, mit dem Stuhl zu kippeln!

Achten Sie beim Harpokrates auf die plastische Gestaltung des Gesichts, das nicht nur unnahbare Majestät, sondern auch göttliche Weisheit zeigt.«

Göttliche Weisheit in einem Gipskopf!

Gesichter, die keine Geschichte erzählten, langweilten mich genauso wie die gestählten Adoniskörper, die mich in diesem Saal erdrückten. Der sterbende Sohn der Niobe, den Apollo erschossen hatte, wölbte seine Brust im Todeskampf theatralisch nach oben. Zwischen dem farnesischen Herakles und einer Büste Homers stand ein Hermaphrodit, daneben Nymphen und griechische Jünglinge, Sokrates, der für seine Weisheit starb, eine Furcht einflößende Medusa und Zeus, dessen Kopf ich schon zeichnen konnte, ohne hinzusehen. Wie ich die Antike mit ihrem langweiligen Schönheitsideal satt hatte!

Caucig verschränkte seine Hände auf dem Rücken und ging durch den Zeichensaal geradewegs auf Vogel zu, der sich hinter seiner Staffelei verkrochen hatte und dabei war, in ein Marzipanbrot zu beißen. Schnell steckte er es in seine Rocktasche.

»Was ist das denn für ein kleines Ohr?« Caucig zeigte auf Vogels Zeichnung. »Was wissen Sie über das Ohr?«

Vogel sprang auf, kaute nervös und schluckte. »Das Ohr liegt oberhalb des Halses in der Mitte des Gesichts, wenn es im Profil gesehen wird. Es ist so lang wie die Nase und reicht vom Nasenflügel bis zum oberen Rand des Augenlides. So groß wie das Ohr sind ebenfalls der Teil zwischen Kinn und Nase sowie der Teil zwischen Haaransatz und Augenbrauen und die Strecke zwischen dem Rand der Augenhöhle und dem Ohr. Sie alle machen ein Drittel des …«

»Ein Drittel!«, unterbrach ihn Caucig fast schreiend. »Ihr Ohr macht nicht einmal ein Viertel des Gesichts aus. Setzen!«

Als ihm Caucig den Rücken zugedreht hatte, zog Vogel sein Marzipan wieder aus der Tasche, steckte sich noch ein Stück in den Mund und zerdrückte den Rest auf seinem Zeichenblock. Vogels Vater, erster Zuckerbäcker von Zürich, hatte ihn überhaupt nur nach Wien geschickt, damit er erkundete, welch neumodisches Konfekt auf die Tische der vornehmen Gesellschaft gelangte. So fraß sich Vogel durch sämtliches Zuckerzeug, das in den Auslagefenstern der Konditoreien lag, um Rapport und Kostproben in die Schweiz zu schicken.

»Kommen wir zurück zu den Griechen und dem Begriff der Schönheit. Platon setzt Schönheit mit Harmonie oder Symmetrie gleich. Alles Tun ist für ihn Streben nach der Idee des Schönen.

Wintergerst, die Vertiefung unter der Lippe liegt in der Mitte zwischen Nase und Kinn. Muss ich bei Ihnen noch einmal ganz von vorn beginnen?«

Caucig ging zur Tafel und zeichnete mit der Kreide ein Gesicht.

»Alle legen die Kohle aus der Hand und sehen nach vorn! Das menschliche Gesicht ist ein Quadrat.«

Caucig zog gerade Linien über den Kopf.

»Von einem Ohr zum anderen ist der Abstand genauso groß wie von dem Punkt zwischen den Augenbrauen bis zum Kinn; Strecke AB entspricht der Strecke CD. Was oberhalb und unterhalb dieses Quadrats liegt, ist zusammengenommen ebenfalls ein Quadrat mit derselben Seitenlänge.

Der Abstand vom Kinn bis zur Nase, EF, ist so lang wie die Nase oder die Stirn. Von der Nasenspitze bis unter das Kinn, G bis H, ist es genauso weit, wie von der Nasenspitze bis zum Scheitel, nämlich die Hälfte der Gesamtlänge. Wobei die Strecke IK von den Augenbrauen zum Kinn zwei Drittel ausmacht.« Caucig erklärte und erklärte und malte so viele Buchstaben, dass nichts mehr von dem Gesicht zu erkennen war. Ich faltete das Blatt mit seiner Karikatur zusammen und steckte es in meine Ledertasche.

»Dem wievielten Teil des Kopfes entsprechen dann N, M, O, P, Q und R, Hottinger?«

Ich stand zögernd auf.

»Ich weiß es nicht. Und ich verstehe nicht, warum wir aus dem Gesicht eine mathematische Formel machen müssen.«

»Dann werde ich es Ihnen erklären.« Caucig legte betont langsam die Kreide auf den Tisch.

»Mathematik ist die Grundlage der Malerei und auch jedes anderen Geschäfts. Sie wollen doch nicht mal so enden wie Ihr Vater, Hottinger?«

Als wäre der Bankrott nicht genug Schande für unsere Familie gewesen. Ich nahm die Zigarrenschachtel, die mein Vater mir geschenkt hatte, in die Hand. Ich verspürte große Lust, sie Caucig mitsamt den Zeichenutensilien, die ich darin verstaut hatte, an den Kopf zu schmettern. Stattdessen sank ich auf meinen Stuhl.

Caucig zeichnete seinem Quadratkopf an der Tafel noch einen Hals und zog dicke, weiße Linien unter Kinn und Kehle. Overbeck streckte seinen Arm lang aus und reichte mir ein Blatt Papier. Es war die Skizze für ein neues Bild, von dem er mir erzählt hatte. Sie stellte die Erweckung des Lazarus dar.

Jesus stand im weißen Gewand in der Mitte der Szene, umringt von einer knienden, betenden und staunenden Menschenschar. Alle blickten auf Lazarus, der von Jesus zu neuem Leben erweckt worden war und als Mumie aus seiner Gruft stieg. Die Grabplatte lehnte an einem Felsen. Overbeck hatte sich zur Rechten Jesu als Johannes mit Heiligenschein dargestellt. Das passte. Unter die Zeichnung hatte er geschrieben:

‚Jesus schrie: Lazarus, komm heraus!'

In verschnörkelter Schrift, die ich nicht lesen konnte, stand etwas ganz klein darunter. Ich deutete auf den Text und zog fragend die Schultern hoch.

Overbeck flüsterte: »Am Tag der Auferstehung wird eine neue Schöpfung geboren.«

»Was meinst du …«

»Hottinger!«, unterbrach mich Caucig.

Ich verschwand hinter meiner Staffelei und musste grinsen, als ich mein Gesicht in einem Jünger zur Linken Jesu erkannte. Overbeck hatte mich vorher um Erlaubnis gebeten, mein Porträt verwenden zu dürfen.

Am besten gefiel mir Pforr, der in das offene Grab starrte und von Maria und Magda, den schönen Schwestern des Lazarus, umgeben war. Leider hatte Overbeck die Damen nur von hinten gezeichnet.

Ich legte meinen Daumen auf den Text, der mir zu fromm war, und deckte mit meiner Hand die Christusfigur ab, die mir allzu statisch erschien. Ungewollt bildeten mein Zeigefinger und mein Daumen ein L – wie Lukasbrüder. Und eingeschlossen in dieses L blieb eine harmonische Dreieckskomposition. Pforr und die zwei Schwestern, die sich liebevoll umarmten.

»Prachtweiber«, sagte ich und zeigte Overbeck das L meiner Finger.

»Hottinger, lassen Sie die albernen Gebärden!«, zischte Professor Caucig mir zu.

Schnell versteckte ich mich wieder hinter meinen Blättern.

Vor meinem inneren Auge wurde Overbecks Zeichnung lebendig und schillerte schon in reinstem Purpur, Zinnoberrot und Ultramarin.

Ich erschrak, als Caucig plötzlich neben mir stand und mir das Papier wegriss.

»Was haben wir denn da? Weilt da etwa schon ein großer Künstler unter uns?«

Ich sah hilflos zu Overbeck, der aufsprang. »Es ist meine Zeichnung.«

»Sind Sie meines Unterrichts überdrüssig?«, wollte Caucig wissen und wehrte Overbeck ab, der mit den Armen nach der Skizze fuchtelte. Caucig wanderte einmal im Kreis, die Zeichnung hochhaltend, damit sie jeder sehen konnte.

»Seit vier Jahren zeichnen wir nichts anderes als Skelette und Gipsköpfe«, beschwerte sich Overbeck.

»Weil Sie die Bestandteile der menschlichen Figur erst einmal von innen heraus kennenlernen müssen«, erklärte Caucig. »Damit Sie sich nicht von den dunklen Träumen der Empfindung leiten lassen.«

»Dunkle Träume?« Overbeck verzog sein Gesicht. »Ich will nur endlich meine eigenen Werke schaffen.«

»Und dann zeichnen Sie einen Haufen Krüppel, die ein Gespenst betrachten?«

Einige Studenten lachten.

»Das ist Lazarus!«, protestierte Overbeck.

Caucig wies ihn an, wieder Platz zu nehmen.

»Nur wer die Fundamentalgesetze der Anatomie wirklich beherrscht, kann zur künstlerischen Vollendung finden.«

Overbeck setzte sich wieder auf seinen Stuhl.

»Was ist denn das für ein Kopf?«, fragte Caucig, als würde er mit einem kleinen Kind sprechen. Er nahm ein Stück Kohle und kritzelte an Lazarus herum.

»Er trägt ein Schweißtuch«, erklärte Overbeck.

»Und die Gewänder und Proportionen? Mir scheint, als würde kein rechter Meister aus Ihnen werden.« Caucig kürzte eines der Gewänder. Ich spürte, wie die Wut in mir hochstieg. Overbeck beherrschte die Perspektive und den Faltenwurf wie kein anderer.

»Ich habe Christus absichtlich etwas größer gezeichnet, um seine Wichtigkeit hervorzuheben«, sagte Overbeck ruhig und wickelte seinen Kohlestift in Papier.

Was hat er vor?, fragte ich mich.

»Der sieht schon selbst aus wie Jesus mit seinen langen Haaren«, hörte ich einen Kommilitonen tuscheln.

»Nazarener«, spottete ein anderer.

Overbeck musste es auch gehört haben.

»Woher kommen nur diese Träumereien?« Caucig schlug auf das Zeichenblatt. »Der aufgeklärte Mensch sollte sich an einem Ideal orientieren. Er braucht keinen Gott!« Er zerknüllte Overbecks Zeichnung in seinen Händen.

Overbeck stand auf. »Die Kunst ist eine Harfe Davids, auf der man Psalmen ertönen lassen sollte zum Lob des Herrn.«

Das Lachen meiner Mitstudenten klang wie Spott in meinen Ohren. Auch wenn mir Overbecks Heiligkeit manchmal auf die Nerven ging, wusste ich doch, dass sein Glaube für ihn Halt und Stütze war.

Overbeck nahm seine Zeichenblätter und ging in Richtung Ausgang.

»Wo wollen Sie hin?« Caucig stemmte eine Faust in die Hüfte.

»Ich bin es leid, dass Sie meine Seele zu Boden drücken und jedes höhere Gefühl für die Kunst in mir abtöten«, sagte Overbeck aufgebracht und hatte schon die Klinke in der Hand.

Caucigs dickes Gesicht wurde puterrot. Er warf die zerknüllte Zeichnung auf den Boden. »Sie bleiben hier. Das werde ich Ihrem Vater melden.«

Overbeck stoppte einen Moment, während ihm die anderen Kommilitonen mit offenem Mund nachstarrten. Pforr stand auf, ging auf Caucig zu, bückte sich und hob das Papierknäuel auf.

»Ignorant«, raunte er und ging zur Tür.

Vogel raffte seine Sachen zusammen, stopfte sich das restliche Marzipan in den Hals und folgte ihnen.

Ich legte ganz gemächlich den Kohlestift in die Zigarrenschachtel, klemmte mir meine Zeichenmappe unter den Arm und ging in die Mitte des Saals. »Sie haben recht, Herr Professor. Wir brauchen keine Götter mehr.«

Ich versetzte Horus einen kräftigen Stoß. Die Gipsstatue kippte vom Sockel und landete mit einem lauten Krachen am Boden. Horus' Arm lag abgebrochen daneben. Ein erschrockenes Raunen ging durch die Klasse.

Caucigs Gesicht färbte sich von Rot zu Blauviolett. Er hielt sich sein Herz und schrie: »Ich werde Sie ausschließen lassen von der Akademie.«

»Arrivederci!«, antwortete ich lächelnd. Der konnte mir nicht mehr drohen.

35

»Exmatrikuliert – Sie alle!«, bölkte Caucig.

Ich blickte noch einmal auf die Statue. Was für eine Befreiung!

Ich fürchtete mich nicht davor, die Akademie zu verlassen. Hier konnten wir nicht weiterkommen. Auch wenn ich in diesem Moment noch nicht wusste, wohin es gehen sollte, spürte ich eine innere Sicherheit, dass wir uns auf dem richtigen Weg befanden.

Ich ging zur Tür, öffnete sie und folgte meinen Freunden auf den Flur.

Pforr versuchte mit einem Gummielastikum Caucigs Striche von der Lazarus-Skizze zu entfernen und Vogel legte den Arm um Overbeck, als sie die Stufen hinunterschritten. Ich schwang mich auf das Treppengeländer und rutschte pfeifend herunter.

Unten angekommen zeigte ich mit dem Finger auf meine Freunde. »Exmatrikuliert – Sie alle!«, wiederholte ich Caucigs Worte.

»Was machen wir jetzt?«, fragte Vogel und blickte stirnrunzelnd zu Overbeck.

»Auf nach Rom!«, rief dieser begeistert.

Vogel sah mich verdutzt an.

»Auf nach Rom«, antwortete Pforr und gab Overbeck seine Zeichnung zurück. Vogel bot mir seine vom Marzipanbrot klebrige Hand an. Ich zögerte. Wie sollte ich die Reise bezahlen? Er nickte mir zu und drehte seinen Handrücken nach oben. Ich legte meine Hand auf seine und wusste in diesem Moment, dass ich mir mit Vogel als Freund und Reisegefährten über Geld keine Gedanken zu machen brauchte. Die anderen beiden folgten unserem Beispiel, und wir alle wiederholten gemeinsam:

»Auf nach Rom!«

## 3. Christus & Johannes

Ich spürte die Sehnsucht nach dem sonnigen Süden mehr denn je – jetzt, da unser Traum so greifbar nahe schien. Der Tempel der Unsterblichkeit musste in Rom zu finden sein. Der Tiber der zu ihm führte, hatte in meiner Vorstellung eine goldgelbe Farbe. Diesen Ort zu erreichen rechtfertigte jede Anstrengung und Gefahr und eine lange, holprige Kutschfahrt.

Bevor es losgehen konnte, hieß es einen Bettelbrief an Vogels Vater – meinen Gönner – zu schreiben. Reisekisten mussten gepackt werden, Staffeleien, Pigmente, Leinwände und fertiggestellte Bilder zur Poststation gebracht, Reisekarten studiert, eine Kutsche geordert und tröstende Worte für meine Mutter gefunden werden. Außerdem ließen wir es uns nicht nehmen, nachts gegen das Portal der Kunstakademie zu pinkeln.

Vier Wochen nach unserem Rauswurf war es soweit. Endlich konnten wir unser Gelübde in die Tat umsetzen. In der Morgendämmerung schleppten Overbeck, Pforr, Vogel und ich unsere schweren Schrankkoffer durch den Regen zum Wagen mit den angespannten Gäulen. Der Kutscher versuchte einen Hund zu verscheuchen, der die Pferde ankläffte. Bis Graz könnte er uns bringen, hatte er angeboten. Dort mussten wir uns für die nächste Etappe aber einen neuen Fuhrmann suchen.

Der Zeitungsjunge winkte traurig, als wüsste er, dass es ein Abschied für immer war. Die ersten Handwerker waren auch schon auf den Beinen, als unsere Kutsche klappernd losrollte. Steindecker, Hafnermeister, Bierbrauer. Gewerbetreibende bauten ihre Marktstände auf und wir verließen Wien durch das geöffnete Stadttor.

Auf dem Wienerberg bollerte ich mit meiner Faust gegen das Dach des Wagens. »Halten Sie einen Moment«, bat ich.

Der Kutscher stoppte neben der Spinnerin am Kreuz, einer gotischen Steinsäule, die die äußerste Grenze der Stadt markierte. Weil wir nicht nass werden wollten, blieben wir im Wagen sitzen. Ich machte die Klappe vor dem kleinen Fenster auf und blickte ein letztes Mal auf Wien.

Ein bisschen wehmütig war mir jetzt schon zumute. Ich fragte mich, ob ich meine Schwestern und meine Mutter jemals wiedersehen würde. Erst war Vater gegangen und jetzt ließ ich sie auch noch im Stich.

»Ich bin nie warm geworden mit den Wienern«, bekundete Overbeck und sah nur kurz aus dem Fenster. »Lebenshungrig suchen sie sich an jeder Art von Vergnügen zu ergötzen, sei es eine militärische Parade oder ein kirchliches Fest. Wie oft habe ich zu Gott gebetet, er möge mich vor diesem Strudel des Leichtsinns und des Überschwalls bewahren. Statt in den Kaffeehäusern die Zeit zu vertrödeln …«

»Ich bin auch Wiener«, unterbrach ich ihn etwas beleidigt.

»Du bist Schweizer«, protestierte Vogel.

Nur weil meine Eltern aus Zürich kommen?, dachte ich. Ich empfand Wien als meine Heimat. Hier war ich geboren und eine andere Stadt hatte ich nie gesehen. Ich war überhaupt noch nie weiter als ein paar Meilen außerhalb der Stadtmauer gewesen. Es war an der Zeit, das zu ändern.

Overbeck kramte ein Tintenfass aus seiner Wandertasche und drückte es mir in die Hand. Ich schraubte vorsichtig den Deckel ab. »Fünfzehnter Mai 1810!« Overbeck blätterte in seinem Tagebuch und tauchte seine Feder in die Tinte. »Dieses Datum muss ich festhalten.«

»Meinst du, wir werden zurückkehren?«, überlegte ich laut.

»Ich hoffe nicht«, erwiderte er, ohne aufzublicken.

Pforr sah auf der anderen Seite hinaus, dahin, wo der Galgen stand. »Ob man in Rom auch bei den Hinrichtungen zusehen kann?«, wollte er wissen.

»Hängt einer?« Vogel, der neben mir und gegenüber von Pforr saß, machte einen langen Hals.

»Einer?« Pforr zeigte auf die Bäume neben dem Galgen, in denen die Überreste halbverwester Räuber baumelten.

Overbeck lehnte sich über Pforr, hielt seine Feder hoch und klappte mit der anderen Hand das Fenster zu.

»Wir sollten uns mit solch hässlichen Dingen nicht mehr befassen. Wir müssen uns bewahren, vor dem oberflächlich Schönen, vor dem Hübschen. Und noch mehr müssen wir uns von allem Hässlichen fernhalten. Das Böse beschmutzt unsere Seelen.«

Das Hässliche ist das Böse?, dachte ich. Macht Overbeck es sich da nicht etwas einfach? Gibt er jetzt vor, was schön ist?

Ich lehnte mich über Vogel, um das Fenster wieder zu öffnen.

Overbeck blieb schweigend sitzen, sein Rücken norddeutsch gerade wie der Masten eines Seglers auf der Trave. Manchmal wollte ich ihn schütteln oder kneifen, nur um ihm ein überraschendes Gefühl zu entlocken. Eine kleine Unachtsamkeit, die ihn für einen Moment seine anerzogene Korrektheit vergessen ließ.

»Wegen der Luft«, rechtfertigte ich mich.

Pforr linste noch einmal zum Galgen. »Meinst du, dass es so viel Schlechtes auf der Welt gibt, weil die Urschönheit mit Raffael gestorben ist?«

»Sie ist nicht gestorben.« Overbeck schrieb etwas in sein Tagebuch und wedelte es hin und her, damit die Tinte schneller trocknete. »Die Urschönheit ist etwas beständig Seiendes. Sie kann nicht vergehen. Sie hat auch keine zeitliche Einschränkung. Sie dauert ewiglich. Sie ist nur verschüttet und muss wie die antiken Tempel in Rom wieder ausgegraben werden.«

»Und wir sind berufen, sie wiederzufinden.« Pforr hob stolz den Kopf.

»Genau.« Overbeck nickte. »Die Urschönheit, ja allein das Wissen um sie, kann die Welt retten. Sie ist der Glanz der Wahrheit.«

Ich sah Overbeck fragend an.

»Die Urschönheit ist in die Seele der Menschen gepflanzt«, versicherte er und klappte sein Tagebuch zu. »Wenn wir sie erkennen, wird sich unser Miteinander wandeln. Wir werden alle zu Brüdern werden.«

»Endlich bin ich nicht mehr allein«, seufzte Pforr. »Könnt ihr euch vorstellen, wie einsam man ist, wenn Vater, Mutter und Bruder kurz hintereinander versterben?«

Vogel beugte sich nach vorn und schlug Pforr, dem fast die Tränen in den Augen standen, aufmunternd gegen die Schulter. »Jetzt hast du uns.«

»Ja«, lächelte Pforr. »Und wir gehen gemeinsam unserem Ziel entgegen. War ich jemals so glücklich?«

»Wir werden noch in Matsch und Pferdekot stecken bleiben«, drängte der Kutscher, dem das Wasser den Nacken herunterlief. Overbeck hob seine Hand und gab ihm ein Zeichen, die Pferde anzutreiben.

Der starke Regen begleitete uns den ganzen Weg über bis Neunkirchen und Schottwein, wo ein Pass Österreich von der Steiermark trennte. An waldigen Höhen, Feldern und Wiesen vorbei gelangten wir am Abend bis Krieglach, einem unfreundlichen Dorf, wo wir uns in der Schänke an einem Stück Bockfleisch sättigten.

Erst am dritten Tag klarte der Himmel endlich auf. In Bruck an der Mur beschlossen wir, den Weg zu Fuß fortzusetzen und ließen den Kutscher im Wagen bis Peggau vorfahren.

»Gibt es hier Nattern?«, fragte Vogel und bog suchend mit seinem Stiefel ein paar Grashalme um.

»Nicht nur Nattern«, antwortete Pforr, »auch Luchse und Wölfe. Sogar Bären. Die hört man aber nur brummen, man sieht sie selten.«

Vogel trampelte das Gras platt. »Wir müssen laut sprechen, dann vertreiben wir alles Getier.«

Wir waren keine zweihundert Schritte gegangen, als uns eine Herde wilder Stiere den Weg versperrte.

Vogel ist schuld, dachte ich. Seine ängstlichen Gedanken haben sie angelockt.

Pforr nahm vorsichtig seine Wandertasche vom Rücken und holte seine Pistole heraus. »Aus rotglühenden Augen starren die scheußlichen Bestien die Ritter an«, kommentierte er das Geschehen. »Das schwarze Haar mit Strichen von Schlamm überzogen, sind sie zum Kampf bereit.«

Ich wich zurück, denn ich wusste von ihrer Stärke und dass sie bei schlechter Laune, gerade jetzt im Frühsommer, ihren Feind im Anlauf niederrannten und mit ihren dicken Beinen in die Erde stampften. Ein finsterer Geselle scharrte schon mit den Hufen und schnaubte aus seinen weiten Nüstern.

Tot stellen, weglaufen oder dem Feind eine Kugel in den Kopf jagen?

Vogel schritt mutig auf die Burschen los. »Hey, ho«, rief er und schlug sogar einem Vieh auf den Hintern.

Pforr steckte die Pistole zurück und berichtete feierlich: »Der tapfere Ritter Vogel stellt sich schützend vor seine Kameraden und in einer Entfernung von zwanzig Schritt weicht der Feind mit scheppernder Glocke zurück.«

»Es sind doch nur Kühe«, lachte Vogel, der in seiner Kindheit mehr Zeit in den Bergen als in Zürich verbracht hatte.

Ich nahm einen Schluck aus meiner Trinkflasche und spuckte es gleich wieder aus. Das Wasser war schon warm geworden. »Wartet einen Moment«, bat ich und zog meine Stiefel und Strümpfe aus. Ich krempelte meine Hose hoch und bahnte mir einen Weg durch die Brennnesseln bis zum Ufer der Mur, in die ich den abgestandenen Rest aus meiner Flasche kippte. Als ich sie in den Fluss tauchte, füllte sie sich glucksend.

Eine Ente, die sich rückwärts an mir vorbeitreiben ließ, erschrak, als neben ihr eine andere Trinkflasche in den Fluss plumpste.

»Füll meine auch auf!«, befahl Overbeck.

»Seht mal da vorn.« Pforr zeigte auf eine kleine Holzkapelle, hoch oben am Felsen. »Meint ihr, wir kommen da hin?«

»Da oben kreisen die Geier.« Vogel hielt sich die Hand an die Stirn, um nicht von der Sonne geblendet zu werden. »Könnten auch Adler sein.«

»Auf geht es!« Ich warf Overbeck seine gefüllte Flasche zu, angelte einen Stock vom Uferrand und schlug auf die Brennnesseln ein.

Im Gänsemarsch gingen wir durch das hohe Gras an der Mur entlang, wanderten an einer Mühle vorbei und kletterten den baumbewachsenen Berg hinauf. Der Anstieg zur Kapelle war beschwerlicher als wir gedacht hatten. Kleine Wasserfälle rannen über den Fels und immer wieder lösten sich Gesteinsbrocken, die unter unseren Tritten abrollten. Pforr zerrte ein Federvieh aus einer Felsspalte und hielt seine Trophäe stolz in die Höhe.

»Ich habe einen Adler gefunden.«

Die Federn klebten am Kopf des Tiers und die Augen waren zu zwei schwarzen Höhlen eingetrocknet. Grün schimmernde Fliegen tummelten sich auf dem Kadaver.

»Der stinkt schon.« Vogel drehte sich angeekelt weg.

Als wir auf der Höhe der Kapelle angelangt waren, musterte Overbeck das tote Tier. »Der Adler blickt beim Auffliegen direkt in die Sonne. Er ist ein Symbol für das Überwinden des Irdischen und die Erlösung der Seele.«

»Meinst du, es ist ein Zeichen, dass ich ihn gefunden habe?« Pforrs Frage kam zögerlich, als ob er eine falsche Antwort fürchtete. Overbeck nickte zustimmend. »Der Adler stößt sein Junges aus dem Nest und beobachtet das Kleine im Fallen. Wenn das Jungtier es nicht schafft allein zu fliegen und unbeholfen in der Luft purzelt, dann kommt der Vater angeschossen und fängt es mit seinen Schwingen auf.«

Ich stützte mich auf meinen Wanderstab und fragte mich, ob das wirklich stimmte oder ob das so eine christliche Mär war.

Pforr kramte sein Messer aus der Wandertasche. »Eine tröstliche Vorstellung, gerade jetzt auf unserem Weg ins Ungewisse«, meinte er und schnitt dem Adler den Kopf ab. Den Körper schleuderte er den Abhang hinunter und für einen Moment sah es so aus, als ob er fliegen konnte.

Pforr spülte den ekligen Schädel mit Wasser aus seiner Flasche und wickelte ihn in sein Taschentuch. »Den muss ich malen.«

»Gleich haben wir es geschafft!«, Overbeck ging auf eine ziemlich marode aussehende Brücke zu, die die Schlucht überspannte. Vogel blieb stehen. »Da gehe ich nicht rüber.«

»Anders kommen wir nicht hin.« Overbeck setzte vorsichtig einen Fuß vor den anderen. »Kommt, die Brücke ist stabiler als sie aussieht.«

Pforr und ich folgten und Vogel kam, immer wieder in den Abgrund schauend, zögerlich hinterher. In der Tiefe rauschte ein Gebirgsbach und Vogel sprach von seinen armen Eltern, die ihren einzigen Sohn wohl nicht lebend wiedersehen sollten. Schritt für Schritt quälte er sich voran und erreichte leichenblass das andere Ufer.

Die Kapelle war eine einfache Holzhütte, die jemand aus Baumstämmen gezimmert hatte. Die Ritzen waren mit Moos verstopft. Im Innern gab es nichts Besonderes, nur eine kleine Bank und eine Christusfigur aus Holz.

Ein starr blickender Jesus saß neben einer Frau, die ihr Haupt an seine Brust schmiegte. Um die beiden Figuren war ein Tuch geschnitzt, das rot angemalt worden war. Über der Statue hatte jemand ein Blumengesteck auf das Holzsims gestellt, wo die roten Rosen nun vor sich hinwelkten. Eine Blume hatte sich gelöst und war hinabgeglitten. Sie lag genau zwischen Christus und der Frau. Ich wollte sie entfernen und wieder an ihren alten Platz zurückstecken.

»Lass sie liegen«, rief Overbeck. »Bekränzt war jedes Gottesbild und wirklich war mir's, als ob die Menschheit auf der Wandrung wäre, wallfahrend nach dem Himmelreich.«

»Schiller?«, überlegte ich.

Overbeck nickte bestätigend, nahm sein Portefeuille und seinen Kohlestift, setzte sich auf die Bank und begann die Umrisse der Skulptur auf dem Papier festzuhalten. Pforr quetschte sich daneben.

Das Wetter war zu schön, um die Zeit in einer Kirche zu verbringen, also streckten Vogel und ich uns ins Gras.

»Die Landschaft erinnert mich an den Rigi.« Vogel zeigte auf die weißen Spitzen der Kärntner Alpen. »Wenn ich auf einen Gipfel kraxle und das Kreuz berühre, dann zweifle ich nicht an Gott. Dann muss ich laut jodeln vor Freude. Daheim kenne ich jeden Weg und Steg bis hinauf zur Kulm. Da würde ich gern mal mit dir wandern und zeichnen.«

»Planst du nicht, für immer in Rom zu bleiben?«, wollte ich wissen.

»Und du?« Vogel sah mich an.

»Ich lass mich dahin treiben, wo der Wind mich hin pustet.«

Vogel begann die Berge zu zeichnen. »In Dresden soll es einen Künstler geben, der religiöse Landschaften malt.«

Religiöse Landschaften? Was soll das denn bedeuten?

Vogel zeigte auf das Gebirge. »Der Schnee sieht aus wie Sahnehäubchen, die jemand behutsam auf den gezackten Felsen verteilt hat.« Ich nickte nur und packte mein Zeichenpapier aus.

»Zeichnest du auch die Berge?« Vogel sah auf mein Blatt.

»Ich zeichne lieber dich«, erwiderte ich und betrachtete ihn von der Seite.

Vogel blinzelte, weil die Mittagssonne ihn blendete. Ich beneidete ihn um seine hohe Stirn, denn seine Geheimratsecken ließen ihn etwas älter als einundzwanzig erscheinen. Sein rotblonder, flaumiger Backenbart legte sich um seinen Mund. Das weiße Halstuch hatte er so fest geknotet, dass ich schon beim Anblick Atemnot bekam.

Vogel sah mich an: »Findest du nicht auch, dass die Wolken so leicht wie Baiser aussehen?«

»Kann sein«, antwortete ich, ohne meinen Blick von Vogel abzuwenden.

»Mein Vater denkt immer noch, dass einmal ein Zuckerbäcker aus mir wird.« Offenbar erwartete Vogel eine Antwort von mir.

Er seufzte. »Ich will jetzt gar nicht über meine Zukunft nachdenken, sondern einfach mal die Reise genießen.«

»Das versuch mal«, antwortete ich.

Plötzlich legte Vogel seinen Finger an die Lippen und deutete auf eine Felskante. Es dauerte einen Moment, bis ich sie entdeckte. Eine Gämse! Vogels Signum.

»Die muss ich zeichnen«, flüsterte er aufgeregt.

Noch bevor Vogel die Kohle angesetzt hatte, sprang die Gämse schon vergnügt davon.

»Gottverdammt!«, Vogel warf die Kohle weg.

»Du bewegst dich zu viel!«, beschwerte ich mich. »Wie soll ich dich da zeichnen?« Ich gab es auf und stopfte meine Blätter in den Rucksack. Stattdessen zog ich mein Messer aus der Manteltasche und begann, die Rinde von einem Stock zu schaben, der im Gras gelegen hatte, um einen Speer aus ihm zu schnitzen.

»Hottinger, glaubst du, dass ich genug Talent habe, um ein guter Maler zu werden?«

Ich zögerte. »Wenn du beharrlich bleibst ...« Vogel ließ mich meinen Satz nicht zu Ende sprechen, als hätte er Angst vor seiner Endgültigkeit. »Rein finanziell gesehen wäre es sinnvoller, die Zuckerbäckerei meines Vaters zu übernehmen«, unterbrach er mich. »Es hat uns nie an etwas gemangelt und ich will auch einmal so im Ansehen stehen wie mein Vater. Er ist jetzt Ratsherr.«

Na großartig, dachte ich. Irgendwann wird er sich für ein bürgerliches Leben entscheiden. Heiraten, Kinder zeugen und zack sitzt er in der Falle. Dann ist unsere schöne Wanderzeit vorbei.

»Den Sack voller Taler oder die Freiheit. Beides gibt es nicht.« Ich prüfte die Spitze meines Speeres mit dem Finger.

Sie war noch nicht scharf genug. »Als Konditor würdest du morgen Abend nicht in Graz sein, in vier Tagen in Triest, in sechs Wochen in Rom, sondern in Zürich in der Backstube stehen und Schweine aus Marzipan formen. An deinem Rock hingen klebrige Kinderhände und deine Frau …«

Vogel stieß einen tiefen Seufzer aus.

»Das wäre schön.«

Ich wusste es. Irgendwann schnappt die Falle zu.

Mein Speer war jetzt spitz genug. Ich klappte mein Taschenmesser zusammen und stand auf.

Zurück in der Kapelle ging ich geradewegs auf die Holzskulptur zu. Ich tat so, als würde ich mit meinem Speer einen Fechtkampf mit Jesus ausführen und pikste dem Heiland ins Auge.

»Geh weg, Hottinger«, mahnte Pforr.

Ich stellte mich neben Overbeck und sah auf seine Zeichnung. »Wollen wir nicht endlich essen?«, bat ich.

»Gleich«, entgegnete Overbeck.

»Wer ist denn das Mädchen, das Jesus die Hand reicht?« Ich tippte auf Overbecks Zeichnung.

»Das ist kein Mädchen«, protestierte Overbeck. »Das ist Johannes. Der Jünger, der während des Abendmahls an der Brust von Jesus liegt.«

»Der Jünger, den Jesus liebt. Es ist ein Johannesminne«, mischte Pforr sich ein.

»Aha«, meinte ich trocken. Wie ein Liebender sah der Holzchristus nicht gerade aus.

»Die Figuren schlummerten vielleicht schon Jahrhunderte in dem Baum«, erklärte Overbeck begeistert. »Der Holzschnitzer hat einfach die wesentlichen Dinge herausgeschält. Das Hohelied und die Passion.«

Ich beäugte die Skulptur. Ich erkannte eine seltsame Ruhe in dieser innigen Körperhaltung. Eine Vollkommenheit. Die Hand des Jüngers lag fast zärtlich in der Hand seines Meisters, ohne sie zu berühren.

Ich betrachtete meinen geschnitzten Speer und hatte plötzlich das Gefühl, dass ich vielleicht gar nichts mitzuteilen hatte.

»Warum sieht Jesus ins Leere?«, erkundigte ich mich.

»Er blickt nach innen«, erklärte Pforr und suchte seine Blätter zusammen.

»Er blickt auf den Quellgrund, aus dem alles strömt, was die beiden umfangen hält. Die Liebe Gottes.« Overbeck sah zu mir hoch. »Möchte man sich da nicht selbst auch an Christi Brust legen?«

Der Busen einer Frau wäre mir lieber, dachte ich.

Ich nahm die Rose, die zwischen die beiden Figuren gefallen war, und steckte mir die Blüte ins Knopfloch.

»Das ist doch ein schöner Platz für ein Picknick«, meinte Pforr, als wir uns zu Vogel setzten.

Picknick war in Wien neue Mode. Vor allem die Vornehmen packten sich am Sonntag einen Korb mit Leckereien und spazierten zum Belvedere oder bis Schönbrunn und belagerten die Wiesen.

Pforr wickelte ein Stück Salami und einen Kanten Brot aus. Vogel holte die Semmeln aus seiner Tasche, die meine Mutter für alle geschmiert hatte. Mit Blunzn und Vanillerostbraten.

»Ein letztes Stück Wien«, sagte ich und steckte vier Gabeln in den Kaiserschmarrn, den sie mir zuliebe gemacht hatte. Niemand konnte so gut kochen und backen wie meine Mutter. Dann zog ich eine Flasche Wein aus meiner Wandertasche. »Seht mal, ein guter Roter aus Klosterneuburg.«

»Das ist ja das Schöne an einem Picknick«, schmatzte Vogel und stopfte sich eine Semmel in den Mund. »Es schmeckt alles noch viel besser, weil man überrascht ist, was die anderen in ihren Taschen verborgen haben.«

Overbeck faltete Zeitungspapier auseinander.

»Trockenes Schwarzbrot? Wer soll das denn essen?«, fragte ich enttäuscht.

47

»Ich.« Overbeck biss ein Stück ab. »Das macht satt und verdirbt nicht so schnell«, rechtfertige er sich.

Ich trank einen Schluck Wein, reichte Vogel die Flasche und griff nach der Wurst. »Fehlt nur noch eine Geliebte zum vollkommenen Glück!«

»Du hast doch eine«, verriet Pforr mit verschmitztem Blick und nahm den Wein aus Vogels Händen.

»Wen meinst du?« Ich sah Vogel verdutzt an. Für einen Moment glaubte ich, er hätte Pforr erzählt, dass ich ein Auge auf die Tochter vom Schuhmacher geworfen hatte.

»Die Kunst!«, erklärte Pforr.

»Die Kunst soll mir eine Frau ersetzen?« Ich sah ihn fragend an.

»Ich habe sie ganz klar vor Augen«, meinte er. »Sie ist jung und zart wie ein Mädchen. Blond ist sie und schön und geschmackvoll gekleidet. Sie sieht so aus wie Maria, die eine Schwester von Lazarus, die du von hinten gezeichnet hast, Overbeck.«

»Mein Bild der Kunstgöttin ist anders«, lachte ich. »Ein großer Busen, der mich nährt und in den ich mich fallen lassen kann.«

»Was ist mit dir, Overbeck?«, fragte Pforr. »Willst du nicht die andere Schwester vom Lazarus nehmen? Dann wären wir verwandt.«

»Ich weiß gar nicht, ob die Kunst für mich ein Weib ist«, überlegte Overbeck. »Sie ist in sich schön und kann mit nichts verglichen werden. Ich würde sie als überirdisches Wesen bezeichnen, das ich nicht nur lieben, sondern auch anbeten könnte und dessen Anblick in mir die heiligsten Gefühle weckt.«

Pforr nickte zustimmend.

»Wie sieht sie für dich aus, Vogel?«, bohrte ich nach.

»Ich verstehe gar nicht, wovon ihr redet.« Vogel steckte sich das letzte Stück Blunz'n in den Mund.

»Was verstehst du unter Kunst?« Interessiert lehnte ich mich vor.

Er überlegte. »Malerei, Musik, Poesie ...«

Pforr stöhnte. »Als Allegorie. Als Person.«

Vogel zuckte mit den Schultern. »Die Kunst ist die Kunst und ein Weib ist ein Weib.«

»Dann beschreibe uns, wie du dir deine zukünftige Braut vorstellst«, bat Pforr.

»Ach so«, sagte Vogel. »Sie muss ein Schweizer Mädchen sein. Nicht klein, auf keinen Fall größer als ich. Goldbraune Locken und blaue Augen. Dünn darf sie nicht sein, auch nicht zu dick, eine wohlgebildete Gestalt. Bei der Kleidung muss sie auf meinen Geschmack vertrauen. Sie darf nicht über jede Kleinigkeit lachen, vor allem in der Öffentlichkeit muss sie sich zurückhalten und nicht so laut sein wie zu Hause.«

Vogel stach seine Gabel in den Kaiserschmarrn. »Vor allem muss sie gut kochen und sich um die Kinder kümmern. An Winterabenden, nach getaner Hausarbeit, muss sie alle um sich versammeln und ihnen Märchen und alte Sagen erzählen und dabei nähen oder am Spinnrad sitzen. Wenn ich dann Palette und Pinsel geputzt habe, gehe ich spazieren und wenn ich später in die Wohnstube komme, dann steht das warme Essen auf dem Ofen und alle freuen sich, dass wir zusammen sind.«

»In unserer jetzigen Welt sind solche Frauen seltene Edelsteine, die aus viel Geröll hervorgesucht werden müssen«, sagte Overbeck stirnrunzelnd. »Heute wollen die Weiber alle Französinnen sein.« Er presste den Zeigefinger und Daumen zusammen und spreizte vornehm seinen kleinen Finger von der Hand ab.

Pforr legte die Gabel auf den Boden. »Es wäre schön, wenn sie Balladen am Klavier singen könnte. Auf jeden Fall muss sie Sinn für die Poesie haben.«

Pforr stand auf und begann zu dichten:

> *»Du Himmels Jungfrau, edle Kunst*
> *wie bist du hold und schön.*
> *Wie freu ich mich durch deine Gunst*
> *dir auch einst nachzugehen.«*

Er überlegte und zeigte dann in die Runde.

*»Ein kleiner Kreis begleitet dich*
*von Männern her und groß;*
*du trugest alle mütterlich*
*in deinem reinen Schoß*

Du liebe, edle, reine Magd … du liebe, edle, reine Magd. Helft mir!«, bat Pforr.

»Ach neig dich auch zu mir«, setzte ich sein Gedicht fort.

»Gib, dass es einmal in mir tagt, und ich einst komm zu dir«, beendete Overbeck den Vers.

»Das ist großartig«, rief Pforr und wiederholte noch einmal leise sein Gedicht.

Pforr drehte sich zu Overbeck um. »Wie würdest du sie nennen, wenn du ihr einen Namen geben würdest?«

Overbeck zögerte: »Vielleicht Sulamith.«

»Sulamith aus dem Hohelied der Liebe?«, fragte Pforr begeistert.

Overbeck nickte zustimmend.

»Wende dich, wende dich. Damit wir dich betrachten.« Pforr sprang auf und drehte sich im Kreis. »Ihre Hüften sind rund, wie von Künstlerhand geformt. Ihr Schoß, ihr rundes Becken. Ihre Brüste wie Trauben. Ihr Mund köstlicher als Wein, der glatt in mich eingeht. Wie schön ist deine Liebe. Meine Schwester Braut.«

»Ein verschlossener Garten ist meine Schwester Braut«, fügte Overbeck hinzu.

»Können deine Sulamith und meine Maria denn trotzdem Schwestern sein?«, wünschte sich Pforr.

Overbeck hob die Schultern. »Meinetwegen.«

Pforr lächelte zufrieden.

»Sulamith und Maria.«

## 4. Die Tochter der Gräfin

Als die Pferde am nächsten Tag in Gratkorn ihr Mittagsheu bekommen hatten, wollte der Kutscher schnell wieder aufbrechen und deutete in die Ferne. »Da braut sich etwas zusammen.«

Über einem Teil der Bergriesen türmten sich schwere Wolkenmassen. Der Wind wurde heftiger und die nervösen Pferde schienen bereits zu spüren, dass das Wetter sich änderte.

Als wir wieder im Wagen saßen und der Kutscher auf dem Bock Platz genommen hatte, schwang er die Peitsche und die Fahrt ging etwas zügiger voran als zuvor. Aber auch die Wolken zogen schneller und senkten sich immer tiefer herab. Der Donner grollte in der Ferne und der Sturm erhob sich. Pforr nahm sein Notizbuch und versuchte in der wackeligen Kutsche zu schreiben:

»Der Lohnkutscher beeilt sich, Graz zu erreichen, aber bis dahin kommen die Ritter nicht, denn die Blitze leuchten zwischen den dunklen Bergen und die Donnerschläge krachen jetzt ganz nah. Große Tropfen fallen auf den Weg und kurz darauf bricht die Sintflut los. Der Regen prasselt auf das Dach und ergießt sich flächig wie ein Wasserfall die Scheibe herunter.«

Der Lärm wurde vom Donner noch verstärkt. Pforr war nicht mehr zu hören. Vogel zuckte bei jedem Blitz zusammen. Ich war froh, als der Kutscher einen heruntergekommenen Hof ansteuerte, auf dem bereits ein Wagen hielt, der hier offensichtlich nicht hingehörte. Die Herrschaften hatten gute Pferde eingespannt und die Türen der Kutsche mit ihrem goldenen Wappen zieren lassen.

Wir hielten unsere Hände schützend über die Köpfe und stürmten auf das Wohnhaus zu. Ich rannte Pforr um, der ruckartig vor mir stehen geblieben war.

»Was ist?«, fragte ich überrascht.

»Da ist sie!«, stammelte Pforr.

»Wer?«

»Maria!« Pforr stand wie gelähmt vor der zweiten Kutsche. Die nassen Haare klebten an seinem Kopf.

Ich sah wie eine behandschuhte Hand die beschlagene Scheibe von innen berührte und ein zartes Mädchengesicht herausschaute. Eine Mischung aus Botticellis Venus und Raffaels Dame mit dem Einhorn. Ich schubste Pforr weiter. »Hübsch, aber nicht deine Kragenweite!«

Vogel hielt uns die wurmstichige Tür auf.

In der Stube saß ein krummes Mütterchen auf einem Küchenstuhl vor dem Ofen und ließ ihren Rosenkranz aus Holzperlen fallen, als wir mit triefender Kleidung in ihr Haus stürzten.

»Keine Angst, wir sind anständige Leute«, meinte der Kutscher und nahm seinen durchnässten Hut vom Kopf.

Die Alte nickte. Sie trug eine fleckige Kittelschürze und löchrige Strümpfe. Ihr graues, zu einem Zopf geflochtenes Haar war zerzaust und hier und da guckte Stroh aus dem Geflecht, als sei sie gerade aus dem Bett gestiegen.

Wir quetschten uns auf die Eckbank um ihren Esstisch.

Pforr blickte nervös aus dem Fenster. »Sollten wir das schöne Mädchen nicht hereinholen?«, fragte er besorgt. »Bei dem Gewitter.«

Ich sah zur Decke. Der Regen trommelte auf das Schindeldach und tropfte an vielen Stellen durch.

»Ich glaube, es macht keinen Unterschied«, flüsterte ich.

Die Alte nahm verbeulte Suppenterrinen von der Anrichte. Overbeck eilte ihr zu Hilfe, aber sie schob ihn weg und verteilte die Blechschüsseln auf dem Boden. Als sie die Tropfen klirrend auffingen, nickte das Mütterchen zufrieden. Schließlich hob sie den Rosenkranz auf, nahm wieder an ihrem Herdfeuer Platz und ließ die Kette durch ihre knöcherigen Hände gleiten.

Diese ins Gebet versunkene Bäuerin musste ich zeichnen. Ich nahm mein Heft und die Kohle aus dem Ranzen und legte einfach los. Normalerweise hätte ich sie um Erlaubnis gebeten, aber ich war mir nicht sicher, ob sie mich verstehen würde.

Ich fragte mich, ob sie vielleicht taub war, weil sie nicht mit uns sprach. Da wir wohl bald wieder aufbrechen würden und mir mein Sujet nur kurz zur Verfügung stand, musste ich einfach das Wichtigste festhalten und die Details später aus meinem Gedächtnis einfügen. Skizzen waren besser als die Erinnerung und ich wollte so viele wie möglich auf unserer Reise anfertigen. »Vergessen Sie die Silhouette!«, hatte Professor Maurer immer gesagt. »Sie ist der Feind des Malers. Der Umriss eines Menschen ist nicht mehr als die Horizontlinie eines Landschaftsgemäldes.«

Jede Furche, die die Alte in ihrem Leben mühsam in den Acker gezogen hatte, hatte sich genauso tief in ihre Haut eingegraben. Nicht das Gesicht ansehen, ermahnte ich mich. An dem zu zeichnenden Objekt vorbeischauen, um die großen Formen wahrzunehmen! Sie bestimmen den Gesamteindruck.

Ein kleiner Kopf, ein krummer Rücken. Arme so dünn wie Zündhölzer.

Ich zeichnete ein paar schnelle Striche und Schraffuren.

Die matten Augen der Bäuerin konzentrierten sich auf den Rosenkranz, bis sie abrupt ihr Gebet beendete und aufstand. Verstört blickte sie nach draußen, wo es nun noch heftiger tobte. Sie beugte sich nach vorn, öffnete die Klappe vom Herd und warf den Rosenkranz ins Feuer. Die Alte ist verrückt!, schoss es mir durch den Kopf.

Overbeck wollte eingreifen, aber die Alte verschwand im Nebenzimmer. Sie kam mit einer Schachtel zurück, aus der sie schwarze Wachslichter und getrocknetes Kraut herausnahm. Dann zündete sie die Kerzen an und hielt die Zweige darüber. Als sie Feuer gefangen hatten, blies sie die Flamme aus und schlurfte Sprüche murmelnd über den staubigen Boden. Ich fragte mich, ob ihr Tun Heil oder Unheil bringen sollte.

Sie wedelte mit dem stark rauchenden Bündel, das nach altem Salbei und Rosmarin roch, vor meiner Nase herum. Ihre glasigen Augen verrieten mir, dass sie sich von dieser Welt verabschiedet hatte. »Eine Hexe«, hustete Vogel, der neben mir saß. Als schließlich die ganze Stube von Rauch erfüllt war, legte sie die Zweige in eine Zinnschale. Man konnte kaum noch atmen, aber der Zauber schien besser zu wirken als das Gebet, denn der Donner grollte etwas leiser und auch der Regen ließ nach. Ich versuchte die markanten Gesichtszüge der Alten auf das Papier zu bringen und zeichnete ihre Nase etwas größer, als sie ohnehin schon war, das Kinn etwas länger, die Augen noch kleiner.

Meine überspitzten Darstellungen waren mein Gegenentwurf zu dem Ideal, das an der Kunstakademie gelehrt wurde. Das Verzerrte sollte zum Nachdenken anregen. Ich sah es als meine Aufgabe, den Betrachter darauf aufmerksam zu machen, dass das Hässliche existierte, damit das Schöne besser zum Vorschein kam. Wenn ein Mann meine verschrobene Alte sah, so freute er sich vielleicht wieder an der Schönheit seiner eigenen Frau. So wie sich komplementäre Farben gegenseitig halfen, besser zu leuchten. In dem einen wohnte schließlich auch immer etwas von dem anderen.

»Du musst wie Gott nach dem Schöpfungsplan vorgehen!«, hörte ich Overbecks Stimme.

Er beugte sich über meine Skizze. »Gott hat am ersten Tag das Licht von der Finsternis getrennt«, belehrte er mich. »Das Zusammenspiel von Hell und Dunkel schafft den Raum.«

Ich wischte mit meinen kohlegeschwärzten Fingern über das Papier.

»Die Erde aber war wüst und wirr«, antwortete ich mit unheilvoller Stimme. »Finsternis lag über der Urflut.«

Der Wahnsinn soll in ihr zu erkennen sein, überlegte ich. Wie kann ich den Dämon herausholen?

Wohl hätte ich meine kleine Schöpfung noch beenden können, wenn nicht Pforr, der die ganze Zeit unruhig aus dem

Fenster gesehen hatte, aufgesprungen wäre. »Das Mädchen fährt weg!«

Mit ein paar schnellen Strichen legte ich meiner skizzierten Gestalt Zweige in die Hand. Hastig packte ich alles zusammen, verbeugte mich vor der Alten und folgte den anderen.

Das Mädchen war schon weg, als wir über den Hof zu unserer Kutsche gingen. Pforr tippte mit seiner Stiefelspitze gegen ein totes Tier, dem die Eingeweide aus dem Leib quollen. Nur der Schwanz ließ erkennen, dass es eine Ratte war.

»Vom Pferdewagen plattgewalzt«, sagte er traurig.

Mein Mitgefühl mit toten Ratten hielt sich in Grenzen, aber Pforr litt mit jeder Kreatur. Ich klopfte ihm auf die Schulter. »Du kannst nicht jeden retten.«

»Lass sie bloß liegen«, ermahnte ihn Vogel. »Die überträgt Krankheiten.«

»Welche?«, hakte Pforr nach.

»Die Ruhr, Hundswut, Fleckfieber. Die Pest.«

»Die Pest ist ausgerottet«, wurde Vogel von Pforr unterbrochen. Er zückte ein Taschentuch und kniete sich hin, um die Ratte genauer zu betrachten.

»Und die Schwindsucht«, sagte Overbeck betont laut.

Pforr schnellte hoch. Die wollte er sich wohl nicht wieder einfangen. Im vergangenen Jahr hatte ihn der Husten für drei Monate an das Bett gefesselt und ihn so sehr geschwächt, dass wir schon dachten, wir müssten unseren Freund bald beerdigen.

»Der Adlerkopf bleibt auch draußen«, befahl Overbeck. »Die ganze Kutsche muffelt schon.«

Pforr zog das stinkende Etwas aus seiner Tasche, steckte es dann aber schnell wieder zurück. »Ich kann ihn nicht wegwerfen. In meiner Vorstellung weiß ich schon genau, wie ich ihn malen werde. Ich brauche ihn.«

Wenn es der Kunst diente, konnten wir nichts dagegen sagen.

»Zu Fuß wären wir schneller«, meckerte Vogel, als sich die Räder unserer Kutsche im Schritttempo durch den Schlamm wälzten. Der Weg war nach dem Gewitter nur noch schwer zu erkennen.

Wir waren noch nicht weit gefahren, da rollten die Räder langsamer und schließlich bewegte sich die Kutsche gar nicht mehr. Ich öffnete die Tür und sah hinaus.

»Ein liegengebliebener Wagen«, rief der Kutscher. Sieht nach Achsenbruch aus.«

Er sprang vom Bock und auch wir stiegen aus, um zu sehen, was passiert war. Vor uns lag das edle Gefährt, das auf dem Hof gestanden hatte. Die vordere Achse war tatsächlich gebrochen und die voll beladene Karosse in den Schlamm gekippt.

Eine Dame in langem, hellblauen Musselinkleid und einer Haube auf dem Kopf, zog sich aus der schief liegenden Kutsche und blieb mit den Schuhen in der aufgeweichten Erde stecken.

Der Conducteur schnallte fluchend die Pferde los. »Das kostet uns einen ganzen Tag!«

»Contenance«, sagte die Dame und stocherte mit ihrem Schirm im Matsch. Als sie sich bis zum Weg durchgekämpft hatte, hob sie ihren Rock an und stolzierte auf uns zu.

»Dann bleibt uns wohl nichts anderes übrig, als bei Ihnen mitzufahren.«

»Natürlich«, antwortete Pforr, machte einen Diener und hielt Ausschau nach dem Mädchen, das den Kopf aus der umgeklappten Wagentür streckte. Schnell eilte er zum Gespann und reichte ihr seine Hand.

Während die Damen es sich anschließend in unserem Wagen bequem machten, halfen wir dem Kutscher. Pforr beruhigte die Pferde und wir banden die Kisten und Koffer los, schleppten sie zu unserer Kutsche und schoben die gebrochene Achse vom Weg.

»Ich muss in Graz eine neue kaufen.« Der Conducteur schwang sich auf einen der Kaltblüter, nahm den anderen am Zügel und ritt los. Unsere Kutsche rollte hinterher.

Die Lippen der Dame spitzten sich zusammen, als sie sich uns im Wagen vorstellte.

»Gräfin von Finckenstein und Tochter.«

Overbeck zeigte nacheinander auf uns. »Ludwig Vogel, Konrad Hottinger, Franz Pforr und Friedrich Overbeck. Wir sind Maler auf dem Weg nach Rom.«

»Preußische Landsleute?«, fragte die Gräfin.

»Nur die beiden.« Ich zeigte auf Pforr und Overbeck.

»Wo genau ist denn Ihr Zuhause?«, fragte sie Overbeck, der ihr gegenüber saß.

»Gebürtig aus Lübeck«, antwortete er.

»Sein Vater hat die Jurisprudenz studiert. Er ist Advokat und Senator«, fügte Pforr hinzu. Die Gräfin nickte zufrieden.

»Er ist Gesandter der Stadt und vertritt die Lübecker Interessen in Paris. Er war sogar auf Napoleons Hochzeit mit Marie-Louise von Österreich in der Kapelle des Louvre ...«

»Es reicht ...«, Overbeck legte seine Hand auf Pforrs Arm, als sei es ihm unangenehm, dass er über seine Herkunft sprach.

»Hanseatische Bescheidenheit«, flötete die Gräfin und klappte den Fächer auf, den sie in der Hand hielt.

Kurz vor unserer Abreise aus Wien hatte Overbeck einen Brief von seinem Vater aus Paris erhalten, in dem dieser sich über den maßlosen Pomp der Hochzeit und über alle Franzosen, die ihm affektiert und unaufrichtig erschienen, lustig gemacht hatte. Aus Angst, dass man den Brief öffnen würde, hatte er ihn in verdrehtem Latein geschrieben, das wir gemeinsam entschlüsseln mussten. Overbeck hatte uns erzählt, dass sein Vater nicht nur der Geheimsprache, sondern auch der Geheimbündelei zugetan und neben seiner Tätigkeit als Domherr auch Freimaurer und Illuminat war.

»Man kann ja noch froh sein, wenn es nur ein Achsenbruch ist«, bemerkte Vogel. »Winckelmann soll auf dem Weg nach Triest ermordet worden sein.« Das Mädchen sah ihn erschrocken an. »Heimtückisch«, fügte er hinzu. »Man spricht von Raubmord.«

Die Gräfin horchte auf.

»Wir werden Ihnen Schutzgeleit bieten. Wir sind Kreuzritter.« Pforr hob seinen Gehrock und verdrehte den Oberkörper, damit die Damen seine Pistole am Gürtel sehen konnten.

»Wir sind Lukasbrüder«, verbesserte ihn Overbeck.

Die Gräfin musterte uns von oben bis unten und sagte: »Bis Graz.«

»Sie brauchen keine Angst zu haben«, erwiderte Pforr und sah dabei die Tochter der Gräfin an. »Ich habe in Wien im akademischen Corps gedient.«

Die Professoren hatten kurzfristig ein paar Studenten gesucht, die nachts vor dem Akademiegebäude Schildwache standen. Das sollte die Franzosen davon abhalten, die Bilder und Statuen zu stehlen. Pforr hat sich freiwillig gemeldet. Er durfte sich nicht von seinem Posten entfernen, nichts essen und trinken, sich nicht setzen und mit niemandem sprechen. Ich habe nicht verstanden, warum Pforr das ohne Bezahlung machte. Er stand da, mit einer riesigen Flinte im Arm, die größer war als er selbst, und einem dreieckigen Hut mit Federbusch auf dem Kopf. Er trug einen grünen Rock mit karmesinroten Aufschlägen und weißer Koppel, an dem ein stahlbeschlagener Säbel hing.

Einmal war ich an ihm vorbeigelaufen, hatte Grimassen geschnitten, war auf Zehenspitzen um ihn herumgetanzt und hatte ihm kräftig in den Hintern getreten, aber er hatte keine Miene verzogen. Es war mir ein Rätsel, wie man sein Amt so ernst nehmen konnte. Am nächsten Tag hatten sie ihn aus der Kompanie entfernt, weil er zum dritten Mal umgekippt war.

»Was gibt es denn Schönes aus Wien zu berichten?«, fragte die Gräfin neugierig in die Runde.

»Täglich sterben zweihundert Menschen in den Spitälern und das Nervenfieber ist epidemisch geworden«, antwortete Vogel trocken.

Die Gräfin fächelte sich Luft zu und ihre Tochter starrte auf den abgekochten Adlerschädel, den Pforr gerade aus seiner Tasche kramte.

Als ich nach draußen schaute, sah ich zwei Jungen, die wohl in den Bergen Ziegen gehütet hatten. Sie liefen barfuß neben unserem Wagen her und winkten mit ihren großen Hüten. Ich winkte zurück.

Die Gräfin zurrte ihren Stoffbeutel auf und warf ein paar Münzen aus dem Fenster.

»Wie ärmlich manche Menschen leben müssen.«

Sie kniff ihrer Tochter, die verschämt aus dem Fenster sah, in die Wange. Ein roter Abdruck blieb zurück und machte sie nur noch schöner.

»Wer ist denn Ihr Vater?« Die Gräfin deutete auf Vogel.

»Der erste Konditormeister in Zürich.«

Sie sah Vogel an, als würde sie ihn erst jetzt wahrnehmen.

»Und die anderen Herren?« Mit dem Fächer deutete sie auf Pforr und auf mich. Ich sah weiter aus dem Fenster und hatte keine Lust zu antworten.

»Mein Vater war ein bekannter Pferdemaler in Frankfurt«, meinte Pforr stolz.

»War?«, erkundigte sich das Mädchen vorsichtig.

»Er ist tot. Meine Mutter und mein Bruder auch.«

Sie sah Pforr mit einem gütigen Blick an, lehnte ihren Oberkörper nach vorn als wolle sie Pforrs Hand tröstend ergreifen, wich dann aber wieder zurück.

»Das ist lange her«, Pforr winkte ab. »Ich bin bei meinem Oheim Tischbein in Kassel groß geworden.«

»Pforr will Bataillenmaler werden«, sagte Vogel zu der Tochter, die bewundernd nickte. Pforr sah in ihre strahlenden Augen, als wolle er ihre Begeisterung wie ein kleiner Schwamm aus ihrem Anblick saugen.

»Um den Pferdekörper zu studieren, habe ich in Wien oft das Tierspital besucht und bei den Operationen zugesehen.« Pforr griff nach dem Adlerkopf, der auf seinem Schoß lag.

»Das Tier wird zu Boden geworfen und an allen vier Hufen zusammengebunden. Bei vollem Bewusstsein wird es aufgeschlitzt und bearbeitet. Wegen des hohen Blutverlusts wird die Wunde nicht verbunden, sondern mit einem glühenden Eisen ausgebrannt.«

Das schien dem Mädchen nicht zu gefallen.

»Ich studiere alle Tierskelette«, versuchte Pforr es weiter. »Dies ist ein Adlerkopf.«

»Nicht nur Tierskelette«, sagte ich und war froh, dass er seinen Totenschädel aus der Kirchengruft in irgendeiner Kiste verstaut hatte.

»Die Knochen der Vögel besitzen Hohlräume. Sie müssen ganz leicht sein, sonst könnten sie ja nicht fliegen.«

Die Gräfin reckte ihren Hühnerhals aus dem Fenster.

»Im Belvedere habe ich den Oberschenkelknochen eines Schwans gefunden. Ich musste ihn leider in Wien lassen. Sehen Sie nur, Fräulein.« Pforr klappte den Schnabel des Adlerkopfes auf und zu. »Der Oberschnabel ist mit dem Schädel verbunden und der Unterschnabel ist durch dieses Gelenk hier beweglich. Vögel haben ja keine Zähne.«

Das Mädchen berührte den Adlerschnabel mit ihrer Fingerspitze. Ich sah, dass sich in diesem Moment die Blicke der beiden begegneten.

»Rom hat sich verändert«, begann die Gräfin, »seit Wilhelm von Humboldt nicht mehr als Preußischer Gesandter in der Stadt weilt. In seiner Casa Tomati ging die ganze Gesellschaft ein und aus.«

»Der Vatikan ist ja nun auch verwaist, seit Papst Pius nach Savona verschleppt worden ist«, bestätigte Overbeck.

»Ach, was geht mich der Papst an. Selbst schuld, wenn er Napoleon exkommuniziert. Humboldts Frau, Caroline, ist ja noch in der Stadt. Aber eigentlich sollte eine Frau dahin gehen, wo ihr Ehemann ist, meinen Sie nicht?«

»Ich werde niemals heiraten«, sagte Overbeck entschieden. »Ich will allein für die Kunst leben.«

Die Gräfin lachte auf und hielt sich ihren Fächer vor den Mund.

»Was ist denn das für ein dummes Zeug? Sie gehen in die Stadt des Lebens, der schönen Mädchen, der Liebe und wollen darben wie die Mönche?«

Ich schluckte. Hoffentlich war Overbeck nur zu sich selbst so streng.

»Es ist ja eine schreckliche Unsitte geworden unter den Künstlern, sich in die Religion zu versteigern und zum Katholizismus zu konvertieren.« Ihr Freund Schlegel habe den Anfang gemacht und jetzt zögen viele nach.

»Sie sind noch jung. Die Liebe wird Sie schon noch umstimmen.«

Gräfin Finckenstein nickte Overbeck mit einem überheblichen Lächeln zu.

»Angelika Kauffmann ist nun ja auch schon drei Jahre tot. Ihr Begräbnis muss für eine Malerin sehr pompös gewesen sein. In Berlin sprach man von einer glänzenden Leichenfeier.« Ihre Stimme klang begeistert. Flüsternd fügte sie hinzu: »Goethe soll ja eine Liaison mit ihr gehabt haben. Vielleicht ist es nur Gerede, aber selbst an Gerüchten ist ja meistens ein Funken Wahrheit dran.«

Ich gähnte.

Pforr, der zwischen Overbeck und mir saß, starrte die Tochter der Gräfin an. Sie war vielleicht fünfzehn. Unschuldig und von einer natürlichen Schönheit. Sie trug ein langes, grünes Kleid aus feinem Zwirn. Ihre blonden Haare waren am Scheitel glatt und ab dem Ohr gelockt. Darüber saß ein Blumenkranz. Ihr zartes, blasses Gesicht glich einer Puppe. Den Blick senkte sie scheu auf ein kleines Duftkissen, das sie sich vor die Nase hielt. Wahrscheinlich rochen wir streng, nachdem wir nun schon vier Tage unterwegs waren.

Als sie ihren Kopf hob und Pforrs Blick erwiderte, sah er nicht weg, als prägte er sich jede Regung ihres Gesichts, jeden Lidschlag, genau ein. Wahrscheinlich träumte er schon davon, sie über Wassergräben zu tragen und schließlich vor den Altar zu führen. Ich stieß ihn in die Seite.

Pforr stieg die Schamröte ins Gesicht. Mit einem geflüsterten »Pardon« drehte er sich weg und zupfte verschämt an einem Knopf seines Gehrocks.

Auf den Wangen des Mädchens bildeten sich zwei Grübchen, als sie leicht verlegen lächelte. Ich hatte etwas sehr Schönes an ihr entdeckt. Ihre Füße.

Am liebsten hätte ich sie von ihren Schuhen befreit, denn ich stellte mir vor, dass sich vielleicht göttliche Zehen darunter verbargen. In Wien hatte ich in der Depesche gelesen, dass sich König Ludwig die Füße der Tänzerin Lola Montez in Marmor hatte meißeln lassen. Für mich waren die Füße des Mädchens auch ein Objekt, für das es sich nicht nur gelohnt hätte, den Zeichenblock aus der Tasche zu holen. Diesen Anblick sollte man in Gold festhalten. Vielleicht reizte mich auch das, was sie umgab, denn es erinnerte mich an heitere Tage meiner Kindheit. Ich hatte als Junge immer Tauben in Sirup getaucht. Ich fand es lustig, wenn ihre Krallen verklebten und sie nicht mehr laufen konnten. Sie sind gehüpft. Und ich dachte, ich hätte sie dressiert.

Die Gräfin folgte meinem Blick. Sie sah auf die Füße ihrer Tochter und dann auf ihre eigenen. An ihren feinen, hochgeschnürten Stiefeln hingen dicke Matschklumpen, die sich nach und nach gelöst hatten und eine schmierige Schlammschicht auf dem Boden unserer Kutsche bildeten.

Die Gräfin sah mich an, als hätte sie meine Gedanken gelesen. Für den Rest der Fahrt beachtete sie mich nicht mehr.

So war ich froh, als wir die sechsundzwanzigste Meile hinter uns ließen und in blauer Ferne Graz erblickten.

Am Wegehaus vor dem Stadttor hörten wir »Halt! Pässe!« und kramten in unseren Taschen.

»Gepäck abladen!«, befahl der grimmigere der zwei Soldaten unserem Kutscher. Widerwillig begann dieser die Säcke loszubinden.

»Was soll die Verzögerung? Ich wollte nicht den ganzen Tag vor den Mauern von Graz unnötig aufgehalten werden«, zischte die Gräfin.

»Ihren Pass!«

Die Dame nahm kopfschüttelnd den Saum ihres Kleides in die Hände, stellte sich vor und betonte ihre guten Beziehungen. Der Kleinere der beiden Zöllner zeigte auf den Matsch an ihren Füßen und lachte.

»Wenn Sie uns nicht unverzüglich passieren lassen, hat das Konsequenzen für Sie beide«, kiekste die Gräfin.

Als die Soldaten sich unbeeindruckt zeigten, wedelte sie mit einem Beutel aus Seidentaft, der an ihrem Handgelenk hing, und ließ die Münzen klimpern.

Der ältere Beamte hielt die Hand auf und winkte unserem Kutscher. »Ich will es euch hier schenken.«

Die zwei Zöllner hievten den Schlagbaum in die Höhe und ließen uns passieren.

»Jeder Mensch ist bestechlich«, sagte die Gräfin zu ihrer Tochter. »Es kommt nur auf den Preis an. Merk dir das, mein Kind.«

Mit hungrigen Bäuchen kamen wir im Wirtshaus an, wo sich Reisende drängten, die entweder auf dem Weg nach Italien waren oder von dort zurückkamen. Dazwischen saßen Einheimische, die beim Karten spielen ihre Ohren spitzten. Vielleicht um einen Hauch ferner Länder zu erhaschen.

Es roch nach abgestandenem Bier, Tabakqualm und gebratenen Zwiebeln. Der Wirt, dessen graues Hemd wohl mal weiß gewesen war, saß vor dem offenen Feuer und rührte schwitzend in einer Pfanne, die so groß war wie ein Wagenrad. Bratkartoffeln mit Ei und Speck. Mir knurrte der Magen.

Ein Mann mit ledriger Haut kam zu uns an den Tisch und erzählte mit alkoholisiertem Atem, er käme von Triest und wollte nach England zu Weib und Kind. Er wäre Steuermann und hätte vor Malta Schiffbruch erlitten. Zur Bestätigung legte er Zeugnisse der betreffenden Behörden auf den Tisch.

Ich lachte laut auf: »Das ist ja eine kluge Art, den Leuten das Geld aus der Tasche zu locken.« Overbeck zog den Mann näher zu sich und gab ihm ein paar Kreuzer.

»Auch ohne Ihr Almosen ist für Sie bestimmt schon ein Platz im Himmel reserviert.« Der Steuermann verbeugte sich tief und flüsterte: »Ich habe einen langen Weg vor mir, aber ich habe einen guten Reisegefährten.«

Overbeck blickte sich in der Schänke um. »Das ist immer gut. Wer ist es denn?«

»Es ist der Herrgott selbst.« Der Steuermann zog ein zerschlissenes Neues Testament aus seiner Tasche.

»Ich stelle ihm Fragen und er antwortet mir hieraus. Vergelt's Gott.«

Der Mann verschwand zur Tür hinaus und Overbeck sah ihm nach. Die Tochter des Hauses donnerte die Pfanne auf den Tisch. Dann beugte sie sich über die Bank und reichte jedem von uns einen Löffel. Ich starrte auf ihre Brüste, die aus dem Dirndl quollen.

Wir fielen über die Kartoffeln her wie ein Rudel halb verhungerter Wölfe über ein wehrloses Reh. Das Bier rann unsere durstigen Kehlen wie Wasser hinunter.

Als die Bedienung wieder an unseren Tisch kam, sah Overbeck mich vorwurfsvoll an.

»Als Künstler muss man einen Blick für alles Schöne haben«, versuchte ich mich zu verteidigen. Ich konnte meinen Blick nicht von ihrem Dekolleté abwenden.

»Sie ist aber nicht zu vergleichen mit der Tochter der Gräfin«, protestierte Pforr. »Bei ihr konnte ich die Schönheit durch die stille Würde ihres Gesicht bis in die Tiefe ihrer Seele hindurch fühlen.«

»Warum hast du sie nicht gefragt, ob du sie zeichnen darfst«, fragte ich und fischte mir ein Stück Speck aus der Pfanne.

»Bist du verrückt? Das würde ich nie wagen. Eine Dame zu porträtieren ist etwas sehr Intimes.«

An der Akademie hatten wir ausschließlich nach männlichen Modellen gearbeitet, aber meine Schwestern hatte ich schon oft gezeichnet. Pforr meinte, er wollte die Tochter der Gräfin nach dem Gedächtnis malen und hätte sich jeden Zentimeter ihres Körpers eingeprägt. Wenn das so einfach wäre!

Ich skizzierte die Wirtstochter heimlich unter dem Tisch und Pforr zögerte nicht, sie zu fragen, ob sie seinen Adlerkopf abkochen könnte. Etwas widerwillig nahm sie sein Taschentuch entgegen und verschwand damit in der Küche.

Pforr wusste, wie man Frauen vergrault.

Eine Detailansicht von der Wirtstochter reichte mir. Ich beschränkte mich auf ihren Busen und zog ein paar runde Linien. »Zu gern würde ich sie mit auf die Kammer nehmen«, schwärmte ich. »Da würde ich sie von ihrem engen Kleid befreien, ihre Korsage aufschnüren und ihr Dekolleté betrachten.« Ich blickte zu Overbeck. »Allein für Studienzwecke, versteht sich. Ein Maler sollte doch sein Modell verinnerlichen. Ich würde all ihre Rundungen mit meinen Händen nachzeichnen. Ihre weißen Schenkel, zwischen die ...«

»Schluss jetzt«, rief Overbeck und schlug mit der flachen Hand auf den Holztisch, dass die Krüge wackelten und das Bier überschwappte.

## 5. Triest

Am nächsten Morgen verabschiedeten wir unseren Lohnkutscher, der zurück nach Wien fuhr. Ich beobachtete, wie Overbeck ihm ein Extratrinkgeld zusteckte, damit er den schiffbrüchigen Steuermann mitnahm.

Unser neuer Fahrer hievte die Koffer auf die Postkutsche und fragte Vogel, ob er auch seinen schäbigen Ranzen mit dazulegen solle, damit er ihn im engen Wagen nicht behindere. Vogel willigte ein und kam zu uns in die Kutsche.

Nach einer zähen Tagesfahrt mit drei Grazern, die anscheinend nicht sprechen wollten, kamen wir nachts in St. Kunigund an, wo wir alle aussteigen mussten und schlaftrunken in die Postschänke torkelten. Als die Pferde umgespannt worden waren und der Kutscher gewechselt hatte, fuhren wir weiter in die schwarze Nacht hinaus. In Marburg gab es Frühstück und in Franz eine böse Überraschung.

Franz war das letzte Dorf im Gebiet des Kaisers. Wir wurden angehalten und visitiert. Pässe mussten vorgezeigt, alle Kisten und Taschen geöffnet werden. Als Vogel seinen Ranzen vom Wagen nehmen wollte, war er verschwunden. Seine Papiere, sein Reisegeld, seine Skizzen.

»Ich muss zurück nach Graz!« Seine Stimme klang beinahe panisch.

Der Zollbeamte sah ihn streng an. »Im Postschein ist die Tasche nicht als Gepäckstück verzeichnet.«

»Der Ranzen hat bei unserem Aufbruch in Graz nicht mehr in die Kutsche gepasst. Der Lohnkutscher hat mir angeboten, ihn oben beim restlichen Gepäck zu verstauen«, erklärte Vogel weinerlich. »Er muss sie mitgenommen haben!«

Das darf doch nicht wahr sein, dachte ich. Ich hätte Vogel für seine Gutgläubigkeit ohrfeigen können. Wenn er zurück nach Graz oder sogar nach Wien musste, dann war auch für mich die Reise vorbei.

Und dann? An die Akademie konnten wir nicht zurück. Wir mussten nach Rom!

»Sieh noch einmal in der Kutsche nach«, bat ich Vogel.

»Er hat ihn auf das Dach geworfen«, wiederholte dieser verzweifelt.

Schließlich wurde ein Sergeant hinzugeholt. Er forderte eine Beschreibung des Kutschers und winkte gleich ab. Der sei schon bekannt. Für fünfzig Luisdor könnte er Vogel die Tasche besorgen und nach Triest schicken. Bis dahin stelle er einen Passierschein aus.

»Das ist viel Geld. Was ist, wenn es eine neue Falle ist?«, flüsterte Vogel mir ins Ohr.

»Was bleibt uns anderes übrig, als es zu versuchen.« Ich zückte meinen Geldbeutel. »Bis nach Rom wirst du ohne Papiere sowieso nicht kommen.«

Drei weitere Tage fuhren wir durch mittelalterliche Städtchen, über grüne Wiesen und durch dunkles Gehölz, an mit Tannen besetzten Bergen und in der Sonne spiegelnden Gletschern vorbei. Über eine Brücke passierten wir die Save und bald besichtigten wir Laibach, das uns aber nicht gefiel. Dafür war das Essen schmackhaft: Gerstensuppe und Krainer Wurst mit Sauerkraut.

Als wir nach zehn Reisetagen in die Region von Triest kamen, hatten die nach Wildkräutern duftenden Terrassen bereits italienischen Charakter. Zwischen öden Felsen wucherten gelbe Ginsterbluten. Ein üppiges Paradies aus Feigenbäumen, wilden Kastanien und Weinstöcken begrüßte uns. Wir durchwanderten eine Welt, die wir sonst nur aus Dichtungen und unserer Phantasie kannten.

Am Morgen sahen wir die ersten Palmen in freier Natur.

Die Kutsche hatten wir wieder vorausgeschickt und den Weg zu Fuß in Angriff genommen, denn den Blick auf das adriatische Meer wollten wir besonders würdigen und nicht flüchtig aus dem Gefährt im Vorbeihuschen mitnehmen.

Der Golf von Triest versteckte sich noch hinter den Bergen, aber wir fühlten schon seine Nähe und ich bildete mir ein, dass ich das Meer bereits riechen konnte. Wie Pforr und Vogel hatte ich es noch nie gesehen. Overbeck kannte die Ostsee und trotzdem – oder gerade deswegen – drängte er Pforr ungeduldig den Berg hinauf. »Es kann nur noch einen Flintenschuss entfernt sein, komm schnell!«

Auf einmal rannten sie los und ich hinterher. Auch Vogel lief den schmalen Pfad entlang und überholte mich. Verdammt! Meine Hose hatte sich in einem Dornenbusch verfangen. Ich hörte Vogel jodeln, als ich immer noch im Gestrüpp festhing.

Endlich erreichte ich die Kuppe, auf der die anderen standen. »Das Meer!«, rief ich voll Freude.

Unzählige weiße Segel glänzten auf dem satten Blau, das an den Stellen, in denen das Licht die Wellen brach, silbern blitzte. Keine Wolke störte den Himmel. Wie ausgeschüttete Zuckerbrocken klebten die weißen Häuser am Hang. Die unterste Reihe dieses Amphitheaters umschloss einen beflaggten Mastenwald, der auf spiegelblankem Hafenwasser schwamm. Dieser Anblick ließ mich ahnen, dass da noch viel mehr war, als ich in meinem kurzen Leben bisher kennengelernt hatte.

Pforr breitete die Arme aus als wollte er die ganze Welt umarmen. Wie der Auferstandene persönlich, dachte ich. Es sah aus, als könne er mit der Spannweite seiner Arme den Ozean vermessen. Die Berge, die das Meer umschlossen, konnte er mit den Fingerspitzen berühren. Der Mensch muss nur die Arme weit ausstrecken, überlegte ich. Dann berührt er die Gegenstände, die an den Enden ruhen. So leicht konnte man das, was am weitesten voneinander entfernt war, miteinander verbinden.

Plötzlich sank Pforr in sich zusammen und hielt sich die Brust. Ein heftiger Hustenanfall schüttelte ihn. Vogel legte ihm beruhigend eine Hand auf den Rücken.

»Das süße Traubenfleisch wird dir schon die Wunden in Schlund und Brustkasten auskalfatern, die dir der deutsche Winter hineingerissen hat.«

»Ja, ich denke in Italien kann ich nur vollkommen gesund werden«, sagte Pforr mit rasselnder Stimme.

Overbeck war schon dabei, sein Portefeuille und die Kohle aus der Wandertasche zu nehmen. Der Blick auf Triest musste festgehalten werden.

Ich nahm auf einem großen Stein Platz und war von weiß blühenden Myrtensträuchern umgeben, die einen betörenden Duft verströmten. Ich zückte meine handtellergroße Glasscherbe aus der Manteltasche. Sie half mir besonders bei Landschaftszeichnungen, der Unbegrenztheit einen Rahmen zu geben. Wo sollte die Zeichnung beginnen und wo enden? Es fiel mir nicht leicht, das Bild zu finden. Wo ich meine Scherbe auch hinhielt, jede Szene war es Wert, gezeichnet zu werden. Welch bilderreiches Panorama! Wo hört die Erde auf und wo fängt der Himmel an?, fragte ich mich.

Je weiter die Gegenstände entfernt sind, desto mehr verlieren sie ihre eigene Farbe. Die warmen Töne treten nach vorn, die kälteren zurück. War das Meer wirklich so blau, wie ich es gerade sah?

Das Wasser zog meinen Blick über den Horizont hinaus. Ich konnte mir nicht vorstellen, dass sich am anderen Ende wieder von Menschen bewohntes Land befand.

Das Interessante an der Landschaftsmalerei und überhaupt an der Perspektive war für mich, dass alle Linien an einer Stelle endeten. Ich suchte mir für diesen einen Punkt ein weißes Segel aus – die Spitze eines Dreiecks – und begann das, was ich sah, auf mein Papier zu übertragen.

Ein Maultiertreiber scheuchte seine Tiere den Berg hinauf, begleitet von einem Mädchen in Bauerntracht. Ihr schwarzes Haar hatte sie um eine Silberspange geflochten. Ihr leichtes Kleid raffte ein glänzender Gürtel zusammen und an den Füßen trug sie mittelalterliche Sandalen. Sie winkte zu uns herüber.

Alle hatten wir dieselbe Szenerie vor Augen, doch als wir unsere Skizzen später nebeneinander legten, bemerkten wir, dass jeder von uns ein ganz anderes Bild gesehen hatte. Vogels Konzentration hatte auf den Bergen geruht, die sich ins Meer stürzten, und auf dem Licht- und Schattenspiel der Sonne in den Gesteinsritzen. Auch hatte ihn wohl die Bebauung fasziniert. Erst als ich sein Bild sah, fiel mir die quadratische Regelmäßigkeit der Stadt auf, die vom Canale Grande, der die größten Schiffe aufnehmen konnte, in zwei Teile geschnitten war.

Pforr zeichnete nie das, was er sah. Oder er sah einfach etwas anderes als wir. Er hatte nur die Schiffe im Hafen gezeichnet, aber so, dass sie wie eine Armee still dalagen und darauf lauerten, dass die Flotte des Feindes aus dem Osten anrückte.

Auf meinem Blatt war ein wildes Durcheinander. Die Stadt wuchs wie keine andere in alle Richtungen. Straßenarme griffen bereits über den Rücken des Berges nach der anderen Seite. Es war eine Unruhe und ein geschäftiges Gewusel und davor ging die Bauerstochter, durch ein paar schnelle Striche umrissen.

»Die Schiffe hast du im Verhältnis zu den Häusern zu groß gezeichnet.« Overbeck deutete auf meine Zeichnung.

»Die Perspektive ist nichts anderes als einen Gegenstand hinter deiner Glasscheibe zu sehen. Die Palmen im Vordergrund sind riesig im Verhältnis zu den Häusern und diese wiederum im Verhältnis zu den Schiffen. Auch die Schärfe der Umrisse musst du beachten. Die unmittelbare Umgebung muss stets präziser sein als die Gegenstände in weiter Entfernung.«

»Man sollte sich nie zum Sklaven irgendwelcher Regeln machen«, hielt ich dagegen und schlug mit meinem Skizzenbuch nach Overbecks Hand.

Er zitierte Professor Caucig:

»Jene, die in die Praxis verliebt sind, ohne die Theorie zu kennen, gehen wie ein Steuermann ohne Kompass und Ruder an Bord, nie wissend, wohin sie sich bewegen.«

»Na, dann zeig mal, was du zustande gebracht hast!«, forderte ich. Overbeck klappte seine Mappe auf. Er hatte nur die Berge gemalt und das Meer. Kein Haus, kein Schiff.

»Ich dachte es mir als einen Hintergrund für eine Geschichte, vielleicht Jesus mit seinen Jüngern am See.«

Mir war klar, dass ich an Overbecks Naturbegabung nie heranreichen würde. Er war von uns allen mit dem größten Talent gesegnet, da konnten wir uns anstrengen, wie wir wollten.

Aber als wir den Berg hinunterwanderten und uns in lebendigem Treiben wiederfanden, musste ich feststellen, dass ich den Charakter der Stadt doch ganz gut erfasst hatte. Triest schien eine blühender, gewerbreicher Ort zu sein.

Überall wurde gehämmert, gemalt, gehobelt. Boote wurden abgeschliffen und seetauglich gemacht. Die herrschaftlichen Paläste, an deren Fassaden die salzhaltige Luft genagt hatte, erinnerten mich an Wien. Palmen mit üppigen Blättern, die aus grüngrauen, trockenen, fast abgestorbenen Stämmen wucherten, standen wie eine Parade an der Uferstraße und fächelten sich gegenseitig Luft zu.

Während wir unsere Kammer im Gasthaus Krone bezogen, eilte Vogel zur Poststation und fragte nach seinem Ranzen. Als ich ihn die Treppe hochtrampeln hörte, öffnete ich gespannt die Tür.

»Und?«

Vogel schüttelte traurig den Kopf. »Triest wird meine letzte Station sein.«

»Und meine.« Ich ließ mich aufs Bett sinken. Immerhin waren Vogel und ich bis zum Meer gekommen. In Triest mussten wir jetzt warten, bis uns sein Vater das Geld für die Rückreise schicken würde.

»Versuch es morgen noch einmal«, versuchte Pforr ihn aufzumuntern.

Vogel ging zum Fenster. »Kann man nicht ein bisschen Licht in diese dunkle Kammer lassen?« Er rüttelte kräftig an den Fensterläden, die mit einer Kette verschlossen waren. »Haben die Menschen in südlichen Gefilden Angst vor Sonnenlicht?«, schnauzte er.

»Das Fenster kann nichts dafür«, ermahnte ihn Overbeck.

Ich stand vom Bett auf. »Lasst uns zum Meer gehen und versuchen, unseren letzten gemeinsamen Tag zu genießen.« Die ganze Stadt war aus dem Hafen heraus gewachsen. Er war ihr Herz, ihr lebendiges Zentrum. Mir gefiel dieser Platz rastloser Arbeit. Overbeck meinte, er fühle sich an Lübeck und Travemünde erinnert. Nur, dass das adriatische Meer nicht den gleichen Geruch wie die Ostsee mitbrächte.

Wir schlenderten auf der Kaimauer an hohen Speicherhäusern vorbei, in denen Ware aus aller Welt gehortet wurden. Die Arbeiter bildeten Ketten von den Schiffen bis zu den Lagerstätten und reichten schwere Kisten von Mann zu Mann. Aus den Depots roch es nach Kaffee, Gewürzen und frisch geschlagenem Holz.

Viele Matrosen drängten sich an Land. Ein Gewimmel unterschiedlichster Uniformen und Sprachen: Italiener, Kroaten, Dalmatier, Ungarn, sogar Amerikaner. Ein Umschlageplatz und Knotenpunkt der Kulturen.

Plötzlich sprang ein ganz in rot gekleideter Mohr von einem Schiff vor uns auf den Weg. Auf Französisch fragte er uns, ob wir weiter nach Venedig wollten, die Fregatte, auf der er arbeite, liefe am nächsten Morgen aus.

Die Gräfin hatte uns gewarnt, den Seeweg zu nehmen, da die Engländer vor Triest lagen. Die venezianisch bemannte Galeere, die als Wachschiff im Hafen patrouillierte, schien diese Vermutung zu bestätigen.

Obwohl wir dankend ablehnten, lud er uns ein aufs Schiff zu kommen und schon warf uns ein Matrose einen Strick entgegen, mit dem wir uns an Deck hangelten. Es war eine Fregatte von vierundsiebzig Kanonen und der Kadett erklärte, wo diese bei drohender Gefahr ausgefahren würden. Wir fühlten uns mitten in die Seeschlacht versetzt zwischen Offiziere und Musketiere.

Pforr wollte das Schiff gar nicht wieder verlassen, aber uns knurrte der Magen.

Am Pier, der ins offene Meer führte, machten die Fischer beidseitig ihre Boote fest. Bunte Schaluppen kauerten zwischen größeren Seglern. Ein Seemann stand breitbeinig auf seinem wackeligen Ruderboot, in dem sich gefleckte Langusten, Krebse, Seeungeheuer mit stacheligen Höckern und Krakengetier türmten. Ein anderer, der seine Fische zum Verkauf auf dem Pier anbot, kippte einen Eimer kaltes Wasser über glitschige Meeresbewohner. Als er einen noch zuckenden Fisch sah, packte er ihn am Schwanz und schlug ihn mit dem Kopf auf den Boden. Ich blieb benommen stehen, was er als Kaufinteresse deutete. Als er mir das tote Tier unter die Nase hielt, wich ich zurück und trat Vogel versehentlich auf den Fuß.

Ein faltiger Mann kauerte am Boden, wo er einen Fischleib aufschnitt und schleimige Innereien herausriss. Vor ihm lungerte ein zotteliger Straßenhund mit klaffender Bisswunde am Hinterbein und wedelte bettelnd mit dem Schwanz. Der Alte hatte Erbarmen und warf ihm verknotetes Gedärm vor die Schnauze. Ein Stück weiter kratzte ein Mann mit einem Messer die Schuppen von einem Fisch. Vor ihm lagen Rochen, Tintenfische, sich windende Aale, die ihre kleinen Mäuler auf- und zustießen, hunderte silbrig-glänzende Sardinen, aufgereiht wie kleine Todeskompanien mit erschreckend starren Augen, manche schon grillfertig aufgespießt. Ein Fischer fasste mit seinen Händen in einen Berg von Muscheln, wühlte in den klackernden Schalen, goss Wasser nach und ließ die Tiere durch seine Pranken in eine Blechschüssel gleiten.

Eine schwarze Katze schlich die Mole entlang. Langsam und gelassen. Als sie ein Fischauge fand und an ihrer Beute herumlutschte, nahm sie ein Seemann mit blauer Mütze auf seinen Stiefel und schleuderte das schreiende Tier mit seinem Fuß ins Hafenbecken.

Wir starrten in die Tiefe. Erst war die Katze ganz in das schmutzige Wasser untergetaucht, dann strampelte sie mit ihren Pfoten um ihr Leben. Pforr sprang ohne nachzudenken hinterher.

Als er das ertrinkende Tier schnappte, lief ich die Steintreppe hinunter, die bis ins Wasser führte, um ihm wieder herauszuhelfen.

Mit zerkratzten Wangen, blutigen Händen und einer Alge, die ihm an der Stirn klebte, stieg er mit dem in Todesangst um sich beißenden Tier aus dem brackigen Hafenwasser.

Ich wollte ihm die verstörte Katze abnehmen, aber sie strampelte sich los, jagte die Treppe hoch, an den Fischständen vorbei bis zur Promenade, wo sie als schwarzer Punkt verschwand.

»Du willst Schlachtenmaler werden und kannst nicht mal eine Katze ertrinken sehen?«, lachte ich Pforr aus und reichte ihm mein Taschentuch.

»Lasst uns endlich was essen«, forderte Vogel und ging voraus.

An der Uferpromenade saßen laut diskutierende Männer an runden Tischen vor den Tavernen und tranken Mokka aus winzigen Tassen. Mit den wenigen Zähnen, die ihnen geblieben waren, pulten sie geröstete Sonnenblumenkerne aus ihren Schalen. Was sie nicht aßen, spuckten sie achtlos in die Gegend.

Aus den Spelunken roch es nach Knoblauch und Fisch.

Ob wir nicht lieber im Schatten Platz nehmen wollten, fragte der Wirt, als wir uns an einen Sonnentisch gesetzt hatten. Wir verneinten. Pforr musste wieder trocknen. Ich konnte auch nicht genug bekommen von Licht und Wärme und wunderte mich, warum sich die Einheimischen alle im Schatten drängten. Als wir nach der heimischen Spezialität verlangten, nickte der Wirt nur.

»Rot- oder Weißwein?«, wollte er wissen, als ob es gar nichts anderes zur Auswahl gäbe.

Kurz danach brachte er uns eine Korbflasche Rotwein, helles Brot in Scheiben und blassen, gewürfelten Käse, der in Olivenöl schwamm.

Ich platzierte mein Rotweinglas zwischen einer Schale mit Käsestückchen und zwei kleinen Karaffen Essig und Öl, die auf dem Tisch standen.

Ein schönes Stillleben, dachte ich.

Es dauerte nicht lange, da warf sich der schnauzbärtige Wirt sein Serviertuch über die Schulter und knallte eine Suppenterrine in die Mitte unseres Tisches.

»Sie wird tagelang geköchelt mit Weißwein, Knoblauch, Lauch und Rüben. Calamari, Muscheln. Fische, die sich gern im Sand vergraben, werden nach und nach in Stücken dazugegeben. Das Beste, was Sie an diesem Ort finden können.«

Overbeck nahm die Kelle und füllte jedem von uns einen Teller Suppe auf.

Ich starrte auf den dickflüssigen Sud und musste an die Fischabfälle im Hafen denken. Ein bisschen Ekel hatte ich schon vor dem unbekannten Getier. Mal probieren, redete ich mir gut zu.

Pforr schob eine winzige Krake mit dem Löffel an den Tellerrand und betrachtete die Saugnäpfe an den gekrümmten Armen.

»Sie schmeckt besser, als sie aussieht«, meinte Vogel und spülte schon den ersten Löffel mit einem großen Schluck Rotwein hinunter.

Vorsichtig schlürfte ich ein wenig vom Löffel. Gar nicht übel, dachte ich und tunkte ein Stück Brot in die Suppe.

Ein älterer Mann mit einem pockennarbigen Gesicht und einer schiefstehenden Gurkennase setzte sich ohne zu fragen zwischen Pforr und mich an unseren Tisch. Wir schauten uns irritiert an. In einem Wiener Restaurant war das nicht üblich.

Er trug eine Perücke und einen beigefarbenen Anzug mit Stickereien auf der Weste, aus der ein Hemd mit Spitzenjubet quoll. Die Ärmel des Hemds waren weit und gemufft. Seine enge Hose steckte in schwarzen, ausgetretenen Lederstiefeln. Er sah aus wie ein Trunkenbold, der den feinen Herrn von Welt mimen wollte.

»Darf ich einmal sehen?«, fragte Pforr und hatte schon seine Hand an den Knöpfen der Weste des Fremden.

»Die sind aus Bein. Walknochen«, erklärte der Mann mit einem holländischen Akzent.

»Sind Sie Walfischjäger?«, wollte Pforr genauer wissen.

»Ich war es. Jedes Frühjahr sind wir Richtung Grönland aufgebrochen. Bis zu jenem Tag, an dem ein Teil der Besatzung unter den Eisschollen zurückgeblieben ist.«

»Was ist passiert?« Pforr rückte seinen Stuhl näher zum Holländer.

»Grönländische Schlittenfahrt«, meinte der Fischer. »Sechs Schaluppen mit jeweils zwölf Mann werden zu Wasser gelassen und umkreisen den Wal.« Der Holländer ordnete seine Tabakdose, Pfeffer- und Salzstreuer, Essig- und Ölflaschen und eine Gabel im Kreis, blickte sich suchend um, nahm den aussortierten Tintenfisch von Pforrs Teller und warf ihn in die Mitte. »Das ist der elende Wal.« Dann griff er zur Gabel. »Man muss ihn aus dem toten Winkel angreifen, von vorn oder von hinten. Dann aus einer Entfernung von dreißig Fuß. Zack!« Als er die Gabel in den Tintenfischkörper steckte, spritzte die Fischsuppe zu allen Seiten heraus.

»Trifft man die Speckschicht und kappt die Fangleine nicht schnell genug, dann zieht das Ungeheuer die Schaluppe mit samt der Besatzung hinter sich her. Wenn man Pech hat, wie in unserem Fall an jenem grausamen Tag im Meer vor Spitzbergen, gelangt das Boot unter das Eis. Und wenn man sich dann nicht festhalten kann, der Wal zu lange taucht oder die Schaluppe gegen das Eis geschlagen wird, dann ersäuft man elendig.«

Er zog die Gabel aus dem Tier.

»Wisst ihr, wieviel Geld man beim Walfang machen kann? Siebzehntausend Liter Tran aus einem einzigen Tier!« Er zerquetschte den kleinen Tintenfisch mit seinem Daumen und stopfte ihn sich in den Mund. Dann leerte er Pforrs Weinglas in einem Zug.

»Zum Glück habe ich in einem der anderen Boote gesessen.« Ohne zu fragen nahm er meinen Teller und kratzte den Suppenrest aus unserem Topf.

Wenn ich nicht Maler geworden wäre, wäre ich auch Seefahrer, dachte ich. Mit dem Segler unterwegs auf Entdeckungstour, Länder erobern, Meerstraßen erkunden. Und in jedem Hafen eine Braut.

Ich winkte den Wirt heran und bestellte mehr Wein.

Overbeck nahm ein Stück Brot aus dem Korb, brach es und wischte die Reste von seinem Teller.

»Wie ging es weiter?«, wollte Vogel wissen und fischte eine Miesmuschel aus seiner Suppe.

Der Holländer nahm die zweite Flasche Wein und schenkte uns ein, als hätte er sie bezahlt. »Nach der Tour habe ich die Seefahrt aufgegeben und bin Soldat geworden in der französischen Armee.«

Er berichtete von der Verteidigung des Königs am 10. August 1792. Die meisten seiner Kameraden seien dabei hingemetzelt worden, während er selbst zum zweiten Mal glücklich entkam. Nur weil der Holländer sich mehrere Tage in einer Schleuse verkrochen habe, die er mit unzähligen Ratten teilen musste. Noch widerwärtiger als seine Geschichte fand ich allerdings die Tatsache, dass er während des Erzählens Käsewürfel in seine Suppe gab.

Wohl um unserem Gast zu imponieren, erzählte Pforr von Napoleon, der Schloss Schönbrunn besetzt und Wien bombardiert hatte.

Wir saßen damals alle vier bei meinen Eltern in der Stube und sahen aus dem Fenster. Zuerst hörten wir dumpfes Trommeln, das immer lauter wurde, und schließlich das Klingen der Feldmusik. Der Vorhut folgte ein Regiment nach dem anderen. Vom Schein der Fackeln angeleuchtet, die am Straßenrand brannten, kamen die prachtvollen Garden. Und alle Glocken der Stadt läuteten. Dazwischen waren Trompeten, Trommeln und das Kanonenfeuer zu hören. Am darauffolgenden Morgen erfuhren wir, dass sich der Wiener Kommandant, dieser Feigling, mit dem größten Teil seiner Besatzung über die Donaubrücken zurückgezogen hatte, noch bevor der Franzose den Prater eingenommen und die Donaubrücken in Brand gesteckt hat.

Der Holländer schien gar nicht zuzuhören. Er griff nach seiner Messingdose und nahm ein Häufchen Schnupftabak heraus. Von seiner geballten Faust spreizte er den kleinen Finger und Daumen ab und legte den Tabak darauf. Dann hielt er sich seinen Handrücken unter die Nase und schnupfte das Pulver.

Ich betrachtete die Dose, die er zurück auf den Tisch gestellt hatte. Ihr Deckel war mit der Darstellung eines Zechgelages verziert. Einer der abgebildeten Männer hielt eine Frau umschlungen und hob ein Weinglas in die Höhe. Ein paar holländische Worte waren eingraviert.

»Wer sein Geld vertut mit Wein, Weib und Gesang, kommt zu spät sein Leben lang«, übersetzte der Walfänger und sah mich mit seinen hellblauen Augen an, als sei ich damit gemeint.

Er bot mir seinen Tabak an und ich nahm dankend an. Als ich das Pulver in meine Nase zog, stieg mir sofort ein heftiger Schwindel in den Kopf. Ich gab den anderen einen Wink, es nicht zu probieren.

Als ich dem Holländer erzählte, dass wir auf dem Weg nach Rom seien, überlegte er kurz.

»Von Rom bringt jeder das mit, was er bereit ist hineinzutragen. Die Stadt ist für jeden das, was er für sich selbst ist. Ist er fromm, trifft er auf Gottesfürchtige, ist er ein Gelehrter, so findet er seinesgleichen. Ein Künstler wird in den Farben der Sixtina baden, ein Weltmann stürzt sich auf die Märkte und die Lebenshungrigen ertrinken in heidnischer Sinnlichkeit.«

Und er flüsterte so laut, dass wir es alle hören konnten:

»Rom ist ein Ort der Entscheidung.«

## 6. Venedig

Am frühen Abend erwartete uns eine Überraschung in der Herberge. Auf einem Zettel, der an unserer Zimmertür klemmte, teilte das Postamt mit, dass Vogels Ranzen dort in der Gepäckkammer auf ihn wartete. Er rannte gleich los und kam mit seiner vollgestopften Tasche wieder zurück.

»Und?«, rief ich und sprang vom Bett.

Vogels Miene war versteinert, als er seinen Ranzen auf unserem Lager auskippte. Pforr, Overbeck und ich inspizierten den Inhalt. Zeichenstifte, Papier, ein Hemd, seine Wasserflasche, ein Stück trockenes Brot, Kephalides Reisebuch und sein Pass.

»Dein Pass!«, rief ich.

Vogel grinste. »Morgen geht es weiter nach Italien!«

Ich umarmte Vogel und tanzte mit ihm durch das Zimmer.

Etwas Geld fehlte, aber das hatte Vogel bestimmt schon wieder vergessen, als wir am nächsten Tag in der Kutsche den Isonzo überquerten und deutschsprachigen Boden verließen.

Pforr sah wehmütig aus dem Fenster. Ich schlug ihm auf die Schulter.

»Italia!«

»Lass mich Abschied nehmen«, bat er in ernstem Ton.

»Es ist doch kein Abschied für immer.«

»Doch, das ist es.«

Zwischen Weinreben und sich wiegenden Getreidefeldern versteckten sich die ersten italienischen Dörfer. Bauern pflanzten Maulbeerbäume, Feigen und Zitronen. Mägde, die Krüge auf den Köpfen trugen, trafen sich am Brunnen, wo sie sich die neuesten Begebenheiten erzählten und abseits der Ortschaften schwemmten Gebirgsbäche, die von den Alpen kamen und dem adriatischen Meer zuströmten, immer wieder Hindernisse auf unseren Weg.

Hinter Palmanova liefen uns zwei Kerle entgegen und brachten die Gäule zum Stehen. Einer von ihnen, ein dunkler Schnauzbart, öffnete die Tür unserer Kutsche und machte uns verständlich, dass der eigentlich harmlose Isalino so stark angeschwollen sei, dass kein Wagen die Furt passieren könne, ohne von Männern geführt zu werden.

Wir sahen uns an und nickten ihm zu. »Va bene«, sagte Vogel.

Der Vetturin verlangsamte das Tempo und die zwei Italiener liefen neben unserer Kutsche her. Overbeck streckte seinen Kopf aus dem offenen Fenster. »Da sind noch drei Mann mit Knüppeln! Wo kommen die denn so plötzlich her?«

Vogel blickte ängstlich nach draußen. »Bestimmt wollen die unseren Wagen im Strom zum Kippen bringen!«

»Tutto bene«, winkte ich ab. Soweit reichte mein Italienisch. »Nur weil wir jetzt in Italien sind …«

»Gewehr auf!«, gab Pforr den Befehl und zückte seine Pistole. »Sicherheit geht vor.«

»Es sind fünf. Wir haben nur vier Schuss!«, bemerkte ich.

»Bis wir nachgeladen haben, treiben unsere Leichen schon den Isalino hinunter«, meinte Vogel und fingerte zitternd an seiner Waffe herum.

Pforr, der für unsere Munition verantwortlich war, reichte jedem von uns ein mit Schwarzpulver gefülltes Glasröhrchen, eine Kugel und ein Stück Leder. Ich hatte meine Waffe extra für die Reise gekauft und mit Vogel geübt, auf Büchsen zu schießen. Ich konnte nicht mit Gewissheit sagen, wer der miserablere Schütze von uns beiden war.

Während die Kutsche über Schlaglöcher holperte, versuchte ich den Blechtrichter in die Öffnung des Laufs zu stecken. »Der Vetturin soll anständig fahren, sonst fliegen wir alle in die Luft!«, schimpfte ich und schüttete das Schwarzpulver in den Trichter. Den Lederlappen mit der Kugel legte ich auf die Mündung und wartete, bis mir Overbeck den Ladestock reichte, mit dem ich die Rundkugel in den Lauf setzte.

»Nur noch das Ladehütchen«, sagte Pforr, der neben mir saß, und steckte es auf das Piston.

»Ist es nicht großartig, eine Waffe in der Hand zu halten?«, fragte Pforr.

»Ein Gefühl von Sicherheit«, antwortete ich. »Mehr nicht.«

Vogel sah auf seine Pistole. »Ich weiß gar nicht, ob ich auf einen Menschen schießen kann.«

»In der Not bestimmt.« Pforr lehnte sich aus dem Fenster.

»Sie sollen ruhig wissen, was wir tun. Ich habe schon mein nächstes Gemälde im Kopf. Eine Feldschlacht. Schäumende Rosse mit angsterfüllten Augen, Donnerschläge und Fauströhren erhellen den Himmel, an dem sich die Wolken des Gemetzels aufbäumen. Darunter die Fuß- und Reiterknechte, die sich durch das Getümmel wühlen und über gefallene Krieger steigen.«

»Was gefällt dir an diesem Würgen?«, fragte Vogel.

»Es ist die hohe Ordnung der Schlacht, in der die weise Kunst den Feind ermüdet.« Pforr überlegte einen Moment. »Was ist das wohl für ein Gefühl, sein Leben für einen Kameraden zu geben?«

»Woher soll ich das wissen?«, gab ich zurück.

»Hottinger, du bist in Triest ohne Nachzudenken ins Wasser gelaufen, um mich zu retten. Du hättest dich für mich geopfert.«

Ich sah Pforr an. »Ich bin nur die Hafentreppe hinuntergelaufen, um dir aus dem Becken zu helfen.«

»Du hättest dich für mich geopfert«, wiederholte Pforr »Stell dir nur vor, dein Kamerad liegt verwundet auf dem Schlachtfeld und du kommst ihm zu Hilfe und wirst selbst von der Lanze getroffen, die dein Herz durchbohrt.«

»Gar keine schöne Vorstellung«, bemerkte ich.

»Die Schönheit, die die Welt erlöst, ist die Liebe, die den Tod teilt«, schwärmte er.

81

Ich verdrehte die Augen. »Pforr, ich träume nicht vom Tod. Ich will leben!«

Der Wagen kam zum Stehen. »Ich glaube, wir sind da«, meinte Overbeck und öffnete vorsichtig die Tür. Wir stiegen aus und schnallten die vier Pferde von der Kutsche, die durch die vielen Gräben, Bäche und überschwemmten Stellen müde geworden waren. Während wir uns auf den Rücken der Gäule durch den Strom kämpften, zielten wir mit unseren Pistolen in den Himmel, um die Männer im gehörigen Respekt zu halten.

Das Wasser reichte ihnen bis zur Brust. Zwei Männer und der Kutscher zogen unseren Wagen an der Deichsel durch die Fluten und die drei mit den Stöcken schoben von hinten. Als wir das andere Ufer erreicht hatten, ließen sie uns friedlich ziehen.

»Ohne Waffengewalt anzuwenden, schlagen die Tempelritter ihre Widersacher in die Flucht«, sagte Pforr, als er die Leine am Gebiss seines Pferdes festschnallte.

»Sie wollten uns einfach nur helfen.« Overbeck steckte seine Waffe weg.

Ich legte meinem erschöpften Gaul das Geschirr über den Kopf. Als ich noch einmal zu den Männern blickte, drehte sich einer von ihnen um. Er war noch sehr jung, fast ein Kind. Seine dunklen Locken fielen ihm bis über die Schultern und seine schwarzen Augen blitzen in seinem Gesicht. Er griff an seinen Strohhut, dessen Geflecht sich aufzulösen begann, und grüßte lächelnd.

Unser Wagen rollte weiter, aber sein Bild blieb den ganzen Weg über bis Mestre in meinem Kopf, wo wir aus der Kutsche sprangen, um ein Boot nach Venedig zu besteigen.

Am Hafen drängten sich mehrere Dutzend Gondolieri, die sich um die Fahrgäste stritten. Sie schimpften durcheinander und versuchten, sich zu übertönen. Sie schoben sich beiseite, schlugen, boxten, zogen sich an den Haaren und spuckten sich in die Gesichter. Einer von ihnen zog einem Kontrahenten ein Schild über den Schädel und hielt es mir anschließend vor die

Nase. »Regina d'Inghilterra« – Königin von England – stand darauf.

Ich packte den Mann kurzerhand am Arm und schob ihn aus der lästigen Menge kleingewachsener Venezianer. Bevor wir den Preis verhandelt hatten, schnippte er mit den Fingern, was ein Zeichen für zwei Gehilfen war, unsere Koffer vom Wagen zu holen und sie zum Ufer zu schleppen. Dort wartete eine Armada von schwarzen Gondeln mit eisernen Schnäbeln, die wie Enten nebeneinander aufgereiht im trüben Wasser schwappten.

Wir bestiegen die schwarze Wiege, die mich an homerische Schiffe erinnerte und ließen uns über das grünblaue Wasser gleiten.

Nach jeder Windung schauten wir auf, in der Erwartung, Venedig zu sehen, aber der Kanal zog sich endlos um zahlreiche Inseln herum, auf denen Kastelle und Kirchen thronten.

Ich erschrak, als plötzlich ein Haken, der aussah wie die Hand eines einarmigen Piraten, neben mir einschlug und unsere Barke an einer langen Stange zur Seite zog. Zwei Douaniers in einer Schaluppe wollten unsere Pässe sehen und tausend Kleinigkeiten wissen. Wir merkten schnell, dass wir uns nur mit einem Trinkgeld freikaufen konnten. Kurz danach schnellte eine zweite Schaluppe in unser Sichtfeld. Die zwei Herren waren wenigstens so ehrlich, ohne Umschweife ein Wegegeld zu fordern. Als das gleiche ein drittes Mal passierte und ein unrasierter Mann vorgab, er sei beordert, uns zu visitieren, brüllte Vogel ihm ein paar italienische Schimpfwörter entgegen. Erstaunt ließ er von uns ab.

Endlich kamen wir aus den Krümmungen und Windungen des Kanals heraus und konnten in die Ferne sehen. Über der segellosen Lagune tauchten nacheinander wie aus dem Nichts eine überwältigende Anzahl von glänzenden Kuppeln, Säulen und Masten auf. Der Markusdom mit seinem Kirchturm, Maria della Salute und der Dogana und letztendlich die gesamte Pracht Venezias. Einem Traumbild gleich, das auf dem Wasser schwamm und von der hinter unseren Rücken untergehenden Sonne blutrot getränkt war. Je näher wir dem Ufer kamen, desto wunderlicher zeigte sich die Königin der Meere. Sie schien so nah und trotzdem wurde es schon Nacht, als sich die ersten Häuser wie die letzten Zeugen einer versunkenen Stadt neben uns aus dem Wasser erhoben.

Unsere Ohren waren es gewohnt, mit lautem Hufgeklapper in einen Ort einzuziehen und Marktgeschrei, Kindergeplärre oder Hundegebell zu vernehmen. Hier auf dem Kanal hörte man dagegen keinen Laut. Nur das stille Eintauchen des Stabes des Gondoliere und ab und zu ein »Ho« aus seinem Mund, damit nicht zwei Gondeln im Dunkeln zusammenstießen.

Wir glitten durch die engen Gassen an den düsteren Wänden der Paläste vorbei. Mir war mulmig zumute, als wir in einen kleineren Kanal fuhren. Einen so traurigen Anblick hatte ich noch nie ertragen müssen. Die Straßen waren mit stinkendem Brackwasser überschwemmt, das über die Stufen der Haustreppen schwappte, und eine Öllampe schickte einen einzelnen Lichtstrahl über das Wasser, als suche sie nach ertrunkenen Seelen.

»Was ist, wenn wir in eine Falle getappt sind und der Gondoliere uns in einen Hinterhalt lockt?«, flüsterte Vogel, der hinter mir saß.

»Quatsch«, antwortete ich, obwohl ich mir selbst vorkam wie auf einer Todesbarke. Ich fühlte mich geblendet vom ersten Schein, getäuscht von einem glänzenden Trugbild, das wir in der Lagune hinter uns gelassen hatten und nun sein wahres Gesicht zeigte.

Es wird uns lange Zeit niemand vermissen. Bei diesem Gedanken schauderte mir und ich versuchte, das schöne Lächeln des Jungen wachzurufen, aber es war schon aus meinem Gedächtnis verschwunden. Ich drehte mich zum Gondoliere um. Er trug eine enge schwarze Hose und ein blau-weiß geringeltes Hemd. Um seinen Hals und seinen Bauch hatte er sich rotglänzende Tücher gebunden. Als ich ihm ins Gesicht sah, zog er plötzlich die Oberlippe hässlich nach oben, sodass seine langen Zähne bis zum Zahnfleisch bloßgelegt dazwischen hervorbleckten. Vielleicht hatte er es doch auf unsere Barschaft abgesehen und dies war unsere letzte schweigsame Fahrt. Pforr, der ganz vorn im Boot saß, drehte sich zu uns um und brachte die Barke ein wenig aus dem Gleichgewicht. Die Tatsache, dass er mit einem seiner Gruselgedichte begann, machte die Situation nicht weniger angsteinflößend.

*»Die Nacht bedeckte mich mit Grauen,*
*Dunkelheit umfing mich ganz und gar.*
*Die Blicke wand ich scheu umher, zu schauen*
*das Grässliche der drohenden Gefahr.*
*Ein Todesfrost durchbebte meine Glieder,*
*mein Mut sank immer mehr danieder.«*

»Pforr, halt deinen Mund!«, mahnte Vogel, aber er ließ sich nicht abhalten.

*»Und da verdoppelt rasch ich meine Schritte,*
*doch blieb ich bald an einer Grube stehn.*
*Als jetzt aus der bedeckten Himmels Mitte*
*der blasse Mond schien still hervorzugehen.*
*Von Mauern sah ich ringsrum mich umfangen,*
*ich war auf einen Kirchhof eingegangen.«*

Heimlich verwünschte ich unseren Plan, über Venedig nach Rom zu reisen.

Der Gondoliere verlangsamte die Fahrt. Ängstlich sah ich mich um.

»Königin von England« stand über der Tür, die wie von Geisterhand geöffnet wurde. Aus dem Innern schob sich eine Stiege, die sich vom überspülten Eingang bis auf unsere Gondel legte. Wasser schlug glucksend gegen die Mauer, als wir uns näherten. Ein paar Lohndiener halfen beim Ausstieg und trugen unser Gepäck über die schmale Brücke ins Wirtshaus. Vogel stritt unterdessen lautstark mit dem Gondoliere, der unter Ausstoßen zahlreicher Flüche ein horrendes Trinkgeld verlangte. Zum ersten Mal spürte ich, was es hieß, sein Vaterland zu verlassen, der fremden Sprache nicht mächtig und seinen Gastgebern hilflos ausgeliefert zu sein.

Glücklicherweise war unter den Lohndienern einer, der Deutsch sprach. Overbeck bat ihn, Vogels Zwist zu schlichten. Schnell hatte er den Preis um die Hälfte gedrückt. Unsere Dankbarkeit ausnutzend bot der Herr sich gleich an, uns am nächsten Tag Venedig zu zeigen. Als wir uns geeinigt hatten, führte er uns über eine bröckelnde Marmortreppe in einen Raum, der mit vielen Spiegeln dekoriert war. Ich zog die verstaubten Vorhänge zur Seite und öffnete die quietschenden Fensterläden. Die gegenüberliegende Häuserreihe war nur durch einen zwanzig Fuß breiten Kanal getrennt. Eine gebeugte Frau mit schwarzem Kopftuch kippte einen Nachttopf in die stinkende Lagune.

Aus dem anderen Fenster blickte man auf einen traurigen Innenhof, in dem Bettlaken und Handtücher auf Leinen hingen.

Nach einer trockenen Frittata, die wir in der Schänke verspeisten, wollten wir uns in den zwei Himmelbetten zur Ruhe legen und fanden bloß ein muffig riechendes Leinentuch. Wir fragten den Wirt, ob die Decken vergessen wurden, aber er versicherte uns, dass man hierzulande nur im Linnen schlafe. Man spürte noch nichts von italienischer Hitze, die Wände waren kalt und feucht. Auf unser Drängen brachte er kratzende Pferdedecken, die ich angeekelt über Vogels und meine Beine legte.

Die Nacht war unruhig. Bis drei Uhr morgens wurde gepoltert, ohne Rücksicht auf die Schläfer anderer Nationen zu nehmen, die es gewohnt waren, fünf Stunden früher als die Italiener ins Bett zu gehen.

So schlecht gelaunt wie ich eingeschlafen war, wachte ich wieder auf, reckte mich und knickte ein paar Flöhe, die auf meinem Kopf herumsprangen.

Wir waren erstaunt, neben den Kanälen so viele Gehwege zu finden, durch die uns der Lohnbediente Sulzer mal rechts-, mal linksherum durch das venezianische Labyrinth führte. Bald hatten wir einen Pulk von Taugenichtsen aller Art in unserem Gefolge, die uns umschwirrten wie die Fliegen. Kinder, zahnlose Greise, jammernde und singende Bettler. Ein Kleinwüchsiger schlug ein Rad und landete in einer Pfütze, wo er sitzen blieb und sich die Füße hinter die Ohren klemmte.

»Sie wollen sich alle an unseren Geldbeuteln festbeißen und den Inhalt heraussaugen«, sagte Vogel.

Ich blickte zu Boden, um nicht in den Dreck zu treten und wäre weitergegangen, wenn nicht Pforrs Ausruf des Erstaunens mich hätte aufschauen lassen.

»San Marco!«

Ich rieb mir die Augen wie ein Träumender. Der Markusdom neben dem Palast der Dogen. Drei Mastbäume, auf bronzene Gestelle geschraubt, an denen bunte Fahnen von der Spitze bis zur Erde im Wind wehten. St. Michael und der Löwe. Gondeln, die wie Spielzeug zwischen mächtigen Kriegsschiffen mit Wimpeln auf der Lagune schwappten. Buntes Treiben der Gaukler und Händler auf weißem Marmor. Flatternde Tauben vor strahlendem Blau. In den Kaufläden und Cafés unter den Arkaden tummelten sich unzählige Menschen.

»Statt der Vermählung des Dogen mit dem Meer, die jedes Jahr an diesem Tag gefeiert wird, gedenkt man heute der Hochzeit Napoleons mit Marie Luise.«

Sulzer zeigte auf das Dach des Doms. »Die eisernen Rosse, die den Markusdom geziert haben, tragen nun das Zaumzeug des korsischen Überwinders und sind in einem Triumphzug nach Paris verschleppt worden. Die Stadt kann er nicht auf seine Gäule packen, nicht den Dom!«

Von außen empfingen uns gedrückte Eingänge und niedrige Kuppeln, in der Vorhalle bestaunten wir ein buntes Mosaik und im Innern strahlte griechische, byzantinische, maurische, arabische und neuitalienische Kunst.

Veronese, Tintoretto, Tizian. Fünfhundert Säulen von verschiedenem Marmor. Vergoldete Wände und Gewölbe, Alabaster, Lapislazuli. Der Glockenturm schraubte sich über dreihundert Fuß in den hellblauen Himmel hinauf.

Aber das ganze Wunder dieser Stadt erschloss sich uns erst am Abend, als wir uns unter die Venezianer mischten. Bei Wettfahrten der Gondolieri, bei Mandolinen- und Gitarrenmusik, auf der Rialtobrücke, in den Gassen und Cafés, machten sie die Nacht zum Tag.

Im Kerzenschein lockte der Markusplatz zu großen Abenteuern und zur Lotterieziehung, die die Venezianer lautstark begleiteten. Als es ruhiger und über der Lagune schon langsam hell wurde, setzten wir uns mit einer Korbflasche süßen Wein an die marmornen Landungsbrücken und blickten auf die von bunten Papierlaternen erleuchteten Gondeln. Aufkommender Wind blies nach und nach die letzten Kerzen aus.

Pforr sah stumm versunken, geradezu geistesabwesend auf das Wasser.

»Was ist los?«, fragte ich ihn.

»Die Feierlichkeiten, die doppelte Vermählung haben mich gerührt und in meinen Kopf den Keim einer Geschichte gelegt.«

»Wovon handelt sie?«

»Von Sulamith und Maria.«

Ich hatte unsere Unterhaltung, wie wir uns die Kunst als Allegorie vorstellten, schon fast wieder vergessen.

Pforr sah zu Overbeck, der mit Vogel etwas abseits saß.

»Ich werde Overbeck ein Freundschaftsbild malen. Mit unseren Bräuten«, flüsterte er. »Von dem Augenblick an, als mir Overbeck zum ersten Mal an der Akademie von seiner Vision, die Kunst zu erneuern, erzählt hat, wollte ich sein Freund sein. Da war auf einmal jemand, der das ausdrücken konnte, was ich fühlte. Jemand, zu dem ich aufschauen konnte …«

Pforr nahm ein verknittertes Blatt aus seiner Tasche, faltete es auseinander und hielt es mir hin. »Das ist die Skizze für das Freundschaftsbild.«

Er hatte zwei Frauen gezeichnet, die auf einer Bank saßen und ihre rechten Hände ineinander legten. Über ihnen hing ein Bild mit einer Abendmahldarstellung.

»Die beiden Frauen umarmen sich genauso wie Jesus und Johannes«, sagte ich.

Pforr nickte.

Daneben hatte er einen Adler gezeichnet, der auf der Fensterbrüstung saß und zur Sonne blickte, und ich dachte an den Adlerkopf zurück, der Pforr als Vorlage gedient haben musste.

»Geht sie auf oder unter?«, wollte ich wissen.

»Wie man es sehen will«, antwortete er. »Ich werde dieses Bild auf eine Leinwand bringen, damit es mich immer an meine Freundschaft mit Overbeck erinnert. Er ist alles für mich: Herzensfreund, Bruder und Vater.«

Ich gab Pforr das Blatt zurück.

»Und dann ist da noch die Tochter der Gräfin«, sagte er zögerlich.

»Was ist mit ihr?«

»Die ganze Welt hat sich verändert, seit ich ihr begegnet bin. Das Licht, die Farben. Wo ich auch stehe und gehe, erscheint ihr Bild. Ich sehe ihr Gesicht vor mir, ihre zarten Hände, ihren Blick, ihren Mund. In jeder Dame, der ich begegne, entdecke ich einen Teil von ihr. Ein eleganter Gang, ein Lächeln, eine Stimme. Ich werde sie nie wiedersehen.«

Pforr wischte sich mit der Hand wie zufällig über das Gesicht und nahm mit seiner Fingerkuppe eine Träne mit, die sich im Auge gesammelt hatte und gerade dabei war, Richtung Mund zu laufen.

»Der Herr hat meine Gebete erhört und mir das schönste Gesicht gezeigt, das ich je erblickt habe.« Er schloss die Augen. »Ein unbeschriebenes Gesicht, in das sich die Spuren von Liebe, Glück, Sorge und Trauer erst noch eingraben werden. Die Sehnsucht danach war ihr aber schon anzusehen.«

Ich glaubte, Pforrs wild hämmerndes Herz zu hören.

»Ihr Bild wird dir bleiben«, versuchte ich ihn aufzumuntern. »Du hast genug Phantasie, sie jederzeit wieder lebendig werden zu lassen.«

»Oh, wenn du wüsstest, wie sehr sie in mir herumschwirrt.« Er dachte einen Moment nach.

»Wenn über alles die Liebe zu der wahrhaftigen Schönheit stehen würde, dann wäre die Welt der Himmel.«

Ich zuckte mit den Schultern. »Vielleicht.«

»Ich weiß nicht, ob ich mich in sie verliebt habe oder in ihre Schönheit. Ob ich Sehnsucht nach ihr habe oder nach der Liebe.«

Pforr blickte auf die Papierlaternen, die auf dem Kanal an uns vorbeischwammen. »In jedem Fall ist sie das Tor zum Paradies.«

Ich warf einen Stein ins Wasser, der Ringe auf der Oberfläche bildete und eine rote Papierlaterne ins Schwanken brachte. Die Laterne steuerte direkt auf uns zu und verhedderte sich an einem Eisenkeil, der von der Treppe, auf der wir saßen, in den Kanal ragte. Pforr beugte sich nach vorn, nahm sie aus dem Wasser und stellte die Laterne zwischen uns. Das kleine Licht, das sich in Pforrs Augen spiegelte, kam mir vor wie das Glühen einer Idee.

»Meinst du, dass die Liebe gegen die Seligkeit verblasst, einen Menschen zu verehren, den man nicht haben kann?«

Ich überlegte kurz. »Was weiß ich von der Liebe?«

»Manchmal träume ich davon, ihr Untertan zu sein«, fuhr er fort, »und vor ihr niederzuknien, während sie mich mit Füßen tritt. Hottinger, ich habe schreckliche Sehnsucht.«

Ich tätschelte seinen Rücken. »Wir sehnen uns alle nach Liebe.«

Sanft kniff ich ihm in den Nacken. »Egal, in welcher Form.«

Im Helldunkel, das der Mond auf Pforrs Gesicht warf, leuchteten seine Augen auf. Wie ein Gemälde von Carravaggio, dachte ich. Er starrte auf das schwarze Wasser.

»In mir brennt eine andere Sehnsucht.«

## 7. Der Märtyrer

Sieben Tage studierten wir die venezianische Kunst von Tintoretto über Veronese und Caracci bis Tizian. Für den letzten Abend empfahl uns Overbeck die Opera Buffa, aus der ich nach drei Arien schreiend hinauslief.

Es war schon fast dunkel, als wir am nächsten Tag dem beleuchteten Markusplatz vom Deck unseres Schiffes, das von Ruderbooten langsam durch die Lagune gezogen wurde, Lebewohl winkten. Ich suchte den Platz noch mit den Augen, als wir uns schon weit von der schwimmenden Stadt entfernt hatten.

Als wir in der Kajüte nur eine von einem Eisengitter eingezäunte, sechs Schuh breite Matratze vorfanden, fragte Overbeck den Kuriere, wo denn die anderen drei schlafen sollten.

»Zwei die Füße nach vorn, die anderen umgedreht«, meinte er nur und blies kalten Tabak aus seiner Pfeife.

So machten wir es uns erst einmal an Deck bequem, wo die anderen Passagiere – ein französischer Offizier mit unnötig langen Beinen, ein englischer Landschaftsmaler mit Schlagmütze und ein Salami-Händler aus Modena – den vorbeifahrenden Schiffen winkten. Der Italiener setzte sich zu uns auf die Holzdielen, als er sah, dass wir Landbrot und getrocknete Rinderzunge auspackten. Er knotete sein Bündel auf und entrollte ein Tuch, aus dem weiße, schwarze und rotgefleckte Würste herauskullerten. Der Franzose brachte eine Flasche Rotwein und der Engländer einen in eine Blase gefüllten Büffelkäse, den er wie ein Pilger seine Kalebasse mit einem Bindfaden an seinen Stock gebunden hatte. Schon beim Betreten des Schiffes hatte der Käse wie ein Kobold auf seinem Rücken gehockt und bei jedem Schritt getanzt. Nach seiner Schlachtung entpuppte er sich als zähe, ledrige Masse ohne Geschmack. Pforr würgte sein Stück herunter und sprang auf.

»Wenn ich nicht endlich zu Papier bringe, was in meinem Kopf herumschwirrt, verschwinden die Worte wieder wie ein Traum nach dem Erwachen.« Er kletterte die Stiege zur Kajüte hinunter.

Vogel, der ganz grün im Gesicht war, schwankte hinterher, änderte plötzlich die Richtung und spuckte noch schnell den Büffelkäse über die Reling.

Wir ließen die Flasche herumwandern und stimmten Seemannslieder an. Jeder in seiner Sprache. Overbeck kannte kein einziges. Singend auf einem Ausflugsdampfer auf der Trave konnte ich mir seine Familie auch nur schwer vorstellen. Nach seinen Erzählungen hatte ich ein sehr ordentliches Bild von seinem Elternhaus.

»Bei uns wurde ausschließlich klassisch musiziert«, erklärte er.

Der Salami-Händler entpuppte sich als wahrer Tenor. Ich hörte ihn noch an Deck italienische Arien trällern, als ich, vor mir Vogel und hinter mir eine Eisenstange im Rücken, eingequetscht wie ein Keil im Holz in meiner Koje lag.

Trotz der Enge schlummerte ich selig ein und wurde am nächsten Morgen von heftigem Seegang geweckt. Er zeigte, dass wir die Lagune verlassen hatten und nun auf dem offenen Meer schipperten. Ich befreite mich von Vogel, der schnarchend neben mir lag.

Pforr saß immer noch auf dem Rohrstuhl am Tisch. Sein Kopf ruhte friedlich auf seinem Notizbuch. Das kurze, braune Haar hatte er wie Overbeck in der Mitte gescheitelt. Er ließ es ebenfalls wachsen und hatte sich eine Strähne hinter das Ohr geklemmt. Auf ein Blatt, das vor ihm lag, hatte er in kunstvoll geschwungenen Buchstaben »Sulamith und Maria« mit seiner Gänsefeder gekratzt.

Im Schlaf hatte Pforr etwas Jungenhaftes. Etwas, das vielleicht nie aus seinem Gesicht weichen würde. Auf seiner kurzen Oberlippe wuchs ein zarter Flaum. Obwohl er der älteste von uns war, tobte in ihm ein kindliches Feuerwerk aus Bildern und Geschichten. Für ihn waren Gemälde stumme Gedichte und seine Gedichte sprechende Gemälde. Sein Innenleben drängte ständig danach, durch ihn gestaltet zu werden. Manchmal hatte ich Angst, dass ihn seine Phantasie eines Tages verschlingen würde.

Vor uns lag der Hafen Chioggia, von wo Pferde unser Schiff über die Brenda und den Canal Bianca bis zur Etsch zogen.

Erst am Nachmittag erreichten wir den Po, auf dem wir in ein geräumigeres Schiff umquartierten. Das Umpacken war lästig und eine wackelige Angelegenheit. Zur Entschädigung bereitete uns der Schiffskoch ein üppiges Abendessen mit Sardellen und lustigen Fischen, die ihre beiden Augen auf einer Seite des Kopfes hatten. Dazu setzte er Aniswurzeln auf.

Mit zufriedenen Mägen kletterten Overbeck und ich zum Bug, um zuzusehen, wie die Sonne blutrot im Wasser versank.

»Ist es nicht schön, auf dem Meer des Lebens von den Wellen geschaukelt zu werden, ohne Kompass und ohne schwere Last?«, fragte ich mit einer übertrieben poetischen Handbewegung.

»Ich fühle mich auf dem Fluss hier wohler als auf dem offenen Meer.« Overbeck zeigte auf die Linie des Pos. »Auf dem Fluss kann man in geraden Bahnen bis zur Quelle rudern.«

»Gerade Bahnen?«, wiederholte ich, lehnte mich zurück und spuckte soweit ich konnte über die Spitze des Schiffes ins Wasser.

Wir setzten uns auf die Holzdielen und ließen unsere Beine über den Bug baumeln.

»Du wirst dein Leben ganz schön umstellen müssen, wenn wir in Rom sind«, redete mir Overbeck ins Gewissen.

»Soll ich noch braver werden?«, fragte ich skeptisch.

»Du hast dich in Wien von deinen Leidenschaften regieren lassen.«

»Mein Leben war ein rauschendes Fest«, unterbrach ich Overbeck. »Aber ich bereue nichts. Gar nichts.«

»Mag sein. Aber in Zukunft müssen wir versuchen, uns von allem überflüssigen Ballast zu befreien, um Platz zu schaffen für unsere inneren Bilder. Wir müssen allem entsagen, denn nur in der Leere kann sich die schöpferische Phantasie entfalten. Sollen sich doch die anderen mit unruhiger Geschäftigkeit betäuben und von wirren Gedanken schaukeln lassen.«

Overbeck hatte recht. Ich durfte meine Zeit nicht dem spielenden Zufall überlassen, der mich im Nirgendwo ankern ließ. Ich wollte kein zielloses Leben, das irgendwann anfing und endete, ohne Mittelpunkt und ohne Sinn. Ich wusste aber auch, wie anfällig ich war, wie schnell ich mich ablenken ließ. Und wie leicht man mich verführen konnte.

Ich nickte. »Ich will es versuchen.«

Das Schiff stoppte in einer einsamen Gegend. Niemand stieg ein oder aus. Ich konnte keinen Grund erkennen, warum wir hielten.

»Vielleicht wird ja noch ein Heiliger aus mir«, überlegte ich laut.

Overbeck lächelte und schüttelte den Kopf.

»Und Pforr wird Märtyrer«, fügte ich hinzu.

»Pforr irrt mit der Annahme, dass das Martyrium eine heroische Leistung ist.«

Ich nickte. Da waren wir uns einig.

»Es ist die Gnade Gottes!« Overbeck sprach wie ein Priester. »Das Martyrium ist das erhabenste Zeugnis, das man für seinen Glauben ablegen kann. Die Gleichgültigkeit gegenüber allen äußeren Einflüssen auf das eigene Leben. Das ist auch mein Streben.«

»Dein Streben?« Overbecks Worte weckten Unbehagen in mir.

»Im Tod erwirbt der Märtyrer die Vollendung und Auferstehung«, sagte er ganz selbstverständlich.

Für seinen Glauben zu sterben hielt ich für fanatisch und krank.

Insekten schwirrten um die Öllampe, die uns der herannahende Kurier brachte.

Overbeck nahm sie entgegen. »Ist etwas passiert?«

Der Kuriere fuchtelte aufgeregt mit den Händen in der Luft, dass ihm die Pfeife aus dem Mundwinkel fiel. Er schimpfte auf Französisch, wie schwer es sei, frische Pferde zu bekommen. Aber das sei sein Problem. Wir könnten uns ruhig in die Kajüte legen und in Ponte Lagoscuri wieder aufwachen.

»Trotzdem finde ich grausam, was den Märtyrern angetan wurde«, griff Overbeck das Gespräch wieder auf, als der Kuriere verschwunden war.

Ich lächelte. »Gut, dass die Christen nicht zu solchen Mitteln gegriffen haben. Sie haben die Barbaren mit Liebe von der Barmherzigkeit Christi überzeugt.«

»Genau«, pflichtete er mir bei.

Ich musste an das Gemetzel der Kreuzzüge denken und an die Inquisitoren, die den Menschen mit Gewalt ihren christlichen Glauben aufzwängen wollten.

»Auf die schmerzende Stellen der Ungläubigen haben sie glühende Eisen gedrückt und ihnen auf Rädern die Beine langgestreckt, damit sie schneller in den Himmel wachsen konnten«, meinte ich ironisch. »Bei kaltem Wetter haben sie ihnen ein wärmendes Feuer unter den Hintern gemacht. Daumenschrauben dienten dazu, die Schmerzen des heiligen Erlösers ...«

»Es reicht, Hottinger«, unterbrach mich Overbeck. »Glaubst du nicht an Gott?«

»Doch, ich glaube an Gott«, versicherte ich ihm. »Ich halte ihn sogar für die genialste Schöpfung des Menschen.«

Overbeck überlegte einen Moment.

»Du meinst sicherlich, dass der Mensch die Krönung von Gottes herrlicher Schöpfung ist.«

Ich stand auf. »Ich meine es so, wie ich es gesagt habe.«

## 8. Florenz

Ich war froh, als wir wieder festen Boden unter den Füßen hatten und unser nächstes Etappenziel ansteuerten. Florenz!
Vier Wochen waren wir bereits unterwegs, als er unter dem gewölbten Himmel auf der Piazza della Signoria an der Frontseite des Palazzo Vecchio vor uns stand.
Der vollkommene Mensch. Michelangelos David.
Die Marmorfigur war riesig. Pforr, der Kleinste von uns, passte sicher dreimal hinein.
David schickte mir einen lässigen Blick über die Schulter. Sein Körpergewicht hatte er auf das rechte Bein verlagert, das linke spielerisch leicht daneben gestellt. Ich war geblendet von seiner Schönheit und der im Zenit stehenden Sonne, die seinen Leib umschmeichelte, mit ihm spielte, halbe und ganze Schatten um ihn warf. Sein volles Haar, das sich in schöne Locken kräuselte, fiel bis in seinen Nacken. Sein waches Auge, die klare Nase, das kleine Kinn. Der Mund.
Zarte Beine eines Jünglings, die Knie, die Oberschenkel.
Das weiße Fleisch eines makellosen Körpers.
Ein Mann in der Blüte seiner physischen Kraft. Breite Schultern; muskulöser Oberkörper. Die Seiten sich göttlich verjüngend. Starke Arme, wie nur körperliche Arbeit sie hervorbringen konnte, von hervorstechenden Adern durchflossen. In der Hand eine Steinschleuder.
Ein Beweis des Menschenmöglichen.
Overbeck ging zum Sockel, auf dem Davids Gestalt bis in den blauen, florentinischen Himmel ragte und fuhr mit seiner Hand über den Marmor. »Das ist es«, rief Overbeck. »Den göttlichen Kern des Menschen muss man aus einem Klumpen Erde herausschälen, aus dem Stein klopfen oder mit Farben und Formen auf die Leinwand bringen. Nur so kann man ihn zu

dem zurückzuführen, was er von Anbeginn war. Ein Abbild Gottes.«

Overbeck drückte seine Stirn und beide Hände an Davids großen Zeh und sank mit den Knien auf die holprigen Steine der Piazza wie auf eine Kirchenbank. »Der Höchste ist im Kunstwerk Mensch geworden, um den Menschen zu sich zu erheben. Jetzt verstehe ich, was Professor Caucig damit meinte.«

Ich wollte David nicht so malen, wie er dargestellt war. Michelangelo musste von vielen Menschen die schönsten Teile herausgepickt, zu einer Masse geknetet, neu skizziert, geformt und aus dem Marmorblock gemeißelt haben. Die purifizierte, von ihren zufälligen Mängeln befreite Natur.

David erinnerte mich an die Statuen in unserem Antikensaal, nur bis zur Vollkommenheit getrieben. Der ideale Mensch!

Ich schlich um den Marmorkoloss. Von welcher Seite ich ihn auch betrachtete, die Wahrheit konnte ich in ihm nicht finden.

Seine versöhnend entrückende Schönheit verstörte mich. Ja, sie animierte mich geradezu, die bizarren Kanten hinter der geglätteten Fassade freizulegen. Mir kam der Verdacht, dass das Abschleifen unserer Ecken das Gegenteil von dem auslöste, was es eigentlich bewirken wollte.

Das Ideal war zerstörerisch.

Ich hatte große Lust, mit einem Hammer Davids Kniescheibe zu zertrümmern oder ihm wenigstens einen Zeh abzuschlagen, um ihm die Last der Vollkommenheit zu nehmen.

Aber das wollte ich nicht. Es musste einen sanfteren Weg geben, die ungeschminkte, unbequeme Wahrheit zu zeigen.

Ich musste Michelangelos David in die Wirklichkeit holen, ihm Leben einhauchen.

Aber wie?

Zu Füßen des Königs der Könige tanzte das irdische Leben auf der Piazza. Ein Gewimmel von Menschen aller Tinten und Trachten. Klirrendes Pferdegeschirr lärmte aus den Gassen.

Ein streunender Hund schnüffelte an einem Kutschenrad und sprang erschrocken zurück, als es sich in Bewegung setzte. Vom marmornen Neptunbrunnen schallte helles Lachen der Mädchen herüber. Sie tauchten ihre kupfernen Gefäße in das Wasser und schritten mit der Last auf ihren Köpfen gleichmäßig und anmutig von dannen. Eine drehte sich noch einmal zu mir um und verlor fast das Gleichgewicht. Ich stolzierte an den prächtigen Palazzi vorbei. Genau hier hatten nun die Florentiner Dante ins Exil geschickt, hier hatte Botticelli seine Bilder verbrannt.

Auf einer Bühne stand ein Nachfolger Savonarolas in schwarzem Gewand, der inbrünstig apokalyptische Drohungen ausstieß. Zu seiner flammenden Rede spuckte er Feuer. Die Menge wich zurück, einige Damen liefen davon, als würde eine siebenköpfige Schlange nach ihnen speien.

Ein Mädchen mit bräunlichem Gesicht, langem Rock und zerzaustem Haar kam auf mich zu und nahm meine Hand. Beglückt über diese Freundlichkeit und ihr Temperament reichte ich ihr noch die andere. So wollte ich mich mit ihr in der Sonne drehen und einen Wiener Walzer über die weite Piazza tanzen.

»Ich kann dein Geschick herauslesen«, flüsterte sie und strich mit ihren grazilen Fingern über meine Handinnenfläche.

»Nur zu«, ermutigte ich sie, »wenn es was Gutes ist.«

»Du hast eine lange Reise vor dir.« Sie rückte näher und kroch fast in mich hinein.

»Die Reise habe ich schon fast hinter mir. Lies genauer!«

»Ein Bild wird dich berühmt machen«, sprach sie weiter.

Das hörte sich schon besser an.

»Das Bild deines Freundes«, fuhr sie fort und deutete auf die Davidstatue. Ich verstand kein Wort, ich sah auf die Skulptur und auf meine Freunde, die am Boden saßen, das Zeichenpapier auf ihren Schößen, als sei es das Brevier.

Als ich mich wieder umdrehte, war das Mädchen wie vom Erdboden verschluckt.

Ich zuckte mit den Achseln und füllte mir dann gut gelaunt bei einem Röster die Hosentaschen mit heißen Kastanien. Als ich die Geldmünzen aus meinem Gehrock fischen wollte, war keine mehr da. Ich sah über den Platz und war im Begriff, dem Mädchen nachzurennen, aber ich wusste nicht, in welche Richtung sie verschwunden war. Der Kastanienröster lachte und ließ mir den kleinen Zwischenschmaus.

Ich lachte mit ihm über meine eigene Dummheit. Es waren ja nur ein paar Münzen.

Eine schlanke Italienerin mit schwarzem Haar kam zum Stand. In ein Sacktuch hatte sie ein gerupftes Huhn gewickelt, dessen Kopf am schlaffen Hals in der Luft baumelte. Plötzlich kam mir eine Idee und ich verspürte Lust, mich meinen Freunden anzuschließen und die Skulptur zu zeichnen.

Als ich mich so ganz in den David vertieft hatte, blickte mir ein altes Weib über die Schulter, trat keifend gegen meine Zigarrenschachtel, drohte mir mit der Faust und schimpfte. Ich entnahm ihren heftigen Worten, dass die Florentiner keine Teufelskunst und Hexerei duldeten. Hier lebten gute Christenmenschen und ich sollte dahin gehen, wo ich hergekommen sei.

Ihr Geschrei lockte das vom Prediger aufgehetzte Volk an. Männer, Frauen und Kinder, die mit den Armen fuchtelten, italienische Flüche ausstießen und nach Steinen griffen.

Ich sprang auf, ließ mein Blatt fallen, wich zurück und stürzte einem blau-uniformierten Gendarm in die Arme. Mit seinem Knüppel deutete er auf meine Zeichenmappe.

»Deutscher Maler!«, stammelte ich in meinem unzulänglichen Italienisch und zeigte ihm meine Landschaften, Brunnen und schönen Frauen.

Seine schlaffen Gesichtszüge formten sich zu einem Lächeln, als er die tief dekolletierte Wirtstochter aus Fronleiten sah. »Oh quanto è bello!«

Wie schön, ja! Ich riss das Blatt heraus, rollte es zusammen und bot es ihm untertänig an. Er steckte es schnell in seine

Innentasche, klopfte mir auf die Schulter und beschwichtigte den tobenden Haufen.

Overbeck, der mir zu Hilfe gekommen war, stieß einen entsetzten Laut aus, als er meine David-Skizze vom Boden aufhob.

»Das ist Blasphemie! Du bist doch ein Lukasbruder! Die Steinschleuder auf Davids Schulter ist ein Gottessymbol.«

»Ich weiß«, entgegnete ich mit unschuldiger Miene.

»Mein David trägt eben ein totes Huhn.«

## 9. Urbino

Wir waren es leid, immer wieder einen neuen Kutscher anheuern zu müssen, mit dem wir über den Preis verhandeln mussten. Daher zählten wir in Florenz einem Vetturin sechsunddreißig Dukaten in die Hand, für die er uns in zehn Tagen nach Rom bringen sollte.

In Fossombrone mussten wir allerdings für einen Tag auf Pferde umsteigen. Unser Maultiergespann war zu breit für den schmalen Weg, der uns nach Urbino, der Geburtsstätte Raffael Santis, führen sollte.

Als ich Hufe scharren hörte, sprang ich aus dem Bett und sah aus dem Fenster der Herberge, in der wir genächtigt hatten. Es war noch dunkel, aber im Schein der Talglaterne, die an der Eingangstür hing, konnte ich auf der Straße den Bauern erkennen, den unser Vetturin für uns bestellt hatte. An den Zügeln hielt er fünf widerspenstige Pferde.

»Steht auf, unsere Gäule sind da!«, rief ich den Schlafenden zu.

Pforr und Overbeck schnellten hoch.

Ich zündete eine Kerze an und trat Vogel an den Fuß. Bäuchlings hingestreckt, den Kopf verrenkt, sah er aus wie einer der erschlagenen Schweizer in Merians Schlachtenbildern. Weil Vogel sich nicht rührte, hielt ich dem Schnarcher die Nase zu, bis er ein unbehagliches Schnorcheln von sich gab und mir sein Strohkissen ins Gesicht schlug.

Overbeck hing schon über der Waschschüssel und Pforr pinkelte einen hellklirrenden Strahl in den Nachttopf. Ich schöpfte eine Kelle Wasser aus dem Holzbottich in meine durstige Kehle. Dann zog ich schnell die Hosenträger über meine

Schultern und schlüpfte in die Stiefel. Mit meiner Wandertasche in der Hand hüpfte ich die Treppe hinunter.

Ich hatte eselgroße Tiere erwartet, aber keine Riesenpferde mit bedrohlichen Hufen. Der Bauer, dessen Gesicht mich an eine Walnuss erinnerte, nahm seine schmuddelige Mütze vom Kopf.

»Buongiorno«, begrüßte ich ihn.

»Luigi«, zischte er durch seine Zahnlücke, als wir uns die Hand gaben. »Urbino?«

»Ja, Urbino. Raffael Santi.« Ich malte mit einem gedachten Pinsel in die Luft.

»Raffael Santi?« Luigi zuckte mit den Schultern.

Das konnte doch nicht sein; er kannte den großen Raffael nicht?

Der heutige Tag sollte der Höhepunkt unserer Reise werden. Luigi sollte uns zu der Geburtsstätte des Mannes führen, welcher der Grund unseres Aufbruchs war. Ja, vielleicht sogar unserer Berufung.

Overbeck war hinzugekommen und griff die Zügel. Dann versuchte er, Luigi mit Händen und Füßen zu erklären, dass Raffael ein Prophet, ja der Messias schlechthin sei.

»Seine Werke gleichen göttlichen Schöpfungstaten, seine Madonnen heiligen Ikonen. Es wäre eine Sünde, an diesem Ort achtlos vorbeizuziehen.«

Luigi schüttelte den Kopf. »Malereien interessieren mich nicht.«

Pforr war der beste Reiter von uns und den Umgang mit Pferden von klein auf gewohnt. Er begutachtete die Pferde und schnappte sich einen Schimmel, der um sich biss. Als ich meinem Braunen auf den Hintern schlug, stieg eine Staubwolke gen Himmel. Sein verklebtes Fell fühlte sich an wie ein Pinsel aus Schweineborsten, wenn man ihn nach dem Malen nicht reinigte.

Während Pforr uns in die Kunst des Reitens einwies, äpfelte sein Klepper auf die Hauptstraße von Fossombrone.

Der Geruch erinnerte mich an Wien. Da wäre aber sofort der Kutscher vom Bock gesprungen und hätte die Pferdeäpfel auf seine Schaufel geladen und sie in den dafür vorgesehenen Koffer am hinteren Teil der Kutsche deponiert. Luigi kümmerte es herzlich wenig und so stapfte mein Brauner mit seinen Hufen mitten durch den Haufen.

Endlich trabte unsere Karawane durch die noch öden Gassen. Vogel saß auf seinem Klepper wie eine ausgestopfte Stoffpuppe. Seine Arme und Beine hüpften unkontrolliert in der Luft, als gehörten sie nicht zu seinem Rumpf.

»Hast du überhaupt schon einmal auf einem Pferd gesessen?«, fragte ich ihn.

Vogel klammerte sich an den Hals seines Gauls. »Als Fünfjähriger auf dem Zürcher Jahrmarkt«, jammerte er. Lustlos schlurfte sein Gescheckter los, aber nicht in die Richtung, in die er sollte.

Unsere Kutsche hätte den schmalen Weg durch die Hügel von Le Marche keinesfalls bewältigen können. Denn kaum hatten wir die Stadt verlassen, schlängelte sich der steile Pfad durch seichte Bäche, Schluchten und Olivenhaine. Es war ein kalter Morgen.

Das monotone Klappern der Pferdehufe wurde hier und da von einem krächzenden Hahn oder einem kläffenden Hund unterbrochen. Wir zogen an Kastellen vorbei, die auf wackeligen Bergspitzen balancierten und von der aufgehenden Sonne in ein vernebeltes Licht getaucht wurden. Sie nahm an Kraft zu und vertrieb die Feuchtigkeit aus der Morgenluft, in der ein Hauch von Rosmarin und Thymian lag.

Mit der Andacht frommer Pilger ritten wir schweigsam hintereinander über die Hügel des Apennins, durch Zypressenhaine und leuchtende Klatschmohnfelder.

Pforr drehte seinen Schimmel, dem der weiße Sabber aus dem Maul tropfte, zu mir um und zeigte zum See. »Hottinger, hast du die drei badenden Grazien gesehen?«

Ich blickte zur Seite. »Drei nackte Weiber? Wo?«

»Ich meine die Landschaft hier. Sie ist wie auf Raffaels Gemälden. Ich habe seine Madonna in blauem Umhang mit Jesus und Johannes am Wegrand spielen sehen, einen schlafenden Ritter im Feld und da am See könnte die heilige Katharina von Alexandria mit schmerzverzerrtem Gesicht gen Himmel blicken.«

Ich nickte enttäuscht.

Wie heimatverbunden Raffael gewesen sein muss, dass er noch Jahre später das alles hier in seinen Bilder verarbeitet hat, als er schon längst in Florenz und Rom war, staunte ich.

»Endlich verstehe ich, was es heißt, dass Gott Fleisch wird, um uns zu erlösen«, offenbarte uns Pforr.

Ich sah ihn achselzuckend an.

»In Raffael ist Gott Mensch geworden. Er muss voll Liebe für die Malerei, die Landschaft und das Licht gewesen sein.«

»Und für die Frauen«, fügte ich hinzu. »Kein anderer hat es so gut verstanden, die Kunst und die Vergnügungen des Lebens gleichermaßen zu verehren. Mein Grund, ihm nachzufolgen.«

»Ich dachte, du hättest dich genug vergnügt«, hörte ich Overbecks Stimme von hinten, als wolle er mich an mein Versprechen erinnern.

»Ach ja, ich wollte ja vernünftig werden.« Fast hätte ich es vergessen.

Vier Monate habe ich schon durchgehalten, dachte ich. Keine Frauen, kein Wein, kein Tanz. Nur Zeichnen und Italienisch lernen.

Ich fragte mich, ob Raffael jemals zwischen dem Leben und seinem Werk hatte ringen müssen. Hatte er ganz und gar für die Malerei gelebt? Ist es nötig, sein Leben für das Schaffen aufzugeben, wenn man etwas werden will? Bin ich bereit, auf alles irdische Glück zu verzichten, für den Versuch, ein großes Werk zu erschaffen? Was ist, wenn es mir nicht gelingt?

Ich konnte mir das alles noch nicht beantworten. Erst einmal mussten wir bis Rom kommen.

Als wir eine Weile geritten waren, erinnerte mich Pforrs Gestalt an eines von Raffaels Bildern: Der Heilige Georg auf seinem weißen Pferd. Er musste jetzt nur noch die Lanze ausholen und sie in den Körper des Drachen stoßen. Leider übersah ich in meine Gedanken vertieft den Zweig, den Pforr sich aus dem Gesicht gehalten hatte und der mir nun an den Hals peitschte.

Overbeck quetschte sich neben mich auf den ohnehin schon engen Pfad. »Ich glaube, dass es drei Wege gibt«, überlegte er.

»Ich sehe nur einen und der ist zu schmal für zwei Pferde«, versicherte ich.

»Nicht nach Urbino. Drei Wege zur Kunst.« Overbeck ritt vor und drehte sich auf seinem Pferd zu mir um. »Die Natur, das Ideal und die Phantasie. Wobei ich wie Raffael den Weg des Ideals bevorzuge. Ich habe das Gefühl, als bewegten wir uns heute auf diesem schmalen Weg nach Urbino von der Natur zum Ideal.«

Mir knurrte der Magen. Während sich Overbeck zum Ideal emporschwang und Pforr auf den Flügeln der Phantasie abhob, steckten Vogel und ich wohl im Schlamm des Profanen fest.

Vier Stunden waren wir unterwegs, als Luigi auf einen Hügel zeigte, an dessen Kuppe sich kleine Häuser um einen prächtigen Palazzo gruppiert hatten, und ein Lächeln huschte über seine zerfurchten Wangen.

»Urbino!«

Als wir die letzte steile Anhöhe genommen hatten, warteten wir, bis Vogel auf seinem Pferd angetrottet kam. Gemeinsam erreichten wir das Stadttor. Overbeck stieg als erster von seinem Pferd, schwankte, kniete nieder und küsste den Boden.

»Als Bringer des Heils muss Raffael würdig empfangen und aufgesucht werden.«

Pforr sprang ebenfalls von seinem Schimmel und machte eine tiefe Verbeugung. »Ja, diese Stadt muss jedem Verehrer des Schönen heilig sein.«

So löste auch ich mich aus meinen Steigbügeln, watschelte o-beinig zur Stadtmauer und pflückte vier Blüten von der Kletterrose ab, die an vielen Stellen aus dem Mauerwerk kroch. Die steckte ich jedem von uns wie einen Orden in die Knopflöcher unserer Mäntel.

Luigi schüttelte den Kopf und hatte einige Mühe, den Wachen zu erklären, dass wir nur harmlose Verrückte seien.

Wir schritten nebeneinander auf der Piazza ein, auf der die Händler gerade ihre Marktstände aufbauten. Sie fragten sich wahrscheinlich, wo wir um neun Uhr morgens herkämen und warum wir Rosen an den Revers und dazu blitzende Pistolen trugen.

Auf der Piazza stand ein Händler, der schwarze, breitkrempige Hüte auf seinem Kopf gestapelt hatte. Bauern standen Schlange und erwarben bei ihm für kleines Geld alles, was sie brauchten: alte Anzüge, wollene Unterjacken und Tabak, der aus allen möglichen Mischungen zusammengesetzt war.

Daneben klimperte ein Wechsler auf einem schmutzigen Tisch mit Kleingeld. Ein Kunsthändler hatte Stiche auf dem Pflaster ausgebreitet. Pforr fand Dürers Hieronymus im Gehäuse und zückte seine Geldbörse.

Als er bezahlte, hielt ihm ein Weib ein vergoldetes Ei unter die Nase, das mit Rosenwasser gefüllt war. Er wich vor dem Parfumgestank zurück.

Ein Geflügelhändler breitete Wachteln auf Feigenblättern aus, während seine knollennasige Frau gelbe Hühnerkrallen zu einem Turm stapelte. »Frische Rebhühner«, bellte sie uns auf Italienisch entgegen. Ich sah auf einen Kapaun, der von mehreren Dutzend Drosseln umgeben war, die der Händler an ihren Füßen zu Dreier-Bünden zusammengeknotet hatte. Er bemerkte meinen Blick und redete auf mich ein. Vogel übersetzte, dass sie nicht mehr fliegen könnten, aber in Olivenöl besonders gut schwämmen.

Daneben warf ein Metzger mit nackten Waden und den Augen eines Kannibalen schleimiges Gedärm auf eine verbeulte Waage. Dann schob er sich mit seinen Pranken die Ärmel hoch und nahm einen bläulichen, anscheinend schon in Fäulnis übergegangenen Hasen vom Haken, an dem sich hungrige Wespen festgebissen hatten. Er legte ihn neben einen Wildschweinkopf mit blutiger Schnauze und schlug mit dem Beil so fest auf seinen Kopf, dass dieser in zwei Gehirnhälften zerbarst.

Ein kleines Mädchen, das vor einem Stand hockte und an einer Schwarte knabberte, weinte laut auf, als sie uns erblickte. Der Fleischer wickelte ihrer Mutter schnell den Schweinekopf in Papier, den diese sich hastig unter den Arm klemmte. Sie zog ihre Tochter am Ärmel von uns weg, wobei dem Kind die Schwarte aus der Hand fiel und es noch lauter schrie.

Aus einer Osteria zog Küchengeruch bis auf die Straße und lockte uns zum Frühstück. Es schienen sich nicht viele Fremde an diesen Ort zu verlaufen, denn der Wirt war so durcheinander, dass er uns zu Bergkäse und Brot Gabeln, Messer und Löffel reichte.

Overbeck erhob das Glas mit frischer Milch.

»Stoßen wir auf Urbino an, das einen Mann hervorgebracht hat, dessen Andenken leben wird, solange menschliche Herzen warm schlagen. Raffael hat dieses unbedeutende Bergdorf zur Geburtsstätte der Vollkommenheit gemacht.«

Wir schmetterten unsere Gläser aneinander. »Auf Urbino.«

Auf die Frage, wo der Heilige geboren wurde und was noch von ihm hier zu entdecken sei, schickte der Wirt uns einen Kellner, der uns nach der Mahlzeit zur Casa Natale di Raffaello führen sollte.

Ein paar Straßenzüge unter dem Palazzo Ducale entdeckten wir eine Marmorplatte über einer Haustür, in die folgende Worte eingemeißelt waren:

*Nunquam moriturus*
*exignis hisce aedibus*
*eximus ille pictor*

*Raffael*
*natus est*
*Oct. ld. Anne an*
*MCDXXIII*
*venerare et genium loci*
*ne mirare*
*ludit in humanis divina potentica rebus*
*et saepe si parvio claudere magna solet*

»In diesem unwürdigen Haus ist jener außerordentliche und unsterbliche Maler Raffael geboren. 28. März 1483. Dauernd möge der Fremdling hier ehren den Namen und Geist des Ortes«, übersetzte Overbeck.

Da standen wir nun an der Wiege des Malerfürsten, der die Kunst zu ihrer Vollendung geführt hatte. Wir liebten alle vier denselben Menschen, der das geschafft hatte, wovon wir nur träumen konnten. Raffael war wie ein Band, das uns zusammenhielt. Unser Vorbild wurde auf einmal lebendig, als sei er in unserer Mitte. Ich musste die Steine des Hauses mit meinen Händen berühren und konnte es trotzdem nicht begreifen.

Der Kellner, der den Schlüssel geholt hatte, führte uns durch die Wohnstube, in der noch ein Messingkessel über dem Kamin hing. Über einen kleinen Innenhof mit Ziehbrunnen gelangten wir zum Atelier von Raffaels Vater.

An dem Mörser, der auf dem Arbeitstisch lag, klebten noch gelbe Farbpigmente. Die Pinsel, die durcheinander in einer Weinkiste steckten, wischten die drei Jahrhunderte, die zwischen Raffaels Zeit und der unsrigen lagen, einfach weg. Ich streckte meine Hand nach ihnen aus, zuckte dann aber zurück, weil mir Pforr auf den Rücken schlug.

»Das sind heilige Reliquien«, mahnte er. »Die darf man nicht berühren.«

»Aber den Kopf eines Toten darf man stehlen?«, witzelte ich.

Pforr errötete.

Der Kellner winkte uns weiter und zeigte uns eine Madonna mit Kind.

Overbeck ging so nah an das Bild, als wolle er hineinkriechen.

»Raffael selbst hat im Alter von elf Jahren das Bild auf Stein gemalt«, berichtete der Kellner. »Als sein Vater, Giovanni Santi, das Bild sah, fasste er den Entschluss seinen Sohn in die Schule des Perugino zu geben, weil er ihm nichts mehr beibringen konnte.«

In der Franziskanerkirche nahmen wir vor einem Altarbild Platz, das Raffaels Vater gemalt hatte. Im Hintergrund war eine weitere Madonna mit Christuskind, der Heilige Johannes und Sebastian zu erkennen. Im Vordergrund hatte der Maler sich selbst kniend gemalt mit seiner Frau und dem kleinen Raffael.

Als ich meine Zeichenutensilien aus der Tasche hervorholte und sein Köpfchen und die winzigen Finger abzeichnete, fühlte ich mich auf einmal sehr verbunden mit Raffael. Wer konnte damals schon ahnen, dass diese Hände einmal die Schule von Athen hervorbringen würden.

## 10. Assisi

Ein dürftiger Handelsweg, der nur Wein, grobe Schafwolle und Borstenvieh zu bieten hatte, führte uns schon am folgenden Abend durch Alleen von Oliven-, Zitronen- und Orangenbäumen in die fruchtbare Ebene der Provinz Perugia hin zur nächsten Wallfahrtsstätte.

Als der Vetturin die Kutsche an der Kirche Santa Maria degli Angeli im Tal von Assisi zum Stehen brachte, saß ein Mönch vor dem Portal, der die Kugeln seines Rosenkranzes zählte.

Unter seiner aus braunen Sackleinen zusammengeflickten Kutte, die von einem groben Strick gehalten wurde, lugten verkrustete Füße hervor. Seine Tonsur umkränzte ein schmales Gesicht, auf welches das einsame Beten traurige Furchen eingegraben hatte.

»Braucht ihr eine Schlafstelle?«, fragte er.

Wir wurden uns schnell einig und der Franziskaner, der sich Bruder Antonio nannte, raffte sein Gewand zusammen und stieg in unseren Wagen.

Als wir an Weinreben vorbei den Monte Subiaso hinaufrollten, war ich mir nicht sicher, ob mir ein echter Bruder gegenüber saß oder vielleicht ein Bettler. Ein verkleideter Vagabund, spekulierte ich, der nur vorgibt, ein Geistlicher zu sein.

Er deutete auf eine von mächtigen Stützmauern getragene Festung.

Der Mönch erzählte, dass dies die Grabstätte des Heiligen Franziskus wäre. Der Sacro Convento. Aber so dürften sie ihn nicht mehr nennen, seit Napoleon alle Conventos in Italien aufgelöst hatte. Aber für ihn änderte sich nichts daran.

Overbeck hakte nach, was mit seinem Orden passiert wäre.

Die Bibliothek und die Kirchenschätze wurden geplündert, das Chorgestühl verbrannt. Sie lebten nun als Bettelmönche.

»Das ist ja schrecklich.« Vogel machte ein entsetztes Gesicht.

Der Mönch schabte sich die dürren Arme und schüttelte dabei den Kopf. »Die Franzosen können all unsere Güter nehmen, aber nicht unseren Glauben. Jetzt richten wir unseren Sinn ganz auf Gott und folgen dem Heiligen Franziskus, der sich einst mit den Armen und Aussätzigen verbündete. Sein Hemd hat er einem verarmten Ritter geschenkt.«

Seine Schuhe wohl auch, dachte ich.

Pforr streckte seinen Kopf aus dem Fenster. »Wie prächtig die Oliven glänzen.«

»Im Winter hat der Ölbaum eine noch schönere Farbe«, sagte Bruder Antonio. »Dann drehen die Blätter ihre glatte Seite der Sonne entgegen.«

»Vorsicht«, rief ich dem Kutscher zu.

Fast hätten wir eine taube Betschwester überrollt, die im letzten Moment mit ihrem geflochtenen Korb in den Graben sprang.

Die Kutsche hielt am Stadttor, denn die Gassen waren zu eng für unser Gespann. Die Wächter konnten unsere Pässe nicht lesen, obwohl sie auf Deutsch und Französisch ausgestellt waren. Wenigstens ließen sie uns schnell passieren.

Assisi ragte nicht allein durch seine Lage bis in den Himmel. Hier oben auf dem Berg hatten sich alle Geistlichen Italiens zusammengerottet, um der Auflösung ihrer Orden zu trotzen und dem Verfall der Kirche entgegenzuwirken. Nonnen, Mönche und Priester, die in ihren langen Gewändern durch die Gassen schwebten, zogen einen würzigen Weihrauchduft hinter sich her, als wollten sie damit den Geist der bösen Franzosen austreiben. Trotz der vielen Pilger, die sich ihnen anschlossen, lag eine fast beängstigende Stille über dem Ort. Keine tratschenden Mädchen, keine spielenden Kinder. Als sei ganz Assisi ein heiliger Raum, in dem man sich nur andächtig fortbewegte. Auch schien es mehr Kirchen als Wohnhäuser zu geben.

Durch verwinkelte Gassen schleppten wir unser Gepäck treppauf und treppab. Via San Francesco, Via Metastasio, Via Santa Croce.

Ich spürte die holprigen Pflastersteine unter den Sohlen meiner Stiefel.

»Alles wie zu Dürers Zeiten«, rief Pforr begeistert, als wir das ehemalige Franziskanerkloster, ein schmutziges Gebäude mit langen, dunklen Korridoren, erreicht hatten.

Im Kreuzgang erzählte der Mönch von einem Mitbruder, der sich zu oft faulenzend am Brunnen aufgehalten habe.

»Der Müßiggang hat ein Loch in seine Seele gerissen, durch das der Teufel in ihn schlüpfen konnte. Er wurde schwachsinnig und nicht einmal der Exorzist konnte ihn heilen. Seitdem wagt sich niemand mehr in die Mitte des Kreuzgartens.« Flüsternd fügte er hinzu: »Wer dreimal um den Brunnen schreitet, verfällt dem Wahnsinn.«

Ich sah den Mönch an. Ich sah zum Brunnen. Ich rannte los.

Bruder Antonius wollte mich noch packen, aber ich war schneller. Nach drei Runden schleppte ich mich mit schielenden Augen, aus dem Mund tropfender Spucke und schlackernden Armen, ein Bein nachziehend zum entsetzten Bruder, der mit aufgerissenen Augen ein Kreuzzeichen schlug und nach seinem Holzkreuz griff.

»Keine Angst, alles in Ordnung«, beruhigte ich ihn und bewegte mich wieder normal.

Nach einer Schüssel Milch und einem harten Stück Weißbrot, das wir mit ein paar zurückgebliebenen Mönchen im Refektorium hinuntergewürgt hatten, wollten wir uns nicht bei den Pilgern im stickigen Dormitorium aufhalten. Während Overbeck und Pforr im verwilderten Kreuzgarten Dürer-Stiche studierten, schlichen Vogel und ich noch einmal um die Häuser.

Über eine schmale Steintreppe, die sich den Berg hinaufzüngelte, stiegen wir empor. Vogel tippte mir auf die Schulter und zeigte auf ein Schild. Trattoria stand darauf.

Ich nickte.

Der schnurrbärtige Wirt verstand unser Italienisch nicht und so baten wir ihn, irgendetwas Essbares zu bringen. Er servierte uns mit Lorbeer und Pancetta gefüllte Tauben, die er über dem Holzfeuer gegrillt hatte, dazu eine Flasche umbrischen Wein.

Ich ließ es mir nicht nehmen, auf den Obmann der Züricher Künstlergesellschaft, den großen Zuckerbäckermeister und Ratsherrn David Vogel anzustoßen und auf seine nicht versiegende Gönnerfreude.

Wir fraßen, bis uns die Bäuche schmerzten, legten die Füße auf den Tisch und rülpsten um die Wette.

Als wir die dritte Flasche geleert hatten, Vogels Kopf auf den Tisch fiel und mein Stuhl zusammenbrach, packte uns der Wirt am Kragen und setzte uns auf die Straße.

»Tief atmen, Vogel. Das ist die heilige Luft von Assisi.«

»Komm.« Vogel stützte mich und wir torkelten Arm in Arm durch die Gassen. Funzelige, von Eisenhelmen geschützte Gassenlichter, die an Speeren aus den Steinmauern ragten, ermahnten uns mit ihrer spärlichen Helligkeit, dass man zu dieser Stunde nichts mehr auf der Straße zu suchen hatte.

Zurück im Kloster schlichen wir auf Zehenspitzen an den Mönchszellen vorbei. Versehentlich trat ich gegen einen Nachttopf, der laut schepperte. Wir tippelten vorsichtig weiter, als sich eine Zellentür knarrend öffnete. Bruder Antonio! Ich hielt mich an der Wand fest, damit ich nicht schwankte. Er sagte kein Wort, aber sein eiserner Blick durchstach mich. Ich fühlte mich schlecht und sündig und ich nahm ihm übel, dass er diese Empfindung in mir auslöste.

Im Kreuzgang arbeiteten Overbeck und Pforr bei heruntergebrannter Kerze an zwei Skizzen. Vogel und ich wankten zu ihnen.

»Wer soll das denn sein?« Vogel zeigte auf Pforrs Zeichnung.

»Raffael und Dürer knien vor der Göttin Kunst«, erklärte Overbeck ohne aufzusehen.

»Uns ist die Idee gekommen, den beiden Künstlern die Gewänder ihrer Zeit anzuziehen. Und zwar jedem das Kleid des anderen. So schmelzen sie zusammen«, sagte Pforr stolz, als hätte er gerade den Heißluftballon erfunden.

»Eine Deutsche und eine Italienerin müsste man zusammenschmelzen.« Ich lachte laut, fiel auf den Steinboden und blieb liegen.

Am nächsten Morgen wachte ich auf dem harten Fußboden im Dormitorium wieder auf. Mein Schädel dröhnte.

Angewidert schob ich einen muffig riechenden Rompilger, der sich laut schnarchend auf mich gerollt hatte, von mir weg. Von meinen Freunden war keiner zu sehen. In einem meiner Stiefel fand ich einen Zettel, auf den Vogel mit seiner krakeligen Handschrift ‚Sind in der Basilika' geschrieben hatte.

Ich warf mir meinen Mantel über und verließ den Schlafsaal. Die Pforte quietschte, als ich sie öffnete, um auf die Straße zu gelangen. Ein Hund saß im Hauseingang. Selbst er schien die heilige Ruhe, die auf dem Ort lag, nicht stören zu wollen. Er knurrte nicht, er bellte nicht, er beachtete mich nicht einmal. Vielleicht war er blind.

Auf der Via Frater Elia hielt ich einen Moment inne und sah ins Tal hinab. Aus dem Frühnebel ragte die schwarze Kuppel der Basilica di Santa Maria degli Angeli empor und schwebte über den Feldern, auf denen Olivenbäume leichte Schatten im frühen Sonnenschein warfen. Wie einen leisen Ruf nach Freiheit vernahm ich das Gurren der Tauben, die wir am Vorabend im Vino Rosso ertränkt hatten, in meinem Magen. Hinter einer Zypresse beugte ich mein Haupt und entließ sie nach draußen. Ich wischte mir über den Mund. Jetzt geht es besser, dachte ich.

Erleichtert schloss ich mich einer Gruppe von welschen Pilgern an, die traurig waren, keine Heiligen zu sein, und folgte ihnen zu ihrem leuchtenden Tagesziel.

Unter den Arkaden der Piazza Inferiore de San Francesco, die wie ein überdimensionaler Kreuzgang zur Basilika führte, tummelten sich allerhand Devotionalienhändler und boten lautstark Rosenkränze in allen Größen und Farben an. Außerdem Amulette, geschnitzte Franziskusfiguren, Ikonen, Buchmalereien, Bibeln, Messingkelche, Glasperlen, heilende Steine und Räucherkraut.

In der Mitte des Platzes prägte ein Schmiedemeister das Gesicht des Heiligen Franziskus in Münzen ein, ein Korbflechter bastelte mitten im Sommer Weihnachtskrippen und Schuhflicker stanzten christliche Namen in helles Leder.

Dazwischen tanzten Gaukler, Feuerspucker, Trommler und ein schottischer Piffieri, dessen quäkendes, Mark durchdringendes Dudeln so sehr in meinen Ohren schmerzte, dass ich große Lust verspürte, mein Messer in seine Sackpfeife zu stechen.

Ob der Bettelmönch Franziskus diesen Trubel wollte?, überlegte ich. Wenn sie nicht seinen Leichnam auseinander gepflückt und seine Knochen in alle Herren Länder für viel Gold verteilt hätten, würde er sich bei diesem Anblick wohl heute noch in der Grabeskirche umdrehen.

Während sich die Bänke der Unterkirche mit Gläubigen füllten, gelangte ich über eine schmale Treppe in die Oberkirche des zweistöckigen Gotteshauses, wo meine Freunde und Bruder Antonio unter gotischen Gewölbebögen vor Giottos Fresken standen. Vogel sah blass und gelangweilt aus und lächelte, als er mich sah, während Overbeck und Pforr an den Lippen des Mönchs hingen.

Ich nickte in die Runde und ließ mich auf eine Kirchenbank fallen. Bruder Antonio gab sich mit zu spät kommenden Müßiggängern nicht ab. Die Tatsache, dass er mich gestern Nacht auf dem Gang erwischt hatte, machte ihn mir gegenüber scheinbar nicht wohlgesonnener. Er schenkte mir keine Beachtung.

»Apostel der Endzeit, gelebtes Evangelium, fortschreitende Ähnlichkeit mit Christus«, verstand ich aus den Worten des

Mönchs, der anhand der Bilder die Lebensgeschichte seines Gründervaters Franziskus erzählte.

Ich gähnte und betrachtete die bröckelnde Fassade. Eine Symphonie aus Kobaltblau, Rostrot und schmutzigem Ocker. Franziskus, die Stigmata empfangend; Franziskus mit einer ganzen Kirche auf seiner Schulter; Franziskus auf einem Feuerwagen in den Himmel auffahrend; Franziskus, wie er Dämonen vertrieb und durch Feuer lief, um seine Liebe zu Christus zu bezeugen; Franziskus, der im Gebet vom Boden abhob und eine tote Frau wieder lebendig machte; Franziskus, der aus einem Stein Wasser hervorquellen ließ und den Vögeln predigte. Und, um allem noch ein gutes Ende zu geben, Franziskus' Seele, die wie ein leuchtender Stern in die Wolken flog.

»Eine neue Art der Perspektive«, hörte ich Bruder Antonio sagen.

Da hatte der Mönch wohl recht. Trotzdem wurde ich das Gefühl nicht los, als bewegten sich Giottos Figuren auf einer inszenierten Theaterbühne aus gemalten Predigten. Er hatte sie unter das passende Fresko aus dem Heilsleben Jesu und den Geschichten aus dem Alten Testament aufgetragen, damit Franziskus durch sein Zeugnis als Brücke zu Christus diente.

»Franziskus hat mit seiner eigenen Hände Arbeit die vom Einsturz bedrohte Kirche wieder aufgebaut«, flüsterte Overbeck mir zu. Interesse heuchelnd nickte ich.

Als der Mönch uns über eine breite Außentreppe zurück in den unteren Teil der Kirche geführt hatte, blieb Overbeck wie versteinert vor einer Wandmalerei stehen. Er riss seine Augen auf als hätte er eine göttliche Erscheinung.

Auf dem Bild sah ich einen grauen Teufel, der sich aus den Ketten, die seinen Hals und seine Gelenke umklammerten, zu befreien versuchte. Aus seinem verunstalteten Kopf wuchsen Hörner, aus seinen Zehen lange Krallen. Daneben stand ein Engel in Rüstung, der auf etwas mit dem Finger wies.

»Der Engel Raphael.« In Overbecks Stimme klang Begeisterung mit. »Seht ihr, wohin er zeigt?«

»Süden?«, rätselte Vogel träge.

»Rom! Raphael zeigt nach Rom!« Overbeck fuchtelte euphorisch mit den Händen. »Hier fügt sich für mich alles zusammen. Ich habe doch in Wien das Bild von Tobit gemalt. Tobit, der vom Engel Raphael geführt, auf Reisen geht und am Ende seinen blinden Vater wieder sehend macht.«

Ich kannte Overbecks Bild, aber ich konnte keinen Zusammenhang mit dieser Teufelsfratze erkennen.

»Das ist ein Zeichen!«, jubelte Overbeck. »Gott spricht zu mir in Bildern. Wir können uns von ihm mitnehmen lassen, uns von Raphaels Flügeln tragen lassen und über die irdische Wirklichkeit hinwegschwingen.«

»Wozu?«, fragte Vogel trocken und ging zum Ausgang.

»Die hat er allein mit seinen Händen aufgebaut?« Erstaunt sah ich zur Kuppel der Basilika Maria degli Angeli. Bruder Antonius schüttelte den Kopf und öffnete die Pforte des Gebetshauses. Er schob einen Samtvorhang zur Seite, als führe er uns in seine Wohnstube.

»Eine Kirche in einer Kirche«, brachte Pforr erstaunt hervor.

Im Inneren der Basilika stand eine kleine Kapelle mit einem Ein- und Ausgang.

»Franziskus hat festgelegt, dass jedem, der durch die Tür der Portiunkula geht, alle Sünden vergeben werden«, bemerkte Overbeck. Der Mönch nickte ein paar Mal, als wollte er damit bestätigen, dass dies eine glaubhafte Überlieferung war.

Das gefiel mir. Wir gingen an mächtigen Säulen vorbei, geradewegs auf die Miniaturkirche zu. Gegen die mächtige Basilika sah sie aus, als sei sie als Spielhäuschen für Kinder erbaut. Ich schlüpfte als Erster hinein. Im Inneren der kleinen Kapelle standen sechs Bänke, drei rechts, drei links und ein Altar in der Mitte, auf dem ein ewiges Licht brannte.

»Seit wann glaubst du denn an so etwas?«, fragte mich Vogel erstaunt, als ich zum dritten Mal durch die Portiunkula gelaufen war.

»Naja, schaden wird es doch nicht«, entgegnete ich, »und wenn es mich sogar von den Sünden reinigt, die ich noch vorhabe zu begehen, laufe ich auch noch ein viertes Mal.«

Overbeck stand vor der Kapelle und betrachtete die weiße Fassade, als träumte er davon ein Fresko auf die Wand zu zaubern.

»Die vom Einsturz bedrohte Kirche«, murmelte er. »Der Auftrag Gottes geht an uns!« Overbecks Augen leuchteten. »Der Tempel der Unsterblichkeit. Den Tempel der christlichen Kunst sollen wir wieder aufbauen.«

»Aber bitte nicht heute«, meinte Vogel und ließ sich in der Kapelle auf eine der Bänke plumpsen.

»Franziskus hatte eine Vision und ich habe auch eine.«

Overbeck fällt doch nicht etwa auf dieses mittelalterliche Mysterienspiel herein?, hoffte ich inständig.

»Der Triumph der Religion in der Kunst!« Overbeck war wie ausgewechselt. Ruhelos lief er vor dem Altar hin und her. »Ich werde mich aus den Ketten befreien.« Overbeck zog seinen Mantel aus und hob ihn mit einer Hand in die Höhe. »Wie Franz von Assisi werde ich meinem Vater den Rock vor die Füße werfen. Ich brauche seinen Mammon nicht!« Er schleuderte mir den Mantel entgegen. Erschrocken fing ich ihn auf.

»Christus nachfolgen. Ohne Kompromisse. Gottes Wort ist der Weg.« Er drehte seine Handflächen nach oben und lächelte entrückt, als empfange er göttliche Botschaften. Dann fixierte er mich mit seinem Blick. »Wir müssen wie die Mönche leben! In Armut, Keuschheit und Gehorsam.«

»Gehorsam?«, wiederholte ich.

»Gott wird uns offenbaren, wie wir nach der Vorschrift der Bibel leben sollen.«

Ich war nicht gerade angetan von Overbecks Vorschlag. Ja, wir nannten uns Lukasbrüder. Ja, wir wollten ein einfaches

Leben, um unser Ziel zu erreichen. Nach der Bibel leben, was heißt das?, überlegte ich. Da standen ja ziemlich viele Geschichten drin. Und nicht wenige von ihnen waren schaurig.

»Was ist mit euch? Seid ihr dabei?« Overbeck wandte sich an Pforr und Vogel. »Wollt ihr wahre Lukasbrüder werden und durch eure Bilder Heil bringen?« Pforr blickte interessiert, während Vogel fast einschlief.

»Wir müssen die Perle, den Kern des ganzen Lebens suchen«, versuchte Overbeck es weiter. »Ein reiner Lebenswandel ist notwendig, um zur Wahrheit vorzudringen. Alles andere ist Schale und Verhüllung. Was wir in Wien begonnen haben, wird sich in Rom erfüllen. Lukasbrüder, wir können Kunstevangelisten sein!«

Ich wollte Raffael nacheifern, aber nicht Fra Angelico. Eine Zeitlang Verzicht zu üben, machte für mich Sinn, damit wir uns auf unsere große Sache konzentrieren konnten. Aber wenn wir das geschafft hatten, dann erwartete ich zum Lohn, zwischen antiken Säulen auf einem Diwan zu liegen und mir von römischen Jungfrauen Wein in den Schlund gießen zu lassen.

»Reicht euch denn Gottes Lohn nicht?« Es war, als hätte Overbeck meine Gedanken gelesen.

»Wie sieht der aus?«, fragte Vogel neugierig.

»Die Ewigkeit!«, offenbarte uns Overbeck.

Vogel schüttelte ungläubig den Kopf.

»Die Gnade des Herrn wird denen zuteil, die nach seinen Geboten leben«, fuhr Overbeck aufgeregt fort. »Wir werden große Werke schaffen, dir uns unsterblich machen.«

»Silencio!«, ermahnte uns ein vorbeischlurfender Mönch mit Kapuze auf dem Kopf.

»Wir können die Welt nach der Vertreibung aus dem irdischen Paradies zur Urschönheit zurückführen.«

»Das wollen wir ja auch. Aber deswegen müssen wir uns doch nicht einmauern«, bemerkte Vogel.

Der Mönch steckte seinen Kopf erneut zur Tür herein.

»Silencio prego!«

Während Vogel und ich schlaff in unseren Bänken hingen, schäumte Overbeck geradezu über von seiner Idee.

»Ich habe vor den Giotto-Fresken gespürt, was Bilder mit uns anstellen können. Sie können den Menschen vom Bösen zum Guten führen. Sie können Heil bringen! Versteht ihr denn nicht, was wir für eine Verantwortung haben?« Overbeck sah Pforr an. »Was meinst du?«

»Pforr, du willst Schlachtenmaler werden«, erinnerte ich ihn, damit er sich seine Antwort gut überlegte.

»Es würde dem Ganzen einen tieferen Sinn geben«, überlegte er. »Dann würden wir wahrhaft für Gott kämpfen.«

»Und für ihn sterben«, fügte Overbeck hinzu.

Pforr strahlte. »Wir könnten Märtyrer sein.«

Overbeck nickte heftig. »Es ist eine Einladung an uns zum mystischen Lebensopfer. Selig sind die Toten, die im Herrn sterben, von jetzt an!«

Der Spruch stand in Sankt Anna in Wien über einer der Seitenkapellen. Ich hatte ihn noch nie verstanden. Aber in diesem Moment hatte ich eine Ahnung, dass Overbecks vieles Beten sich eines Tages rächen würde.

Ich stemmte mich aus der Bank. Mein Rücken schmerzte beim Aufstehen. Der harte Fußboden der vergangenen Nacht machte sich bemerkbar.

»Ihr habt gestern zu lange im Kreuzgang gesessen. Wir sind doch keine Bußopfer bringenden Mönche.« Vogel legte seinen Kopf auf die Rückenlehne der vorderen Bank. Wenigstens ihn hatte ich noch auf meiner Seite.

Bruder Antonio kam herein und meinte, dass wir aufbrechen sollten.

Ich nickte ihm zu. »Komm, Overbeck!«

»Einen Moment noch.« Overbeck drehte sich zum Altar und kniete nieder. »Mein Vater sagt immer: Lübecker knien vor niemandem!«

Overbeck legte sich bäuchlings auf den Fußboden, streckte seine Arme zur Seite und presste seine Stirn auf den Marmor.

Betroffen und ein wenig gerührt sah ich auf seinen Körper, der unterwürfig dalag. Nach einem Moment der Stille richtete sich Overbeck auf.

»Overbeck?«, fragte Pforr vorsichtig.

»Ich möchte euch bitten, mich von heute an nicht mehr Overbeck zu nennen.«

»Sondern?« Vogel stand auf.

Overbeck hob seinen Kopf. »Bruder Johannes.«

Er folgte dem Franziskanermönch, als hätte er einen unwiderruflichen Entschluss gefasst.

## 11. Rom

Über Foligno, Terni, Narni und Otricoli kamen wir nach Storta, dem letzten Nachtquartier vor unserem großen Reiseziel Rom.

Wir mussten uns wieder mit zwei Betten begnügen und Overbeck wählte den Platz am Fenster, damit ihn die Morgendämmerung wecken würde. Wir waren so ungeduldig, dass wir uns nicht auszogen, um so schnell wie möglich wieder anspannen zu lassen.

Jeder schlief unruhig und wie der Wetterhahn auf der Spitze des Kirchturms drehten wir uns quietschend mal nach rechts und mal nach links.

»Wie unseren Weg zum Meer legen wir die letzte Strecke durch das gelobte Land der Kunst hin zu unserem Heiligtum zu Fuß zurück. Das gehört sich so für eine Pilgerreise und unsere Maultiere sind viel zu schnell, um diesem feierlichen Moment die nötige Ehre zu erweisen«, sagte Overbeck und nahm seine Wandertasche aus dem Wagen. Den Kutscher, der mit dem Gepäck vorfuhr, wollten wir in der Villa Malta in Rom wiedertreffen.

Pforr folgte gehorsam. Auch Vogel schloss sich wortlos an. Ich konnte es nicht abwarten, in die Hauptstadt aller Künstler einzuziehen und hätte überhaupt nichts dagegen gehabt, dies im Wagen zu tun, statt mir noch auf den letzten Meilen die Füße wundzulaufen. Es blieb mir jedoch nichts anderes übrig, als mich zu fügen.

So wanderten wir drei lange Stunden im Blickfeld der Sabinerberge durch die von Disteln bedeckte Campagna. Hier und da erhob sich eine antike Säule oder ein verfallener Turm aus der weiten Ebene.

Langsam ergriff mich eine erste Ahnung, dass nicht nur das Ziel unserer sechswöchigen Reise, sondern die Erfüllung all meiner Sehnsüchte vor mir lag. Wenn die Wahrheit irgendwo wohnte, dann in den Steinen dieser Stadt. Sie mussten glaubhafte Zeugen der Antike und aller nachfolgenden Epochen sein. Die Stadt der Träumer. Roma, dieser Name klang wie ein in Helligkeit getauchtes Reich unter einer blauen Kuppel. Ich dürstete nach dem lebensspendenden Wasser, das über alte Aquädukte in die Brunnen der Plätze floss. Ich erwartete das Große und Erhabene, das Vollkommene und Schöne. Unwiderstehlich und mächtig war die Anziehungskraft. Je näher wir kamen, desto unruhiger wurde ich. Ich wollte Rom als Erster erblicken.

Endlich tauchte die Kuppel von Sankt Peter wie ein Wunder aus dem Tiber-Tal auf. Ein kaum zu erkennender kleiner Punkt, der die Lage der Stadt kennzeichnete.

»Rom!«, rief ich und fiel Vogel in die Arme. Pforr und Overbeck kamen dazu. Wir tanzten und sprangen, sangen und jubelten. Vogel ließ den höchsten Jodler los, den ich je von ihm gehört hatte. Ich konnte es nicht glauben und musste immer wieder hinschauen. Doch, das war unverkennbar Sankt Peter. Die Sonne breitete ihren Goldmantel über die ewige Stadt und ließ die Kuppeln leuchten. Auf dieser Seite der Alpen gab es wirklich nur tiefblauen Himmel und leichtes Leben.

Nach kurzem Schauen war kein Halten mehr. Unsere Schritte wurden immer schneller. Keiner sprach mehr ein Wort. Jeder von uns hatte nur noch den einen Gedanken: Ankommen!

»Männer, wir betreten nun heiligen Boden«, sagte Overbeck als er die Grenzmarke der Stadt übersprang.

»Erobern wir die Welthauptstadt!« Pforr richtete sich auf. »Jeder Pflasterstein, auf dem wir wandeln, ist ein weltgeschichtlicher Punkt.« Er marschierte wie ein Gardist über die Ponte Mollo, eine alte Brücke mit halb zerfallenen Verteidigungstürmen.

Unter den mächtigen, altrömischen Bögen rauschte der Tiber, der zwar nicht goldfarben, aber doch sehr gewaltig war. Wie viele Herrscher waren über diese Brücke geschritten? Kaiser Konstantin, Karl der Große, Friedrich der II. Und jetzt taten wir es ihnen nach. Wir schwebten die Via Flaminia entlang, dem Triumphbogen entgegen, wo uns die Torschreiber zum letzten Mal die Pässe abnahmen und uns die Passierscheine ausstellten. „Il Signor pittore tedesco Hottinger" hatte Roma am 20. Juni 1810 durch die Porta del Popolo betreten. SPQR – Senatus Populusque Romanus – Senat und Volk von Rom. Für einen Moment fühlte ich mich selbst wie ein geschichtlicher Punkt.

Den Schein rollte ich vorsichtig zusammen wie ein heiliges Pergament und behielt ihn in der Hand. Ich wollte ihn einrahmen und als Meisterbrief in mein Atelier hängen.

Ich musste mich einen Augenblick besinnen, ob ich wirklich wach war oder nur träumte. Rom! Ich fuhr mit meiner Hand über die alten Steine des Stadttors. Die Glocken der Kuppelkirche läuteten. Rom hieß uns willkommen.

Über die ovale Piazza del Popolo trabten Pferde zum gut gepflasterten Corso, der bis zum Kapitol führte. Am liebsten wäre ich auf eins der Fuhrwerke gesprungen, um auf dem schnellsten Weg die ganze Stadt zu sehen, zu berühren, zu begreifen. Aber wir hatten ja ausgemacht, Rom langsam zu erobern.

Neben dem ägyptischen Obelisken, der aus der Mitte des Platzes ragte, sprudelte ein Brunnen, in den wir unsere Hände tauchten wie in ein Weihwasserbecken. Ich steckte meinen erhitzten Kopf ins Wasser und strich mir die nassen Haare aus dem Gesicht.

Im Schatten des Brunnens saßen Maler, die Kirchen und Menschen und Pferde und Fontänen auf ihren Portefeuillen festhielten, um all das mit in die Heimat zu nehmen.

Ein braun gebrannter Junge mit schwarzem Haar kam barfüßig auf uns zu.

»Colosseo, Pantheon, Vaticano?«

»Villa Malta!«, antwortete Vogel, der dabei war, stinkende Schafsköttel von seinen Stiefeln zu kratzen.

Einer der Maler, die am Brunnen saßen, erhob sich und schimpfte mit dem Jungen, der davonlief. Der Mann trug einen schwarzen Gehrock, darunter eine graue Weste und ein weißes Hemd. Den Kragen hatte er nach oben geschlagen.

»Franz Riepenhausen aus Göttingen«, stellte er sich vor. Sein Händedruck war einnehmend fest. »Ich führe euch auf den Pincio.«

Gemeinsam überquerten wir die Piazza und liefen taumelnd vor Freude den Corso entlang. Oben der gewölbte Himmel, unten Wasser speiende Fabelwesen und überschäumendes Leben. Ich hatte schon einige Stiche von Rom gesehen, dass ich dachte, in einem Bild zu wandeln, welches ich bereits kannte. Ein Gefühl der Unwirklichkeit, der Erleichterung, Erschöpfung und Freude überkam mich.

An der Piazza di Spagna folgten wir Riepenhausen eine breite Treppe hinauf, auf der sich viele Italiener tummelten. Ich zählte 135 Stufen bis zur Kirche Trinità dei Monti.

In der Via Sistina zeigte unser Führer auf ein einladendes Haus, vor dem rote Blumen in Töpfen vor den Fenstern standen.

»Die Casa Buti ist auch eine ‚Pensione artisti'. Giovanni Piranesi wohnt hier und Wilhelm Schadow.«

Piranesi! An einem unserer abendlichen Kunst-Sitzungen in Wien hatten wir Stiche von ihm studiert. Pforr hatte sie mitgebracht. Dunkle Kerker mit vielen Treppen. Beängstigend und faszinierend zugleich.

»Es gibt zwei Dutzend deutsche Maler auf dem Pincio. Heute Abend werdet ihr alle kennenlernen.«

Nach einem kurzen Anstieg erreichten wir die Villa Malta; ein Häuserhaufen in hellem Ocker, der sich um kleine Gärten gruppierte. Am Eingang erhob sich ein hoher Turm mit grünen Fensterläden.

»Die Villa ist eine ehemalige Sommerresidenz der Malteserritter«, erklärte Riepenhausen. »Amalia von Sachsen-Weimar, Wilhelm und Caroline von Humboldt, Friederike Brun, Angelika Kauffmann, alle haben sie hier gewohnt. Johann Wolfgang Goethe hat sich oft im Badehäuschen aufgehalten und gemalt oder geschrieben.«

»Malteserritter!« Pforr sah mich begeistert an.

Eine italienische Witwe, die eine weiße Spitzenschürze um ihren gedrungenen Leib geschnürt hatte, öffnete uns das schmiedeeiserne Tor. »Benvenuti.« Erst küsste sie Riepenhausen und dann jeden von uns so überschwänglich, als seien wir ihre verloren geglaubten Söhne, die vom Schlachtfeld zurückkehrten. Als sie sich zum Haus umgedrehte, wischte ich ihren Speichel von meiner Wange.

»Hier lagen die Gärten des Lucullus«, pries Riepenhausen, als er uns durch den Küchen- und Blumengarten führte. Springbrunnen, Weinreben über einer Pergola, Lorbeer und Kakteen. Der süße Duft der Akazien stieg in meine Nase. Dazwischen eingebettet lagen der Hauptbau mit Turm, zwei Werkstätten und Remisen.

»Neun Ateliers haben wir hier, zwei große Säle und sechsunddreißig Zimmer. Fünf Küchen nicht zu vergessen. Die Witwe Caldona kocht für uns alle.«

Riepenhausen führte uns in einen Speiseraum, in dem unser Vetturin schon neben den ausgeladenen Reisekisten saß. Auch er freute sich, uns zu sehen und noch mehr über den einen Scudi extra, mit dem wir ihn entließen.

Die Witwe strahlte, als sie uns hungrige Mäuler sah und deutete an der langen Tafel Platz zu nehmen, auf der ein Dutzend Teller, Wein- und Wasserkrüge standen. Kurz darauf knallte sie mit dem Wort »Pranzo!« eine Schüssel auf den Tisch. Auf dem Porzellan türmte sich ein Gebirge von langen Teigfäden. »Das sind Maccaroni«, erklärte uns Riepenhausen. Wir mussten lachen, als die Witwe mit einer segnenden Geste weiße Flocken über den Berg streute.

»Gehobelten Käse essen die Römer zu allem.« Riepenhausen wickelte die Fäden gekonnt um seine Gabel. »Greift zu!« Die Witwe nahm den Weinkrug und füllte die Becher.

Erstaunlich schnell schrumpfte das Gebirge unter unseren fünf Gabeln, die den geschmolzenen Käse mal hier, mal dahin zogen. Schließlich verschwand er ganz bis auf den letzten Maccaronifaden. Die Witwe Caldona klatschte vor Freude in die Hände und schenkte uns Wein nach.

Vollgestopft und leicht beduselt bezogen wir unsere Kammern.

Pforr sah von seinem Fenster aus das Pantheon, die antoninische und trajanische Säule, Vogel aus seinem Zimmer in der oberen Etage die Gebirge von Tivoli und Frascati, den Vatican, das Kapitol und die Engelsburg. Eine Treppe führte aus meiner Kammer in einen kleinen Garten, in dem Orangen in der Sonne leuchteten.

Overbecks Zimmer hatte einen Kamin aus echtem Marmor.

»Was für beflügelnde Ausblicke«, schwärmte er, als wir auf seinem Balkon standen, von dem wir auf ein benachbartes Kloster blickten.

»Sankt Isidor!«, sagte Riepenhausen, der uns unsere Zimmer gezeigt hatte.

Im Garten wandelte ein Mönch in brauner Kutte zwischen wildem Wein und Feigenbäumen. Andächtig hielt er ein Buch in seinen Händen.

»Fergus mit seinem Brevier«, flüsterte Riepenhausen. »Ein irischer Franziskaner. Seine Mitbrüder sind alle in ihre Heimat zurückgekehrt.«

Ich zuckte mit den Schultern. »Was hält den Mönch noch in seiner Zelle, wo er doch jetzt ein freier Mann ist und überall hingehen kann? Die Tür steht doch offen.«

Overbeck sah auf den Bruder.

»Ihm steht eine andere Tür offen.«

## 12. Café Greco

Riepenhausen wollte uns die Gegend zeigen und den Ort, an dem sich alle deutschsprachigen Künstler trafen. In Sandalen und flatterndem Hemd schlurfte er vor uns den Pincio hinunter, während wir ihm in unseren altdeutschen Trachten folgten. Wir hatten uns bereits in Wien auf diese Uniform geeinigt, ohne zu bedenken, dass die südliche Hitze auch noch um neun Uhr abends schwer in den römischen Gassen lag.

Unsere Gehröcke aus schwarzem Samt hatten zwar weit geöffnete Kragen, aber sie reichten bis eine Spanne über unsere Knie und schlossen sich eng um unsere schwitzenden Leiber.

Unsere wellenschlagenden Beinkleider hatten wir in die Stiefel gesteckt, an denen die frisch geputzten Eisensporen glänzten.

Auf unseren Köpfen saßen ballonartige Samtbaretts.

Als wir die Spanische Treppe hinunterstiegen, kicherte eine Gruppe von Italienerinnen, die barfüßig die Stufen belagerte.

Ich fragte mich, ob sie erkannten, dass es sich bei uns um rebellische Studenten handelte oder ob sie uns für verrückte Karnevalisten hielten.

»Die Infanterie schickt ihre bewegliche Truppe.« Pforr sprach wie ein Oberleutnant. »Musketiere und Füsiliere haben die gegnerische Front durch gezieltes Schützenfeuer in Unruhe zu versetzen.«

Ich zog meine weißen Fechthandschuhe aus, unter denen die Haut meiner Finger durch den Schweiß langsam aufweichte. »Es ist einfach zu warm für ein Gefecht.«

Als wir um die Ecke bogen, kam uns ein Maler mit Staffelei und Palette unter dem Arm entgegen.

»Bonjour Jean-Auguste«, grüßte ihn Riepenhausen. Der Franzose nickte freundlich.

»Jean-Auguste Dominique Ingres. Für einen Franzosen malt er nicht schlecht.«

An der Piazza di Spagna hatte ein Geschichtenerzähler eine Menschentraube um sich versammelt, ein paar Schritte weiter sang ein Mann mit langem Rauschebart Balladen zur Mandoline.

»Rom erwacht erst abends zum Leben.« Riepenhausen bog in eine Seitengasse der Via del Babuino, in der gehobelt, gehämmert und gebraten wurde. »Kleine Gewerbetreibende hausen hier meist in winzigen Löchern. Geschäfte gibt es kaum.«

Es erscholl das Getöse von klappernden Webstühlen. Seilspinner, Gerber, Bäcker und Tischler stellten ihre Waren auf Bänken und Brettern zur Schau. Schwarz-verräucherte Schmiedeknechte schürten vor uns ein Feuer auf der Straße, dass die Funken umherstieben und ein schwefeliger Geruch die Luft verpestete. Andere schleppten Brennholz und Wasserkrüge an.

»Zu dieser Stunde läuft in Wien schon der Nachtwächter los«, sagte Vogel.

»Und hier spielen die Kinder nackt auf der Straße.« Kaum hatte ich es ausgesprochen, verscheuchte eine Kutsche die kreischende Schar vom Straßenpflaster.

Auf der Via del Corso stellten die Römer ihre Stühle vor die Tür. Schwarz gekleidete Frauen tratschten auf dem Trottoir neben Mädchen, die an ihren Spinnrädern saßen. Es gab in dieser Straße keinen regelmäßigen Kutschenfluss, denn jeder konnte anscheinend wenden, wie es ihm beliebte, was zu einem Equipagen-Chaos führte. Dazu kamen die vielen Fußgänger, die sich das Schauspiel ansahen, selbst sehen und gesehen werden wollten.

»Wo wollen die alle hin?«, fragte ich Riepenhausen.

»Die Römer fahren in der Stadt zu ihrem Vergnügen spazieren oder zum Tor hinaus bis Ponte Mollo. An Sonntagen ist der Corso noch belebter.«

Die ganze Stadt schien ein einziges Fest zu sein. Ich war froh darüber, nicht am nächsten Morgen wieder aufbrechen zu müssen. Rom würde keine der Städte sein, an der wir mit der Kutsche vorbeifuhren. Wir mussten sie nicht an einem einzigen Tag erkunden. Wir hatten Zeit, ihr Gesicht langsam zu erforschen.

»Dort wohnt Ferdinand Flor.« Riepenhausen zeigte auf ein Fenster, als wir die Via Condotti hinaufgingen.

»Die Standarte hat er euch zu Ehren aufgestellt.«

»Eine Standarte?« Pforr reckte den Kopf.

»Nicht so eine, wie ihr sie vom Militär oder von Staatsoberhäuptern kennt. Bei uns ist alles ein bisschen anders.« Riepenhausen schmunzelte.

Aus dem Fenster in der Via Condotti hing ein langes Schilfrohr, an die der Maler eine blaue Unterhose geknotet hatte.

»Es ist für alle Künstler ein Zeichen, sich heute im Café Greco zu versammeln. Sie wird später in einer Prozession zusammen mit der Überlebensgroßen feierlich durch die Stadt getragen.«

»Was ist die Überlebensgroße?«, wollte Vogel wissen.

»Ich darf euch nicht alles verraten.« Riepenhausen zwinkerte.

Overbeck nahm sein Barett vom Kopf und frisierte noch schnell mit fünf Fingern seine langen Haare aus der Stirn, bevor wir im Gänsemarsch das Café betraten.

Hinter dem Tresen stand der Wirt Don Raffaele mit Zylinder auf dem Kopf, rotem Tuch um den Hals, zu kurzen Hosen und ohne Strümpfe. Er begrüßte uns freundlich und wedelte mit einem Geschirrtuch durch die nach frisch geröstetem Kaffee duftende Luft.

Am Büfett waren kleine Kuchen, Törtchen und Süßigkeiten ausgestellt. Vogel inspizierte das Gebäck und hob fragend ein Bündel Briefe hoch, das zwischen einigen Zuckerbüchsen eingeklemmt war.

»Hier könnt ihr eure Post herschicken lassen, auch mit Wechseln darin. Briefe von Deutschland brauchen aber mindestens zwölf Tage.«

Riepenhausen führte uns an einen runden Marmortisch. Darauf lag eine zwei Wochen alte ‚Augsburger Allgemeine'. Sie bewies, dass wir uns im Café Tedesco befanden. Ein Durcheinander aller Zungen war zu hören. Rheinländer, Sachsen, Bayern und Schwaben, aber auch Schweizer, Österreicher, einige Dänen und Livländer. Sie unterhielten sich lautstark, rauchten Pfeife und spielten Schach. Dazwischen tummelten sich einige Hunde, neugierige Romreisende und englische Adelige auf ihrer Grand Tour.

»Das Café ist ein antikes Forum des Gedankenaustauschs, ein Versammlungsplatz der Verrückten und derer, die es werden wollen. Ein Kunsttempel!«, sagte Riepenhausen begeistert.

Don Raffaele servierte uns Mokkatassen, deren Böden mit einer winzigen Pfütze Kaffee bedeckt waren. In die Mitte des Tischs stellte er einen Teller mit Gebäck und einen mit einem zerhackten Zuckerhut.

Ich inspizierte die Wände, die von oben bis unten mit Ölbildern, Porträts, kleinen Romskizzen, Veduten und Stichen geschmückt waren.

»Viele bezahlen die Zeche mit ihren Bildern.« Riepenhausen deutete auf ein kleines, unscheinbares Männchen mit garstigem Affengesicht.

»Prinz Friedrich von Hessen-Darmstadt«, flüsterte er. »Hat keine Ahnung von Kunst, aber Geld. Er sieht sich als Nachfahr der Medici und hängt sich die erworbenen Werke als Trophäen in den Salon. Jedes Bild ist für ihn ein Mosaikstein menschlicher Seele. Er labt sich daran, weil er selbst keine hat.« Riepenhausen steckte sich ein Bröckchen Zucker in den Mund und schlürfte seinen Schluck Kaffee. »Man hört, er säße immer allein in seiner alten Burg an einer langen Festtafel, und seine geladenen Gäste seien die Porträtierten, die ihn umgeben.«

»Das ist ja gruselig«, meinte Vogel und biss in ein Stück hartes Gebäck, das er gleich wieder ausspuckte.

»Zacharias Werner.« Riepenhausen lehnte sich mit seinem Oberkörper an den Tisch, um uns näher zu kommen. »Er hat sich gerade von seiner dritten Frau getrennt und ist zum katholischen Glauben übergetreten. Wo man ihn trifft, predigt er sein Liebesevangelium. Nebenbei führt er akribisch Tagebuch über all seine Dirnenbesuche.«

Ein interessanter Mann, dachte ich. Herr Werner zog seinen Zylinder und grüßte, während unter dem Tisch jemand meine Zuckerhand leckte. »Grimsel!« Ein großer, hellbrauner Hund kam mit eingezogenem Kopf hervor und bekam von einem Mann, der gerade das Café betreten hatte, einen Klaps auf den Hintern. »Entschuldigen Sie.«

Der Prinz zeigte mit seinem vergoldeten Stock auf das Porträt einer Italienerin. Don Raffaele grapschte die Zeitung von unserem Tisch, nahm das Bild von der Wand und wickelte es darin ein.

»Sie werden gleich wieder durch neue Ware ausgetauscht«, erklärte uns Riepenhausen.

Ein Gast nach dem anderen gesellte sich zu uns und wollte die Neuankömmlinge, die aus dem Norden eingetroffen waren, kennen lernen.

Landschaftsmaler Rohden schimpfte über Fürst von Metternich, der so knickerig sei und mit ihm um eine Ansicht auf Rom feilsche.

Thorwaldsen, ein dänischer Bildhauer mit imponierender Statur und angegrautem Haar, schmauchte seine Zigarre. Nachdem ich meine erste Pfeife in Rom mit Joseph Anton Koch, einem Landschaftler mit Ballonmütze, geraucht hatte, stieg dieser plötzlich auf den Tisch und krähte wie ein Hahn.

»Das Zeichen für alle deutschsprachigen Künstler, sich zu versammeln. Euer Übertritt über die Ponte Molle muss gebührend gefeiert werden.«

Riepenhausen stellte vier Stühle aneinander.

»Nehmt Platz auf eurem Thron!«

Da saßen wir nun Rücken an Rücken und die Künstlerschar umkreiste uns mit einer feierlichen Kerzenprozession und dem Lied: »Ha, Ha, hammer dich emol.«

Don Raffaele schleppte vier Kalebassen an.

»Möge der Saft der Trauben euch nach dem Übertritt der Milvischen Brücke heller machen.«

Riepenhausen nahm eine Kalebasse und drückte sie mir in die Hand. Der Wein schwappte auf meinen Rock.

»Dieser Trank, in einem Zug genossen, nehme euch die Schuppen von den Augen. Er diene dazu, blasse Kunstregeln und verstaubte Ordnungen zu vergessen und führe euch zum selbstständigen Sehen.«

Wir blickten uns an und ließen den Wein in unsere Schlünde fließen. Der Strahl wollte kein Ende nehmen und schoss schneller aus dem Kürbis, als ich schlucken konnte. Ich spürte sofort den Schwindel in meinem Kopf. Vogel stand auf und taumelte auf meinen Schoß. Alle klatschten und grölten.

»Nach der Überwindung des Zopfes zugunsten künstlerischer Freiheit seid ihr nun in den Stand der Ponte-Mollo Ritter aufgenommen. Hiermit verleihe ich euch das Ehrenzeichen der deutsch-römischen Künstlerschaft.«

Koch zog vier Orden an roten Seidenbändern aus seiner Tasche. Auf die eine Seite der Medaille war eine tanzende, von einem Lorbeerkranz umrankte Muse eingeprägt. Die Rückseite zierte die Überlebensgroße. Während er sie uns feierlich ans Revers steckte, ging Riepenhausen im Kreis um uns herum.

*»Nicht ist das Kupfer ohne Wert,*
*das man Euch edlem Mann verehrt.*
*Es ist des Künstlers Ehrenzeichen,*
*das Euch auch soll zur Ehr' gereichen.*
*Zur Einigkeit führt dieser Orden*
*die vielen deutschen Künstlerhorden*
*und weil Ihr diese respektiert, so seid mit dem Bajock geziert.«*

Riepenhausen pfiff auf seinen Fingern und alle erhoben sich von ihren Stühlen.

»Alle aufstellen zur Prozession!«

Als Träger des göttlichen Funkens hoben Overbeck, Vogel, Pforr und ich nacheinander die Standarte in den römischen Abendhimmel und führten die Orden- und Würdenträger, welche die Überlebensgroße auf einer Sänfte durch die Stadt trugen.

Die Würdenträger steckten in Uniformen aller Zeiten und Völker. Die Metallknöpfe hatten sie gegen rote Nelken getauscht, die Schulterklappen gegen buschige Salatköpfe. An den Saum hatten sie abgeschnittene Zöpfe genäht, die jetzt wie Schwänze an ihren Hintern baumelten.

Diejenigen, die nicht die Überlebensgroße trugen, schlugen Topfdeckel aneinander, trommelten, flöteten und bliesen in Posthörner. Die Fackelträger unserer abendlichen Prozession hatten sich mit Gips bestrichene Bettlaken umgebunden. Sie sahen jetzt aus wie lebendig gewordene, antike Statuen, wie sie hier in Rom an jeder Ecke und an jedem Brunnen zu sehen waren.

So zogen wir mit mächtigem Getöse durch die Gassen.

Kinder schlossen sich uns hüpfend an, die Jüngeren hielten sich die Hände vor die Münder vor Lachen und die Älteren schüttelten die Köpfe.

Als ein grimmiger Italiener irgendetwas mit »Tedesco« aus dem Fenster schimpfte, wedelte ich mit der alten Unterhose vor seiner Nase herum.

Die Prozession endete an der Piazza Navona, wo wir die Überlebensgroße, einen mit Wein gefüllten Glasballon, absetzten und in den nächsten Stunden leerten.

Ich war mir in dieser Nacht sicher, dass wir am richtigen Ort für unser Vorhaben angekommen waren. Wenn wir etwas Großes schaffen würden, dann in Rom. Die Stadt würde uns die nötige Freiheit geben, um das Äußerste zu werden, was wir sein konnten. Ich fühlte die Begeisterung der römischen Künstlerrepublik hinter mir. Sie schöpften alle aus dem Vollen und würden Overbecks Vorhaben des christlich-asketischen Lebens im Tiber schon noch ertränken.

Aber meine Hoffnung sollte sich schon bald in Tausend Trümmer zerschlagen.

## 13. Der Vatikan

Der Kirchenstaat war auf dem tiefsten Punkt seiner Herrschaft angekommen und das alte theologische Weltbild entthront. Doch obwohl der Schöpfergott totgeredet, der Mensch in die Evolution integriert und alle Klöster geplündert und zu Spitälern, Bibliotheken oder Pferdeställen umfunktioniert worden waren, so galt Rom nicht nur uns Künstlern, sondern nach wie vor allen Christen als Welthauptstadt. Gut 160.000 Menschen lebten hier, obwohl die bröckelnde Stadtmauer aus römischer Kaiserzeit das Doppelte und Dreifache hätte fassen können.

Unter die Einwohner mischten sich einhundert deutschsprachige. Die zwei Dutzend Maler, die den Staub aller akademischen Antikensäle bereits aus ihren Röcken geklopft hatten, kannten wir bald alle. Die einen folgten der Rückkehr zur Naturwahrheit, die anderen einer Wiedergeburt der alten, großen Meister.

Wir Lukasbrüder mussten uns schon anstrengen, um in der verrückten Herde aufzufallen und trugen alle vier eisern unsere altdeutschen Röcke.

Während Overbeck und Pforr meist in der Villa Malta blieben, um zu zeichnen, warfen Vogel und ich uns hungrig auf die römischen Kunstschätze, die ihren Reichtum über uns ergossen. Schon am ersten Tag war ich verliebt in diese Stadt, die mit ihren sprudelnden Quellen alle verschlafenen Lebensgeister in mir weckte, frisches Blut in meine Adern schießen ließ, mich erfrischte, belebte und neu gebar.

Die Warnungen meiner Eltern vor den Lockungen der Welt schienen in Rom allerdings noch angebrachter zu sein als in Wien. Wir sprangen durch antike Tempel und bestaunten das Pantheon. Nachts badeten wir in der Fontana di Trevi, denn Sperrstunde war in Italien ein unbekanntes Wort. Wir tanzten auf dem Pincio durch die Gärten des Lukullus, mieteten uns Fuhrwerke und lieferten uns ein Wagenrennen im Circus Maximus. Wir ließen uns von der Bocca della Verità in die Hand beißen und in der Santa Maria del Popolo küsste ich sogar einen Jesusfuß, dem der Kirchendiener einen Filzpantoffel übergestülpt hatte, weil der Pöbel die heilige Christuszehe bis zur Unkenntlichkeit abgelutscht hatte.

Zwei Wochen ließen wir uns Zeit, Rom zu entdecken. Wir wollten ganz angekommen sein, bevor wir uns dem Größten näherten.

Dem Vatikan!

Ein wildes Flattern ging durch die Luft, als Pforr in einen Taubenschwarm lief, der auf dem Petersplatz hockte. Die Vögel flogen in den dunkelblauen Himmel, bildeten einen Verband, wendeten sich aufgeregt hierhin und dorthin, um sich schließlich wieder zurück auf den Marmor fallen zu lassen, wo eine schwarz gekleidete Frau trockene Brotkrumen um sich warf.

Eine Gruppe von Männern, ein geschlossener, unbeirrter Block, bewegte sich laut betend auf den Petersdom zu, vor dessen Eingang ein zerlumpter, alter Mann saß. Den einen Arm hatte er in einer Schlinge, den anderen streckte er den Kirchgängern bettelnd entgegen. Sie waren so in ihr Gebet versunken, dass sie ihn nicht sahen.

Mit offenen Mündern wanderten wir durch die Scala Regia, von der wir mit großen Fresken des Zuccari und Salviatis empfangen wurden.

»Michelangelo, Bramante, Bernini, San Gallo, Ligorio, Carl Moderno und Raffael sind alle Erbauer des vatikanischen Palastes«, las Pforr aus dem Vasari vor.

»Welch mächtige Mauern und Säulen!« Vogel reckte seinen Hals.

»Denkt nur an die Hände, die jeden einzelnen Stein aus der Marmorwand schlagen mussten«, sagte Pforr betroffen. »Vielleicht hat der Handwerker sein Leben lang nur diese Arbeitsstätte und sein Werkzeug gesehen. Tag für Tag die lauten Schläge seines Hammers auf dem Eisen, bis er ihn irgendwann zum letzten Mal in die Hand nahm und starb.«

»Pforr«, sagte ich in genervtem Ton.

»Ein anderer hat sich nur darum gekümmert, für geringen Lohn einen Stein fest auf den anderen zu schichten und ist irgendwann auch von der Erde gegangen!«

»Genieß doch einfach mal den Anblick, ohne an die Toten zu denken.«

Overbeck hielt sich an einer Säule fest. »Wir sollten schon der sterblichen Handwerker und Künstler gedenken, die diesen unsterblichen Bau geschaffen haben.«

»Wenn wir jetzt jeden einzelnen Türknauf würdigen, dann brauchen wir ein ganzes Jahr, um durch den Vatikan zu kommen.« Vogel nahm seine Mütze vom Kopf.

»Die Pracht dieses Gotteshauses kann einen die Erdenschwere vergessen lassen«, schwärmte Pforr.

Ein vergoldetes Gebälk umfasste den gesamten Kirchenraum bis zum Hochaltar. Der Petersdom war angefüllt von Menschen, die schoben und drängelten, um irgendetwas Großes zu bewundern. Der Pontifex konnte es nicht sein. Solange Napoleon an der Macht war, würde es keinen Nachfolger des Apostel Petrus und schon gar keinen irdischen Stellvertreter Jesu Christi geben. Das war der Kaiser selbst. Der Heilige Stuhl existierte nicht mehr, die Kurie war samt Papst vertrieben.

Wir standen ratlos mitten in der schiebenden Menge.

Als ich eine ältere Dame fragte, worauf sie wartete, schubste sie mich energisch aus ihrem Blickfeld und fing an zu kreischen: »Lumen christi.«

Als ich mich umdrehte, sah ich nicht das Licht Christi, sondern drei Geistliche in schwarzen Soutanen mit Kollar und Zingulum und roten Handschuhen, die ein fünf bis sechs Fuß breites Gerüst betraten.

Die Römer beteten laut, schrien und jubelten, als die Priester einen goldenen Rahmen in die Höhe hielten. Als sie sich drehten, konnte ich für einen Moment einen Blick auf das Bild werfen.

Das Schweißtuch der Veronika!

Es war gut gemacht und weit genug entfernt, um der Phantasie das verschwommene Antlitz Christi vorzugaukeln und die tobenden Menschen, sei es durch langes Stehen oder Ergriffenheit, auf die Knie zu zwingen. Neben mir stieß eine weinende Frau Mitleidsrufe aus, wand sich, tanzte im Kreis und rang mit den Armen wie eine Besessene.

»Die Römer können ja nicht wissen, dass sie eine Fälschung anhimmeln«, sagte Pforr.

Noch kurz vor unserer Abreise hatten wir diese kostbare Reliquie in der Schatzkammer der Wiener Hofburg gesehen.

Vogel drehte sich um: »Vielleicht ist auch das Wiener Schweißtuch eine Fälschung.«

»Dieses Schweißtuch ist fast eine Elle größer.« Da war ich mir ziemlich sicher. »Es ist auch anders gemalt.«

»Es ist nicht von Menschenhand geschaffen«, protestierte Overbeck. »Es ist ein wahres, ein von Gott geschaffenes Bild. Christi Antlitz hat sich durch den direkten Kontakt abgebildet.«

»Und welches ist nun das echte?«, fragte Vogel.

»Vielleicht gibt es mehrere. Ihr seht doch, wie der Heilige Geist hier wirkt.« Overbeck zeigte auf einen weinenden Mann. »Das kann kein von Menschenhand gemaltes Bild sein.«

Das kann es doch, dachte ich.

Als die Priester abzogen, winkte uns Overbeck ihm zu folgen. Über ein Labyrinth von wackeligen Treppen und Leitern bestiegen wir die Kuppel des Petersdoms von innen. Aus gewaltiger Höhe gab sie uns den Blick auf das größte Kirchenschiff frei, das die Menschen je erbaut hatten. Dieses Wunderwerk unerschöpflicher Schönheit und Erhabenheit konnte auch mich nicht kalt lassen. Die ganze Welt, auch die Vergangene und die Zukünftige schien sich hier zu versammeln. Geschichte, Religion und Kunst waren in diesem Prunkbau in eine übermenschliche Dichtung zusammengedrängt. Ein

Heiligtum des Glaubens und der menschlichen Kreativität. So etwas Großes hatte ich noch nie gesehen.

Den ganzen Tag spazierten wir in den angeschlossenen Museen durch ein Mosaik aus päpstlichen Gemächern und Bibliotheken, aus Kapellen, Sälen und Museen, in denen uns ein Eidechsen fangender Apoll, ein Diskuswerfer, eine sich entkleidende Aphrodite und verwundete Amazonen empfingen. Uralte Rennwagen, Vasen, Amphoren und Kandelaber, Gobelins und gewebte Landkarten, antike Sarkophage aus ägyptischen und etruskischen Sammlungen, goldene Gewänder, silberne Altäre und prunkvolles liturgisches Gerät übertrumpften sich im Glanz.

Ich konnte nicht alles fassen, doch von Zeit zu Zeit sprach mich ein Bild an und riet mir, vor ihm zu verweilen, um in der lebendigen Darstellung menschlicher Geschichten in Farbe und Umriss den Künstler zu bewundern.

Schließlich erwartete uns in der Sixtinischen Kapelle die Erschaffung der Welt, der Verlust des Paradieses, die Prophetenzeit, Hesekiel, Jesaja, die Sybillen, das Jüngste Gericht, die Vertilgung der Erde, das Ende der Zeiten und die Auferstehung der Toten. Michelangelos Gestalten waren mächtiger als alle irdischen. Jede Anstrengung anderer Maler musste dagegen matt und gewöhnlich erscheinen. Ich stand vor dem farbenfrohen Schluss aller bildlichen Dichtung. Mich packte die Ehrfurcht. Unser Ziel, an diese Zeit anzuknüpfen, rückte in unerreichbare Ferne.

Pforr kniff seine Augen zusammen, damit er die Figuren besser erkennen konnte.»Menschliches Leben bedeutet wohl immer Auf- und Abstieg.«

»Es ist eine ständige Bewegung auf einen Horizont hin«, bekräftigte Overbeck,»der alles Gewöhnliche übersteigt. Das Fresko ermahnt uns laut, uns von allem Bösen zu befreien.«

Ich fragte mich, ob Overbeck das Profane mit dem Bösen gleichsetzte. Er stellte sich vor das Jüngste Gericht, als wollte er uns einen Vortrag halten.»Seht ihr unsere Verwandtschaft zu diesen Mauern? Das Ideal begegnet uns hier in jedem Raum in seiner stillen Größe. Wir können dem menschlichen Geist bei seinem Aufstieg zum Schönen helfen. Unsere Werke können das Bindeglied zwischen dem reinen Gedanken und der übersinnlichen Welt sein.«

Darf man sich überhaupt ein Bild von Gott machen?

»Unsere Kunst kann geistige Inhalte mit den Gegenständen unserer Wahrnehmung darstellen«, fuhr Overbeck fort. »Wir sind Berufene. Wir müssen Diener sein. Knechte!«

»Ein Maler darf nicht der Kirche oder einer anderen Instanz unterstellt sein«, protestierte ich. »Der Künstler ist ein Sohn der Freiheit! Er gehört der ganzen Welt.«

»Erkennst du denn nicht die Freiheit darin?«, fragte Overbeck und ich konnte eine leichte Überheblichkeit in seiner Stimme ausmachen.

Ich lachte laut. »Wir haben uns doch nicht von der Kunstakademie losgelöst, um uns wieder unterjochen zu lassen. Ich werde jedenfalls keine vertrockneten Madonnen malen.«

»Hottinger, kannst du einmal etwas ernst nehmen?«, mahnte Overbeck. »Es geht um Leben und Tod.«

»Um Leben und Tod?«, fragte ich verwundert.

»Wir werden doch der Kirche nicht untertan sein«, erwiderte Overbeck. »Wir wollen die Wahrheit nicht auf eine verengte Sichtweise reduzieren. Der Glaube liegt am Boden. Wir werden aus den Trümmern etwas Neues bauen!«

Ich horchte auf.

»Wir sind die Repräsentanten der mannigfaltigen Welt der Kunst. Wir sind da, um dem Geistigen eine neue Weite zu geben.« Overbecks Worte hallten durch den Raum. »Die Welt braucht uns, um das Unsichtbare und Unbegreifliche für den Geist der Menschen wieder zugänglich und verständlich zu machen.«

Ich zeigte auf das Wandfresko, auf dem Engel mit aller Anstrengung versuchten, ein Kreuz aufzurichten. »Es wird uns gehen wie ihnen. Das Kreuz ist zu schwer.«

»Die Sünden der Menschen geben ihm diese Schwere. Bis alle Seligen hinaufgeschwebt, alle Sünder hinuntergestürzt sind, kann das heilige Kreuz nicht aufgerichtet werden.« Overbeck sah mich an, als meine er mich mit den Sündern.
»Wie die Engel mit aller Macht in die Posaunen stoßen, um die Toten zum ewigen Leben aufzurufen.« Vogel staunte.
»Wir werden kein Kreuz auf unsere Schultern nehmen.« Overbecks Stimme wurde lauter. »Wir werden an ihm empor klettern. Die Kirche wird uns nicht benutzen. Unsere Mission besteht darin, den himmlischen Bereich des Geistes in Farben und Formen zu kleiden. Um die Höhen der Schönheit zu erklimmen, muss unsere Kunst ein Priesterdienst sein. Sie kann aber nur eine religiöse Qualität annehmen, wenn sie den großen Fragen menschlicher Existenz begegnet. Sie kann der Schlüssel zum Mysterium werden.«

Meine Karikaturen werden wohl nicht an den Wänden des Vatikans landen, dachte ich.

Die Harmonie des Weges eines Geistlichen und eines Künstlers wurde mir an diesem Ort durch die meisten Kunstwerke bezeugt. Die biblischen Erzählungen hatten alle großen Maler inspiriert. Wie die Kirchenväter waren auch wir auf der Suche. Die Schönheit der Gemälde, der Skulpturen, ja des gesamten Vatikans war wie ein Wunder, das jeden Zweifel in mir an einen Gott für einen Moment verstummen ließ.

Und dieses Gefühl wurde noch bestärkt, als wir in die Gemächer von Papst Julius II. weiterzogen.
Raffaels Stanzen bildeten eine Folge von drei Sälen. Wir kannten die Wandfresken der Stanza della Segnatura von Bildern, aber sie in dieser Größe und Farbe zu betrachten, veränderte alles.
In dem kunstvoll bemalten Saal sah ich alle menschliche Weisheit in einer Symphonie plastischer Figuren und räumlicher Perspektive zusammenfasst. In der Disputa del Sacramento hatte jemand die Gesichter der Päpste ausgekratzt und

Inschriften in die bemalten Wände geritzt. Ich war gerade dabei, den Namen ‚Luther' zu entziffern, als ein Museumsdiener, der vom langen Stehen zu kurze Beine gekriegt hatte, mir über die Schulter sah.

»Sie haben unter den kaiserlichen Landsknechten gelitten. Die Farben leuchteten noch viel mehr, aber die Protestanten haben mitten im Zimmer ein Feuer gemacht und die Wände verrußt.«

»Es ist trotzdem großartig.«

Der Museumsdiener zeigte auf vier weibliche Figuren an der Decke. »Die vier Wege zum Göttlichen: Theologie, Poesie, Philosophie und Justitia.«

Und diese Allegorien wurden in den vier Wänden darunter lebendig.

»Wie das Gemälde doch das Profane in das Erhabene verwandeln kann«, schwärmte Overbeck und setzte sich vor die Disputa, in der Theologen über die Hostie und der darüber dargestellten himmlischen Wirklichkeit diskutierten. In der Hostie trafen sich alle perspektivischen Linien des Glaubenskosmos, über dem die Dreifaltigkeit mit dem Rest der katholischen Welt thronte: Maria, Heilige, Patriarchen und Propheten.

»Der ganze Vatikan ist so herrlich, dass ich ihn verkleinern und wie eine Reliquie in eine kostbare Monstranz einschließen und davor niederknien möchte.«

»Du bist Protestant«, erinnerte Vogel Overbeck.

Ich schritt über das Marmormosaik und inspizierte jede der vier Wände. Vor der Schule von Athen blieb ich stehen und setzte mich Aristoteles, Pythagoras, Diogenes, Heraklit, Euklid, Zarathustra und Platon zu Füßen. Schulter an Schulter saß ich mit Vogel, der den irdischen Tugenden verhaftet blieb und auf die Justitia schaute. Overbeck, der auf die Disputa blickte, lehnte sich an meinen Rücken.

Um uns tanzte Pforr, als sei er für einen Moment vom Parnass, der Heimat aller Musen, herabgesprungen. Auf dem Fresko der Poesie zurückgelassen hatte er Homer, Vergil,

Dante, Sappho und Apoll, der mit den Göttinnen der Kunst musizierte.

»Wenn ich diese Pracht sehe, habe ich das Gefühl, als würde etwas ganz Mächtiges in mir schlummern«, bemerkte Pforr. »Ein großer Gedanke, den ich nicht in Worte fassen kann. Eine Idee, die vielleicht erst wach wird, wenn ich meinen gebrechlichen Körper verlasse.«

Pforr sah an die Decke, drehte sich hin und her und war völlig außer sich. »Hier vereinen sich alle Tugenden. Wenn wir werden wollen wie er, müssen wir ihm nachfolgen bis zum letzten.« Pforrs Stimme überschlug sich. »Er ist der Anfang und das Ende der Kunstgeschichte.«

»Raffael ist der Weg.« Overbeck klang ernst. »Er ist die Tür, durch die wir zu Gott gelangen, durch dessen Liebe grenzenloses und vollkommenes Glück in unsere Mitte strömt.«

Ich war mir jetzt auch sicher. Wer wie Raffael mit so einem Talent gesegnet war, der konnte nicht einfach nur Mensch gewesen sein. Er war ein sterblicher Gott. Er war ein Hohepriester der Malerei, dessen Gebeine es bis in den Tempel der Unsterblichen geschafft hatten. Ins Pantheon.

Raffael Santi, der Meister der reinen Form, war der Weg zum Leben.

Durch seine Bilder wurde mir klar, dass das Feld des Künstlers die gesamte Schöpfung war. Gar nichts von allem Geschaffenen war davon ausgeschlossen. Auch der Mensch und alle seine Erfindungen waren ein Teil des Ganzen, seine Gedanken und seine Fähigkeit, sich eigene Welten zu schaffen. Also auch die Bibelgeschichten, auch Christus, auch Gott. Dieser Kirchenstaat bekam plötzlich einen Sinn und wenn es nur der war, die menschenmögliche Schönheit für die nachfolgenden Generationen zu bewahren.

»Die Kenntnis der göttlichen Dinge«, staunte Pforr. »Sie durchdringt diesen Raum.« Mit geöffnetem Mund stand er da, streckte seine Arme in die Höhe, taumelte und fiel plötzlich in sich zusammen.

Ich lief zu ihm und kniete mich neben ihn. »Pforr!« Ich schüttelte ihn. Er war ohne Bewusstsein.

Ich schlug ihm mit der Hand ins Gesicht. »Was ist mit dir?« Seine Augenlider zuckten und öffneten sich langsam.

»Es ist zu groß«, hauchte er und ließ sich in meinen Arm fallen.

## 14. Sankt Isidor

Von den Künstlern, mit denen wir den Sommer in der Villa Malta verbrachten, widmete sich keiner ausschließlich der Arbeit. Sie tanzten mit den Römerinnen Saltarello, saßen stundenlang in den Osterias, grölten auf der Straße, fuhren nach Tivoli und liebten den Wein, der in Rom auf offener Straße genossen werden durfte.

Sie nahmen ihren Beruf nicht sonderlich ernst und Overbeck meinte, sie lenkten uns nur ab von unserem Tun. Außerdem brauchte Pforr Ruhe, denn sein schlimmer Husten war wiedergekehrt. Monsieur Lethière, der Direktor der französischen Akademie, an der wir einen Porträtkurs besucht hatten, verhalf uns zu einer neuen Bleibe. Nach drei Monaten zogen wir in Sankt Isidor, dem Kloster gegenüber der Villa, zu einer Miete von je drei Scudi monatlich ein.

»Haec est porta aeterna«, äußerte Overbeck feierlich. »Wir sollten nicht unwürdig und unvorbereitet die Schwelle des Tempels betreten. Die Tür steht offen, und wer es wagt hindurchzugehen, den führt ein schmaler Weg zur Wahrheit und zum Leben.«

Er verbeugte sich und bewegte dabei seine Hand, als sei er ein Diener, der uns einlud durch die Himmelspforte zu treten. »Willkommen in Sankt Isidor. Hier beginnt unser neues Leben.«

Pforr und Vogel stellten die schwere Kleiderkiste, die sie von der Villa Malta hierher geschleppt hatten, ab und traten ehrfürchtig ein.

Ich wich ein paar Schritte zurück und las noch einmal die Inschrift, die in das Eingangsportal des Klosters gemeißelt war. ‚Dies ist die Tür zur Ewigkeit.'

Ich nahm Anlauf, sprang mit einem lauten Juchzen über die Schwelle und fiel Fergus, dem irischen Franziskaner, in die Arme.

»Vorsicht, mein Freund«, sagte er in akzentfreiem Italienisch zu mir. Wir hatten ihn angeheuert, für uns zu kochen, und er war froh, dass wieder ein wenig Leben die Klostermauern füllte.

Er führte uns an einem Ziehbrunnen vorbei, durch zwei Kreuzgänge, eine steile Treppe hinauf. Vom Plateau konnten wir bis zur Campagna, den Monte Cavo und die Höhen von Tusculum blicken und auf die Gartenanlagen der Villa Ludovisi herabschauen.

Auf halber Treppe versteckte sich das Refektorium. Die dreißig Fresken an den Wänden erzählten die Geschichte des Heiligen Franziskus.

»Das wird unser Gemeinschaftsraum.« Overbeck öffnete ein Fenster. »Hier haben wir das schönste Licht.«

»Und unseren einzigen Ofen«, überlegte ich laut. Ein Kohlebecken stand mitten im Raum und versprach im Winter wenigstens ein wenig Wärme zu spenden.

»Hier können wir essen und zeichnen«, schlug Vogel vor. Fergus führte uns weiter. Auch die Kapelle war mit vielen Bildern ausgemalt. Die irischen Mönche schienen sich gern mit schönen Dingen zu umgeben.

»Seht euch das an!« Pforr ging zum Altarbild, auf dem der Heilige Isidor in verklärter Pose dargestellt war. Im Hintergrund lief ein Stier. »Der sieht aus wie der Lukas-Stier auf unserem Emblem!«

»Das ist ein Zeichen!«, meinte Overbeck aufgeregt.

»Aber kein gutes«, sagte ich trocken. »Der streckt uns sein Hinterteil entgegen.«

»Er bewegt sich zum Licht«, erwiderte Overbeck korrigierend. Fergus führte uns in die obere Etage zurück, wo er jedem von uns eine Schlafzelle zuwies.

In meiner Kammer standen ein Tisch und ein Bett. Kein Schrank, nicht mal ein Leuchter. Vorhänge waren im Kloster wohl auch nicht gebräuchlich. Ein Kruzifix hing an der Wand. Als ich es abnahm, kam eine helle Stelle in Kreuzform zum Vorschein. Daneben zogen sich verästelte Risse durch die weißgekalkten Wände. Die rotbraunen Fliesen des Fußbodens waren genauso defekt und locker wie die Fenster, durch die Insekten hinein- und hinaussummten. Als ich den Fensterladen weiter öffnete, fiel gleich ein Brett heraus und stürzte in die Tiefe.

Auch die primitive Schlafstätte sah nicht gerade einladend aus. Fünf Bretter ruhten auf einem wackeligen Eisengestell. Darüber lag ein mit Maisblättern gefüllter Sack, der wohl die Matratze darstellen sollte. Ein ebenso gefüllter Sack aus festem Leinen, der mich an die steifen Hemden der Wiener Garde erinnerte, fungierte als Kopfkissen. Ich nahm die kratzende Wolldecke vom Tisch, die Fergus dort bestimmt platziert hatte. Was für ein Albtraum, dachte ich entsetzt. Dann legte ich mich auf den Sack, durch den ich jedes Maisblatt einzeln unter mir spürte. Ob die Betten absichtlich so unbequem sind, damit kein Mönch hier freiwillig länger liegen bleibt als nötig?

Über meine Gedanken musste ich eingeschlafen sein.

Ein Klopfen weckte mich. Die Sonne war schon untergegangen. Overbeck öffnete die Tür, ohne auf meine Antwort zu warten.

»Wir treffen uns im Refektorium«, informierte er mich in einem Ton, der mir das Gefühl gab, als sei es falsch am helllichten Tag auf dem Bett zu liegen. Als ich nichts erwiderte, fragte er noch etwas strenger: »Kommst du? Die Stunde ist da, vom Schlaf aufzustehen!«

Etwas benommen richtete ich mich auf. »Jawohl, Bruder Johannes.«

»Hast du das Kruzifix abgenommen?« Overbeck blickte erschrocken auf den hellen Fleck an der Wand.

»Ich fühlte mich beobachtet«, rechtfertigte ich mich.

»Vielleicht wäre es ganz gut, wenn einer ein Auge auf dich hat.«

Ich schlüpfte in meine Stiefel. »Ich kann allein auf mich aufpassen!«

Im Speisesaal standen drei Stühle in einer Reihe. Vogel und Pforr sahen erwartungsvoll zur Tür, als wir hereinkamen. Overbeck zeigte auf den freien Platz. »Setz dich! Ich habe eine Mitteilung zu machen.« Er stellte sich hinter den Ambo, der – drei Holzstufen erhöht – früher wohl der klösterlichen Tischlesung gedient hatte. Vielleicht war es auch der Platz des Abts gewesen, den er dann eingenommen hatte, wenn es etwas sehr Wichtiges zu verkünden gab.

»Ab dem heutigen Tag leben wir in einem Kloster«, begann Overbeck. »Diese schützenden Mauern werden uns unserem Ziel, eine neue christliche Kunst zu schaffen, einen Schritt näher bringen. Ich habe euch hierher berufen, weil ich für unser Zusammenleben in dieser ehrwürdigen Abtei einige Regeln aufgestellt habe, denen jeder Lukasbruder Folge leisten darf.«

Overbeck sah mich an, als erwarte er einen Einwurf oder irgendein Zeichen des Widerstands, aber ich ließ ihn weitersprechen.

»Die Bibel ist der Quellgrund unseres Lebens. Christus folgen wir nach. Aber ich habe noch einige Punkte für unser konkretes Zusammenleben aufgestellt.«

Overbeck räusperte sich.

»Vorab möchte ich von euch wissen: Wer ist der Mensch, der das Leben liebt und gute Tage zu sehen wünscht?«

Ich schmunzelte, denn damit konnte er nur mich meinen. Ich hob meine Hand. Vogel und Pforr fühlten sich auch angesprochen und streckten ihre Hände nach oben.

»Wollt ihr wahres und unvergängliches Leben?«

Wie aus einem Mund antworteten wir: »Ja!«

Overbeck lächelte. »Gut.«

Er zog ein Blatt Papier aus der Innentasche seines Gehrocks und faltete es langsam auseinander.

»Morgens treffen wir uns um sechs Uhr zur gemeinsamen Lesung in der Kapelle, wo wir nach einer gewissen Ordnung aus dem Vasari lesen. Pforr ist der Älteste von uns und darf morgen beginnen.«

Pforr sah Vogel und mich an. Wir nickten ihm zu und er lächelte, als habe ihn Overbeck mit einer besonderen Ehre bedacht.

»Nach einem bescheidenen Frühstück, das wir im Schweigen einnehmen, ziehen wir uns in unsere Arbeitszellen zurück und jeder malt oder zeichnet vier Stunden für sich. Mittags gibt es nur eine leichte Mahlzeit, denn wer sich mästet, wird träge. Ein wenig Gemüse vielleicht und ein Glas Wasser. Nach einer Ruhepause, die wir im Garten oder in unseren Zellen verbringen können, folgt dann eine zweite Arbeitseinheit von vier Stunden.

Unsere Hauptmahlzeit findet dem italienischen Klima gemäß am Abend statt und wird von Fergus zubereitet. Danach bleiben wir im Refektorium. Entweder zeichnen wir gemeinsam nach Raffael oder wir lesen in der Bibel. Wir sollten uns neben der Malerei überhaupt nur noch mit der Bibel beschäftigen und keine anderen Bücher lesen.«

Ich sah Vogel an, der mir einen schnellen Blick zuwarf und dann weiter aufmerksam zuhörte.

»Wir werden nur noch miteinander sprechen, wenn es die Arbeit verlangt, denn unnötige Worte lenken den Geist ab. Im Schweigen werden wir uns Schritt für Schritt von uns selbst befreien. Auch von unserem Geltungsdrang.«

Wenn einer von uns von der Ruhmsucht befallen ist, dann Overbeck, dachte ich bei mir.

»Jeder von uns ist mit einem besonderen Talent gesegnet. Das ist eine Gnade, für die wir täglich danken sollten«, fuhr er fort. »Unserer Berufung dürfen wir nichts vorziehen. Malen ist doppeltes Gebet! Wir müssen die Vollkommenheit anstreben. In unserer Person und in unserer Malerei! Unsere Themen entnehmen wir ausschließlich der Bibel.«

Wie bitte? Ich traute meinen Ohren nicht. Wir sollen jetzt alle nur noch biblische Figuren malen?

Ich konnte mit diesem uralten Buch, das nicht in meiner Sprache geschrieben war, nichts anfangen. Die Geschichten, die ich darin las, hatten mit meinem Leben nichts gemein.

»Um zweiundzwanzig Uhr ist Nachtruhe!«, schloss Overbeck. »Vertrauen wir auf Gottes Wort!«

Vogel und Pforr nickten. Der Widerstand schien selbst in Vogel gebrochen zu sein. Nun hatte ich niemanden mehr auf meiner Seite.

Als ich wieder auf meinem Bett lag und ruhen sollte, konnte ich nicht einschlafen.

Ich fragte mich, ob ich mit dem, was ich hier tat, nicht doch meinem Vater nacheiferte, der sich sein Leben lang in seiner Seidenfabrik eingesperrt hatte. Für ihn gab es nur feine Stoffe und klirrende Münzen. Selbst wenn er bei uns in der Stube saß, sprach er nur mit meinem ältesten Bruder Jacques über Ankäufe und Verkäufe. In unserem Haus hatten sie überall Muster gestapelt. Glatte oder geblümte, ganz- und halbseidene Tuche, Seidenwaren en gros et en Detail. Mein Vater hatte mit den feinen Stoffen spekuliert und war ungeheuer reich geworden.

Vor einigen Jahren hatten noch fünfundvierzig Webstühle in unseren Werkstätten geklappert. Dann hatte er alles auf eine Karte gesetzt und von einem Tag auf den andere hatten wir alles verloren. Er hatte vor den Toren Wiens ein großes Stück Land gekauft und Maulbeerbäume gepflanzt. Sie sollten die neue Heimat der Seidenraupen werden, die er persönlich aus China geholt hatte. Es mussten natürlich die teuersten, edelsten Tiere sein, die unser ganzes Vermögen schluckten. »Die größte Seidenraupenzucht Europas«, hörte ich noch die Stimme meines Vaters. Die meisten Raupen waren schon auf der Schiffsreise krepiert und die restlichen im strengen Winter erfroren.

Vielleicht war es die Strafe für seine Gier.

Und vielleicht war ich gerade dabei, den gleichen Fehler zu begehen. Mein Vater hatte sein Leben für die Fabrik aufgegeben und ich war dabei, meines für die Malerei zu opfern. Plötzlich sah ich das Leben an mir vorüberziehen, während ich mit meinem Zeichenheft in einer kargen Mönchszelle saß. Ist es das, was ich anstrebe? Reicht mir das? Was ist, wenn alles nur Lug und Trug ist? Wenn wir die Unsterblichkeit nie erreichen? Dann darbe ich in dieser klammen Zelle bis ich grau bin, und das Leben findet ohne mich statt.

Ich suchte die Karte, die mir Thorwaldsen im Café Greco zugesteckt hatte, in meiner Brieftasche. Ich legte mich zurück aufs Bett und drehte sie zwischen meinen Fingern hin und her.

Durfte ich schon am ersten Abend in meinem neuen Leben als Malermönch ungehorsam sein? War mein Fleisch so schwach, mein Wille so gering? Ich schnipste die Karte einmal quer durch meine Zelle. Sie landete mit der Beschriftung nach unten auf dem Fußboden.

Kurz darauf sprang ich auf, nahm die Karte vom Boden und schlich mich hinaus.

Unter dem Pincio bildeten die Palazzi der Reichen eigene Viertel, die ihre Namen trugen. Die meisten Maler wohnten in der Nähe des Palazzo Rondanini.

Ich streunte wie ein liebeshungriger Kater an der Piazza di Spagna umher, wo sich jeden Abend die schönen Dirnen tummelten. Es war gefährlich, sich mit ihnen einzulassen. Man konnte nie sicher sein, ob sie mit den römischen Wachmännern zusammenarbeiteten.

»Wenn sie dich im Bett einer Dirne erwischen, droht dir der Ritt auf dem hölzernen Esel durch die Stadt«, hatte Overbeck mich gewarnt.

Das war ein Volksvergnügen mit erbarmungslosem Gelächter der Kinder und jungen Mädchen, das ich nicht riskieren wollte.

Schließlich klopfte ich bei Thorwaldsen, ein an Stierkämpfen, Karneval, Gelagen und Lotterie interessierter dänischer Bildhauer. Im Morgenrock öffnete er die Tür und strich sich sein graues Haar aus dem Gesicht. »Amico tedesco, endlich besuchen Sie mich, Hottinger.« Er nahm die Pfeife aus dem Mund, drückte mich herzlich und schob die Tür auf.

In seinem Atelier standen mehrere Staffeleien mit angefangenen Reliefs und Zeichnungen. Zwei sich küssende Knaben schälten sich aus einem Marmorblock, daneben lagen Hammer und Meißel. Engel, Stuckornamente, korinthische Säulen und Gesteinskrümel bedeckten den Boden. Auf Tischen häuften sich Skizzen, Vasen, ausgegrabene Tonscherben, Münzen und Bücher. Zwischen dem Durcheinander wedelte mir ein Hund entgegen, der einen Filzpantoffel im Maul trug.

»Cäsar, zurück«, mahnte Thorwaldsen und öffnete die Tür zu seinem Schlafgemach.

Ich erschrak.

Auf dem Fußboden rekelte sich ein nackter Junge, vielleicht vierzehn Jahre alt, auf einem roten Samttuch. Er hatte einen schwarzen Lockenkopf und hellblaue Augen, die mich unangenehm fixierten. Thorwaldsen kniete sich neben ihn, zog fest an seiner Pfeife und blies dem Kleinen den Tabakdampf in die Haare. Während sich der Qualm in Wirbeln aus seinen Locken befreite, schob sich der Junge seine zarte Hand zwischen die Beine und zupfte an seinem Glied herum. »Signori?« Seine dunkle Stimme klang erwachsen.

»Wer ist das?«, fragte ich entsetzt.

»Ich nenne ihn Tizio.« Thorwaldsen schnippte mit der Hand, was wohl für den Jungen ein Zeichen war, sich anzukleiden und zu verschwinden. »Soll ich ihn mal zu euch schicken? Er ist ein Straßenjunge und kostet nicht viel.«

»Oh nein, danke.« Ich legte mir meinen Zylinder wie einen Schutzschild vor den Bauch und drückte mich an der Wand entlang zur Tür. Mir kam der erschreckende Gedanke, dass Thorwaldsen mit Abenteuern vielleicht etwas anderes gemeint haben könnte als ich. Er schien mein erstarrtes Gesicht zu bemerken und beruhigte mich. »Keine Angst, du bekommst eine Frau, wenn du möchtest.«

»Dies ist ein guter Platz für uns. Und sicher«, sagte Thorwaldsen, als er in der Strada Condotta an der dritten Tür rechts vom Café Greco klopfte. Ein Guckloch öffnete sich und kurz darauf die Pforte zur Glückseligkeit. Aus einem schwarzen Korsett quoll mir der schwammige Busen der Cara Mamma entgegen, auf dem sie mehrere Ketten abgelegt hatte. Ihre Brauen formten einen schwungvollen Bogen in ihrem runden Gesicht.

Sie zog uns in ein verqualmtes Hinterzimmer, wo einige stattliche Herren und noch mehr leicht bekleidete Damen am Spieltisch saßen.

Bei ‚Vingt et un' verlor ich drei Scudi, während eine neapoletanische Schönheit durch das Zimmer tippelte, ihr winziges Füßlein auf mein Bein legte, sich nach rechts und nach links wiegte, wie zufällig auf meinen Schoß fiel, einem Diener schnippte, Wein nachzuschenken und schließlich meine Hand unter ihren Rock schob. Neben mir fuchtelte ein Kastrat hysterisch herum und steckte seine Champagnerzunge in Thorwaldsens Ohr.

Wie sollte ich mich da auf das Spiel konzentrieren?

Ich warf die Karten auf den Tisch, fühlte, dass das schöne Ding nichts unter ihrem Röckchen trug und merkte, dass ich mehr als bereit war, mit ihr in einem der Privatgemächer zu verschwinden.

Majorani drückte meinen Kopf in ihr Dekolleté. Ihr Busen war so weich wie die Daunen, in denen ich kurz darauf versank.

An diesem Abend lernte ich eine neue Zunft kennen und Majorani scheute sich nicht, mir all ihre Fähigkeiten zu zeigen, die in die Kunst ihres Handwerks fielen.

An genaue Details konnte ich mich allerdings nicht mehr erinnern, als ich mit einer Flasche Absinth im Arm in einer schäbigen Gasse zwischen Hundekot und Rattendreck erwachte. Schwankend blickte ich mich um. Meine betrunkenen Sinne nahmen nur wenig in der Umgebung wahr. Ich stemmte mich auf meine Beine und stolperte blindlings im Dunkeln umher.

Was hatten sie mit mir gemacht? Ich versuchte mich zu orientieren und schleppte mich um die nächste Ecke. Hier war ich noch nie gewesen. Keine Menschenseele war zu sehen. Ich überlegte an eine Tür zu klopfen, um nach dem Weg zu fragen.

Stattdessen verirrte ich mich immer mehr im Gewirr der Gassen. Irgendwann kam ich auf einen großen Platz, wo ich mich auf den Rand eines Brunnens setzte. Der Absinth schmeckte nach saurem Essig. Die Flasche, die ich hinter mich schleuderte, zersprang an einem Block zerklüfteter Felsen, von denen riesige Gestalten Wassermassen aus ihren Urnen schütteten. Es brauste von allen Seiten und in meinem Kopf, den ich in den Nacken legte. So sah ich ein trinkendes Pferd, das verkehrt herum stand. Ich lachte laut in die Nacht. Auf einem Stein kroch Natterngezücht. Ein Obelisk aus Granit, der bis in den Himmel reichte. Ein Löwe brüllte mir ins Gesicht. Ich brüllte zurück: Freiheit!

Ich musste das Gleichgewicht verloren haben, denn ich kippte rückwärts ins kalte Wasser. Einen Moment wusste ich nicht mehr, wo oben und unten war. Luftblasen stiegen auf, als ich mich an der gekachelten Wand entlanghangelte. Dann tauchte ich wieder auf, schnappte nach Luft, hustete, keuchte, spuckte Wasser. Mein Herz schlug schnell, viel zu schnell. Das Wasser reichte mir bis zur Hüfte. Das nasse Haar klebte mir auf der Stirn. Meine Kleidung triefte. Die Taschenuhr, fuhr es mir durch den Kopf. Ich griff in die Innentasche meines Rocks. Meine Taschenuhr! Sie war nicht da. Ich tastete meine Hosentaschen ab. Nichts.

Ich blickte auf den Grund des Brunnens und stakste durchs Wasser.

Das Luder, dachte ich. Oder hatte ich sie auf den Spieltisch geworfen? Ich war unfähig, mich zu erinnern.

Dafür war ich jetzt klar genug, um den Weg zurück ins Kloster zu finden.

## 15. Karneval

Wie oft hatte ich mich in Wien gerade in der dunklen Jahreszeit nach dem warmen Italien gesehnt. Jetzt im fernen Rom bekam der nordische Winter plötzlich einen poetischen Reiz.

Besonders die Erinnerung an die Weihnachtszeit ließ mich zum ersten Mal seit unserer Ankunft vor einem halben Jahr ein wenig Heimweh spüren. Am Heiligen Abend hatte mein Vater uns Kinder immer bei Einbruch der Dämmerung unter einem Vorwand ins Nebenzimmer gelockt, wo wir voll Ungeduld harrten, bis die erlösende Klingel unsere Herzen höher schlagen ließ und wir andächtig und in der Reihenfolge unseres Alters das Wohnzimmer betraten. Zunächst standen wir Geschwister vom Glanz des geschmückten Weihnachtsbaums geblendet da, bevor wir uns alle umarmten und uns ein frohes Weihnachtsfest wünschten. Erst dann durfte jeder seinen Gabentisch suchen. Die Bilder meiner Kindheit standen mir plötzlich sehr klar vor Augen.

Im wenig weihnachtlichen Rom wurde das Fest zwar in den Kirchen begangen, aber es fehlte etwas. Der glitzernde Schnee, das Eis auf dem gefrorenen See, in das ich mit den Schlittschuhen Muster ziehen konnte, die Eisblumen am Fenster und daneben das lodernde Feuer im Ofen, an dem wir uns nach Schlittenfahrten und Schneeballschlachten die kalten Finger wärmten. Der Duft der Bratäpfel auf dem Herd. Geröstete, karamellisierte Mandeln, brennende Kerzen, Christbaumkugeln.

Trotz des milden Klimas schien mir Rom in der Winterzeit frostiger als Wien zu sein.

So war ich froh, als die kalte Jahreszeit an Karneval mit lautem Getöse vertrieben wurde.

Ich saß mit Vogel im Café Greco in einer Ecke, von der aus wir in die Küche blicken konnten. Ein junger Italiener und ein altes Weib, vielleicht seine Mutter, kneteten eine Schokoladenmasse, die ihre Unterarme bis zu den Ellenbogen braun gefärbt hatte. Ein dicklicher kleiner Mann, dessen Hinterkopf nur noch ein spärlicher Haarkranz säumte, hatte die Aufgabe, die Zutaten zur Masse hinzuzugeben. Eine Schüssel mit Mandeln, eine Schüssel mit getrockneten Früchten.

»Prego Signori«, sagte Don Raffaele und stellte einen Teller mit Teighörnchen auf unseren Tisch neben die Mokkatassen. Dann reichte er Vogel einen Brief, denn das Café Greco war gleichzeitig Postsammelstelle. Vogel drehte ihn um und sah auf den Absender.

»Aus Zürich!«, freute er sich. »Von meinen Eltern.« Es war jedes Mal ein Fest, wenn Post aus der Heimat eintraf. Hastig öffnete er das Siegel. »Mein Vater beschreibt einen Spaziergang zum Rigi.« Vogel stieß einen lauten Jodler aus. »Sie fragen, ob es mir gut geht. In den Kompositionen, die ich meinen Eltern gesandt habe, sehen sie mein Heimweh.«

»Was hast du ihnen geschickt?«, erkundigte ich mich.

»Die Heimkehr Lienhards, die Heimkehr eines Schweizer Kriegers, die Heimkehr des Alpenjägers, die Rückkehr der siegreichen Eidgenossen nach der Schlacht ...«, schwärmte Vogel.

»Und dann wunderst du dich, dass sie sich sorgen?« Ich verdrehte meine Augen.

»Was soll ich machen? Ich habe das Gefühl, je weiter ich mich von meinen Bergen entferne, desto mehr spüre ich die Verbundenheit mit meiner Heimat. Mit den Menschen, den Festen und Traditionen.«

Vogel las laut. »Wir sprechen oft von dir und stehen vor deinem Porträt wie vor einer Marien-Ikone.« Er grinste. »Dein blaues Stübli werden wir dir erhalten, wie lange deine Reise auch andauern mag. Gott erhalte dich und segne dich. Er sei dein Beschützer vor allen Gefahren. Zu ihm will ich beten, dass er dich uns erhalte zu unserer Freude und unserem Trost.

Dann bliebe mir kein Wunsch mehr offen. So werden wir uns eines Tages froh und vergnügt wiedersehen. Ach, wie herrlich wird das sein.«

»Sie vermissen ihren einzigen Sohn.« Ich trank einen Schluck Kaffee.

»Ich sehne mich manchmal heraus aus der staubigen Luft Roms hin zu den Bergen. Hier sieht man kaum einen grünen Baum, keine saftigen Blätter. Wenn ich irgendwann wieder die Berge erklettern kann, dann soll mich auch bei den Haaren keiner mehr in diese verpestete Luft zurückzerren können.«

»Willst du nach Hause?«

»Irgendwann«, sagte Vogel. »Mein Vater hat mich nicht nach Wien geschickt, damit aus mir ein vagabundierender Maler werden solle, sondern damit ich die Wiener Teehäuser kennen lerne und im Studium meine Ideenvielfalt ausbilde, die man auch als Confisseur braucht. Man muss in meinem Beruf auch Torten mit Pflanzenfarben kunstvoll bemalen und mit Blattgold verzieren, Rosen aus Marzipan formen und mit Zuckerguss Buchstaben zaubern.«

Ich schauderte bei dem Gedanken, dass sich die Züricher Weiber Vogels Kunstwerke aus Zuckerguss in die gefräßigen Mäuler stopften.

»Seid ihr bereit für den römischen Karneval?« Jemand schlug mir auf den Rücken. Hinter uns stand Riepenhausen, kindlich aufgeregt, als habe er seinen Geburtstag vor sich.

»Wenn die Glocke mittags vom Kapitol erklingt, wird jegliche Arbeit unterbrochen. Es ist das Signal, alle Scham und Disziplin abzulegen und sich für sieben Tage der Ausgelassenheit hinzugeben. Zwischen der Piazza del Popolo und dem venezianischen Palast wird der Ausnahmezustand verhängt. Außer Messerstichen ist alles erlaubt.«

»Wir kommen nach«, versuchte ich ihn abzuwimmeln.

In dem Moment klingelte das Türglöckchen und Thorwaldsen betrat das Café. Er winkte uns von Weitem zu und verschwand mit Riepenhausen.

»Die gleiche Glocke hatten wir im Gelben Hörnli«, sagte Vogel. »Wenn abends der letzte Kunde das Geschäft mit diesem Ton verließ und ich die Ladentür mit dem großen Schlüssel zusperren durfte, war es Zeit, die kaffeebraune Ladenschürze an den Nagel zu hängen und die weiße Mütze vom Kopf zu nehmen.« Vogel tauchte sein Hörnchen in den Kaffee. »Ich hatte meine eigene Blechbüchse mit Wechselgeld, aus der ich abends wie ein Erwachsener die Rappen gezählt habe, die ich am Tag für Zuckerplätzchen, Ingwerblätter oder Spritzgebäck eingenommen hatte.« Er biss in das Hörnchen und schmatzte.

»Wenn ich meiner Mutter die Münzen gab, linste ich schon zum Sirupständer, dessen Inhalt sich immer so schön spiralförmig auf das untergehaltene Gebäckstück ergoss. Was mich fast noch mehr erfreute, war das stolze Lächeln meiner Mutter. Sie war sich schon immer sicher, dass aus mir einmal der größte Confisseur Zürichs wird.«

Vogel seufzte.

»Im Gelben Hörnli gibt es jetzt auch flüssige Schokolade zu trinken und die Züricher Damen reißen sich darum. Ich hatte es meinem Vater empfohlen, weil man es in den Kaffeehäusern in Wien so macht.«

Seit wir in Rom waren, plagte Vogel seine Unentschlossenheit, die ihn innerlich so aufwühlte, dass er kein richtiges Bild mehr zustande brachte.

»Wenn ich wieder daheim wäre, dann würde ich die Schweiz bereisen und versuchen, mit all den Alten zu sprechen, um Geschichten und Sagen zu sammeln. Die Schweizer Landschaft werde ich skizzieren, Dörfer und Städte, Kirchen, Rat- und Schulhäuser, Brunnen und Brücken, Schlösser und Almhütten, Volksfeste und -trachten, Feste und Prozessionen. Handwerksräume mit ihren Maschinen und Werkzeugen. Ich habe Pestalozzi eine Skizze von meinem Bild »Lienhard und Gertrud« geschickt. Obwohl er doch ein Freund meines Vaters ist, rät er mir dazu, ganz Maler zu werden.«

»Du musst dich fragen, was du willst und nicht, was die anderen wollen.«

»Es ist so schwer zu wissen, was ich will. Ich wollte nach Italien reisen, um der Natur unmittelbar zu begegnen und aus ihrem reinen Urquell zu schöpfen. Jetzt sitze ich nur noch in Sankt Isidor und gucke gegen Mauern.«

Overbeck macht uns zu seinen Jüngern, dachte ich.

»Vogel, wir dürfen nicht zulassen, dass Overbeck uns seinen Glauben aufdrückt. Wir müssen zusammenhalten«, redete ich auf ihn ein.

»Aber unser großes Ziel können wir nur in der Gruppe erreichen«, entgegnete er. »Und wir brauchen einen Anführer.«

Ich wusste, dass er recht hatte. Ein Einzelner konnte nichts ausrichten. Es gab zu viele Maler. Wenn wir aus der Masse herausstechen wollten, dann mussten wir weiterhin einheitlich in unserer altdeutschen Tracht auftreten und endlich anfangen, ein gemeinsames Werk zu schaffen. Wenn Overbeck auf die Illustration der Bibel bestand, dann musste ich darin Figuren finden, die mir nahe waren.

In dem Moment erklang die Glocke vom Kapitol und alle verließen jubelnd das Café.

Wir schlossen uns ihnen an, kamen aber nicht weit, denn die Kutschen drängten aus den Seitengassen auf den Corso, wo Männer in Frauenkleidern herumliefen und auf der Straße tanzten. Es ging weder vor noch zurück. Hufgeklapper, Gewieher, Geschimpfe und Gelächter. Gaukler hüpften zwischen den Schaulustigen herum, die sich auf einmal alle Masken aufsetzten. Vogel und ich sahen mit unseren großen Hüten und altdeutschen Trachten ohnehin verkleidet aus und wir ließen uns von der Menge mitreißen. Während die Straßenreiniger mit ihren Besen das Pflaster vom gröbsten Unrat befreiten, drückte uns ein singender Wirt, der vor seiner Osteria stand, zwei Holzbecher Wein in die Hände. Plötzlich ergossen sich vom oberen Ende des Weges unglaubliche Mengen an Wasser aus großen, beräderten Holzfässern. Vogel und ich sprangen in einen der Hauseingänge, um nicht von dem reißenden Fluss den Corso hinuntergespült zu werden. Überall streuten die Italiener Blumen auf die Wege, hängten Teppiche und bunte Tücher über die Balkone, bauten Gerüste auf und räumten sämtliche Sitzmöglichkeiten aus ihren Wohnungen auf die Trottoirs. Ein Knabe kam zur Tür heraus und bat uns zwei Stühle an. »Sedie?«

»No, grazie!«, wehrte Vogel ab.

Ich war froh, die Italiener um einen Kopf zu überragen, denn es folgten geschmückte Pferdewagen, die den Corso hinaufrollten, der durch die Gerüste und die gaffenden Menschen auf zwölf Schritt zusammengeschrumpft war, sodass nur noch zwei Fuhrwerke nebeneinander Platz fanden.

Alle römischen Kinder turnten auf der Straße herum. Sie flöteten, sangen und trommelten und liefen neben den Wagen her, denn aus der einen oder anderen vornehmen Hand flog schon mal ein Geldstück auf den Boden.

Der Lärm war ohrenbetäubend. Es ertönten zwei Schüsse und die Menge grölte, denn es folgte das Militär mit klingenden Marschinstrumenten. Ein Trupp Reiter streute Holzspäne auf die Basaltköpfe.

Vogel fragte einen Mann mit einem kleinen, roten Hütchen auf dem Kopf, wozu das gut sei. »Pferderennen!«, übersetzte Vogel. Kurz darauf wurden auch schon die mit weißen Tüchern und bunten Bändern geschmückten Berberpferde von ihren Besitzern vorbeigeführt. Nachdem die ausgehungerten Gäule einmal am Hafer gerochen hatten, mussten drei Knechte die schäumenden Tiere halten. Das Flimmern des Goldblechs, das man ihnen an die Köpfe geheftet hatte, machte sie noch wilder und die stacheligen Kugeln, die ihnen auf den Rücken hingen, sollten sie im Lauf vorwärts peitschen.

Als eine Trompete erklang, preschten die Pferde los und an uns vorbei. Sie waren so schnell, dass ich ihnen mit dem Blick kaum folgen konnte. Am anderen Ende der Rennbahn wurden sie von Männern gestoppt, die große Tücher zwischen sich gespannt hielten.

Dem Besitzer des Siegerpferdes wurde eine gewebte Standarte überreicht.

Bevor das nächste Rennen starten sollte, kaufte ich einem aufdringlichen Mercatori, der sich mit seinem geflochtenen Korb durch die Menge schob, eine Tüte gebrannte Mandeln ab. Als ich sie öffnete, traute ich meinen Augen kaum. Statt leckerer Mandeln guckten mich kleine Gipskörner an. Ich hielt einen Italiener am Arm, der wohl auch betrogen worden war, und zeigte ihm den Inhalt meiner Tüte. Der Italiener zuckte mit den Achseln, als sei er nicht erstaunt darüber, und wollte schon weitergehen. Ich nahm eine Gipskugel und legte sie fragend zwischen meine Zähne, als wolle ich sie zerbeißen. Der Römer verstand und öffnete seine Tüte, nahm eine Hand voll Körner und warf sie mir ins Gesicht. Empört sah ich den Römer an: »Spinnst du?«

Er lächelte nur und bewarf einen seiner Landsleute ebenfalls mit einer Ladung Gipsgeschosse. Dieser drehte sich um und feuerte zurück. Als hätten sie eine Kettenreaktion ausgelöst, bewarfen sich schließlich alle mit ihrer Munition. Vogel und ich versuchten zu flüchten, bevor unsere schwarzen Röcke von der Kreide gänzlich weiß waren.

Zurück in Sankt Isidor fanden wir Pforr und Overbeck in der Klosterkapelle, wo sie auf einer der Bänke saßen und zeichneten.

»Wie könnt ihr hier herumsitzen?«, fragte Vogel und sprang mit seinem Hintern auf den Altar.

Ich schwang mich daneben. »Wir müssen den Karneval zeichnen!«

»Der Corso ist in einen Festsaal verwandelt, alle sind maskiert und bewerfen sich mit römischem Konfetti.« Vogel sah mich fordernd an.

Ich kramte meine Papiertüte aus der Rocktasche und warf Overbeck ein Gipskügelchen an die Stirn.

Er verzog keine Miene.

»Konfetti«, rief ich und riss meine Arme hoch. »In den Gassen fließt der Wein!«

»Die Leute tanzen auf der Straße«, schilderte Vogel begeistert. »Auf dem Corso finden Pferderennen statt.«

Pforr sah auf: »Pferderennen?«

»Wir bleiben hier!«, befahl Overbeck knapp. »Es gibt so viel Leid auf der Welt, da kann man nicht einfach die Augen schließen und hemmungslos feiern.«

»Karneval ist doch aber ein fröhliches Fest!«, bemerkte Vogel.

»Es ist Ausschweifung und Sünde«, wies Overbeck ihn zurecht.

»Draußen tobt das Leben! Weißt du noch, was das ist?« Ich sprang vom Altar.

»Man kann der Kirche nur für die Fastenzeit danken. Gut, dass die Römer alle Katholiken sind und bald wieder Ruhe in der Stadt einkehrt. Nur ein reiner Lebenswandel gibt uns die Ordnung des Geistes, die unumgänglich notwendig ist, um wahrhaftige Werke hervorzubringen.«

»Und deswegen willst du dich für den Rest deines Lebens hinter Klostermauern verkriechen?«, fragte Vogel gereizt.

»Das ist der Preis, den Gott für mein Talent verlangt.« Overbeck zeichnete weiter.

Ich lachte. »Was ist das für ein Teufelspakt? Gott verlangt nicht. Da sitzt ein Dämon in deinem Kopf, der dir das ewige Leben einflüstert und dafür dein Herz und deine Seele aus deiner sterblichen Hülle saugt. Und genauso sehen deine Bilder aus. Schematisch und leblos.«

Ich bereute im gleichen Moment, was ich soeben gesagt hatte.

Overbeck blieb unbeeindruckt. »Ich bin noch nicht am Ende des Weges. Ich kann nur dem Ruf ...«

»Welchem Ruf?«, fiel ich ihm scharf ins Wort.

»Dem Ruf ...« Overbeck überlegte kurz. »Gottes Ruf.«

»Nur wenn wir zusammen wirken, kann unsere gemeinsame Sache durchgesetzt werden«, unterstützte ihn Pforr, der zitternd in eine Decke gehüllt neben Overbeck saß.

»Ein Einzelner wird von den Frevlern unterdrückt werden und ist unbedeutend für die Kunst«, stimmte Overbeck zu.

»Was ist unsere gemeinsame Sache?« Ich sah Pforr herausfordernd an.

»Unser Kreuzzug!«, antwortete er sofort.

»Wir leben nicht mehr im Mittelalter, Pforr!« Vogels Stimme klang herablassend.

»Und auch nicht in der Renaissance«, äußerte ich energisch. »Wir leben im 19. Jahrhundert! Wir müssen etwas Neues bringen und nicht das Alte nachahmen. Alles ändert sich.«

»Hat sich das Licht geändert?«, ergriff nun Overbeck das Wort. »Hat sich der Mensch seit Platon geändert? Ich soll meinem Jahrhundert folgen? Was ist, wenn sich unsere Zeit irrt?«

»Overbeck hat recht. Die Suche nach der Wahrheit hat nichts mit dem jetzigen Zeitgeschehen zu tun«, entgegnete Pforr.

»Siehst du denn nicht, dass jeder von uns einen anderen Weg dorthin hat?« Ich deutete auf Overbecks Zeichnung.

»Deine Wahrheit hat mit meiner nichts zu tun! Für mich ist das, was ich zeichne, die Wahrheit. Ich zeichne das Leben, das du anscheinend nicht mehr achtest.« Ich schäumte vor Wut.

»Und du achtest Gott nicht und seine Gebote!« Overbeck sah auf seine Skizze. »Dabei kommt alles Leben von ihm. Es gibt nur eine Wahrheit. Gottes Wort zeigt uns den Weg.«

Ich klappte die Bibel zu, die auf dem Altar lag und hielt sie in die Höhe. »Dieses Buch ist von Menschenhand geschrieben. Wenn es ein Buch gibt, das Gott geschrieben hat, dann ist es die Schöpfung! Und die liegt vor uns mit all ihrem Schönen und Hässlichen.«

»Wir müssen die Natur studieren!«, unterstützte mich Vogel, dem ich dankbar zunickte.

»Ich will nicht sagen, dass das Profane, das alltägliche Leben darzustellen, eine niedere Art der Kunst ist …«

»Doch, das willst du«, unterbrach ich Overbeck wütend.

»Aber vielleicht ist das Erhabene vor Gott besser angesehen …«

Vogel lachte. »Ich glaube, dass ihn unsere Pinselei wenig interessiert.«

Leise fügte ich hinzu. »Wenn es ihn überhaupt gibt.«

»Wie kannst du nur zweifeln? Nimmst du unsere Bruderschaft denn nicht ernst?« Overbeck wurde zornig.

»Anscheinend nicht so ernst wie du«, erwiderte ich.

»Ich gebe euch ja recht, dass wir nach der Natur zeichnen sollten. Aber wir müssen sie beseitigen von ihren zufälligen Mängeln und nicht noch das Hässliche herauskehren.« Overbeck sah mich missbilligend an. Ich wusste, dass er meine Karikaturen meinte.

»Und genauso müssen wir uns von allem menschlichen Makel befreien und zu göttlicher Tugend streben.«

»Aber ich sehe die Schönheit genau in diesen Mängeln. Das Hübsche ist mir langweilig und zuwider«, verteidigte ich mich.

Er winkte genervt ab. »Du willst es nicht verstehen. Sich über andere lächerlich zu machen, ist eine üble Gewohnheit. Es ist ein Gift, das nach und nach den Ernst und die liebevolle Nachsicht gegenüber den Mängeln anderer tötet.«

In mir rührte sich die Galle.

»Die Verehrung des Ideals, Bruder Johannes«, ich spuckte ihm seinen Namen hin, als sei er ein wurmstichiger Apfel, »birgt die Gefahr, die wirkliche Welt zugunsten der erdachten zu verachten und damit irgendwann den Menschen und sich selbst zu verdammen.«

»Wir müssen uns ganz leidenschaftslos der Liebe Gottes hingeben«, fuhr Overbeck unbeirrt fort.

Ich ging zur Tür. Dieses Gerede konnte ich nicht länger ertragen.

Overbeck hob seinen Zeigefinger. »Aus der Bibel müssen wir schöpfen, denn sie allein ist unerschöpflich.«

»Auch sie erzählt von Menschen«, erwiderte ich und öffnete die Kapellentür.

»Von Menschen, die Erfahrungen mit Gott gemacht haben«, verbesserte mich Overbeck.

Ich drehte mich noch einmal um. »Ich möchte aus meinem eigenen Leben schöpfen und nicht meine Bilder aus den Werken anderer ziehen müssen.«

»Dann bist du hier falsch!«, sagte Overbeck energisch und stand auf. »Da ich der Vorsteher unseres Ordens bin, werde ich eine neue Regel erlassen. Von nun an wird niemand mehr ohne meine Erlaubnis die Klostermauern verlassen. Ich sehe mich gezwungen zu dieser Maßnahme, um unsere Bruderschaft und uns alle vor der verderbten Welt zu schützen.«

Ich öffnete die Tür. »Wir wollten die Freiheit!«, schnauzte ich.

»Die will ich auch«, sagte Overbeck aufgebracht. Ich war schon draußen, da hörte ich ihn noch rufen:

»Aber in einem goldenen Rahmen!«

## 16. Das Abendmahl

Keiner durfte Overbecks Zelle mehr ohne Erlaubnis betreten.
Ich klopfte an seine Ateliertür und war erstaunt, ein »Ja?« aus dem Inneren zu hören. »Komm herein, Hottinger.« Er hatte mich wohl schon an meinem Klopfen erkannt.
Nur ein Kruzifix schmückte die weißen Wände. Christus sah Meister Overbeck bei seiner schöpferischen Arbeit zu, die dieser nicht mehr malen, sondern beten nannte.
Overbeck saß hinter der Staffelei. Sein Blick war ernster als sonst, seine Stirn lag in Falten, als sei er nicht zufrieden mit dem, was er auf seiner Leinwand sah. Die Gottesmutter, die er gerade malte, sah genauso aufgeräumt aus wie sein Schreibtisch, auf dem jeder Pinsel fein säuberlich gewaschen neben dem anderen lag. Er hatte sie nach der Breite der Borsten angeordnet. Die Apothekergläser mit den Pigmenten waren wie das Farbschema des Regenbogens gegliedert. Spachtel, Messer, Schwamm und Tuch lagen neben ihm auf einem kleinen Tisch wie heiliges Altargerät. Jedes Ding hatte seinen festen Platz. Das geometrische Lineal hing an seinem Haken an der Wand.
Der Fußboden war frisch gekehrt. Eine Kerze brannte. Es roch nach Räucherwerk.
Ich stellte mich hinter ihn und sah auf die gemalte Maria auf seiner Staffelei. Die Gottesgebärerin erinnerte mich an eine Birne, die den ganzen Winter am Baum gehangen hatte und weder Saft noch Geschmack hatte, wenn man in sie hinein biss.
Etwas störte mich an seiner Malerei. Es lag nicht nur an der Leblosigkeit seiner Figuren. Da versteckte sich etwas Moralisierendes und Bekehrendes in ihnen.
Jeder Pinselstrich hält mir meine eigene Unzulänglichkeit vor Augen. Meine fehlende Disziplin und Beharrlichkeit. Meine Laster.

Ich fragte ihn, ob das die Maria aus der Santa Maria Maggiore wäre, die der Evangelist Lukas selbst gemalt haben soll. Overbeck drehte sich zu mir um. »Die Italiener nennen sie Salus Populi Romani.«

Ich versuchte interessiert zu blicken.

»Papst Gregor hat sie in einer Prozession zum Petersdom tragen lassen, um Gott anzuflehen, die über die Stadt hereingebrochene Pest zu beenden«, belehrte er mich. »Daraufhin ist ein Engel erschienen, der die Seuche mitgenommen hat.«

»Ach so«, antwortete ich, als ob ich es glauben würde.

»Lukas hat allein mit der Kraft seines Bildes noch lange nach seinem Ableben Kranke geheilt und das Böse vernichtet«, meinte Overbeck begeistert.

Ich nickte verständnisvoll.

»Das ist meine Mission. Unsere Mission«, verbesserte er sich. »Durch das Abbilden göttlicher Schönheit können wir anderen Menschen Gutes tun.« In Overbecks Stimme klangen Euphorie und Überzeugung.

Er legte den Pinsel auf den Tisch, stand auf und ging ein paar Schritte rückwärts. Ich folgte ihm.

»Dem Betrachter muss sich die Tiefe erschließen«, kommentierte Overbeck meinen kritischen Blick.

Er ging zum Schreibtisch, nahm die Kerze und stellte sie auf den Schemel.

»Nur wenn die Schönheit von dem Betrachter erkannt wird, kann er daran wachsen. Dann wird er den eingeschlossenen Geist befreien und sich emporschwingen in die Höhe. Dann wird das Bild zur Verkörperung des Wahren und der Betrachter, der sich vom Kunsterlebnis beseelen lässt, ist dem schöpferisch Tätigen ebenbürtig. Der Maler und der Sehende sind aufeinander angewiesen.«

Overbeck war geradezu besessen von der Idee, andere durch seine Bilder zum Guten zu führen und ihnen zum Heilsbringer zu werden. Ich wollte weder in den Himmel geführt werden noch wollte ich andere dorthin lenken.

»Siehst du das Erhabene in ihrem Gesicht?«, fragte Overbeck.

»Sie sieht abgestorben aus«, überlegte ich laut.

»Das ist beabsichtigt. Sie darf nicht lebendig aussehen«, klärte Overbeck mich mit leicht überheblichem Ton auf. »Sie hat alles Weltliche hinter sich gelassen.«

Overbeck holte einen Lehnstuhl, der in einer Ecke des Ateliers stand, und schob ihn unter meinen Hintern. Dann setzte er sich wieder auf seinen Schemel und griff zu seinem Pinsel. »Unglaublich, was wir für eine Verantwortung haben« Overbeck schüttelte mit dem Kopf.

Ich sah auf seine Palette, in der nur drei Vertiefungen mit Farbe angefüllt waren. Schwarz, weiß und ein Umbra, in das er den Pinsel tauchte.

»Wir können die Welt verändern!« Overbeck zog den Pinsel durch Marias Haar.

»Wie kannst du dir so sicher sein?«, wollte ich wissen.

»Der Himmel versagt selten dem ernsten Willen das Gedeihen und segnet das Gute.« Overbeck lächelte.

»Was ist das Gute?« Ich wusste es wirklich nicht.

»Das Gute entsteht, wenn wir dem Himmlischen folgen, wenn wir Christus folgen.«

»Wohin?« Mein Tonfall blieb skeptisch.

»Hottinger, mir ist klar geworden, dass wir den Tempel der Unsterblichkeit nicht in Rom, sondern nur außerhalb der Welt finden können. Und um uns dem ganz und gar hinzugeben, müssen wir weiterhin allen Verlockungen der Sinne entsagen.« Overbeck nahm ein Tuch vom Tisch und streifte seinen Pinsel daran ab. »Ich bin froh über unseren Bruderbund und ich bin fest entschlossen, meine ganze Kraft der christlichen Kunst zu opfern. Es ist wie eine gerade Spur, der ich folge. Ein Ziel, für das es sich lohnt zu kämpfen und Entbehrungen in Kauf zu nehmen. Nur wenn wir selbst rein sind, kann ein gemalter Körper zum Tempel, ein Porträt zum Spiegel der Seele werden.«

Ich fragte mich, ob sich Overbeck in den vergangenen neun Monaten wirklich so verändert hatte, wie es mir vorkam. Schließlich hatte er auch schon in Wien am liebsten vor dem Marienbild in der Annakirche gesessen.

Aber jetzt störte es mich.

Ich stand auf. »Wir möchten ein Fest für unsere Künstlerfreunde geben«, verriet ich den wahren Grund, warum ich in Overbecks Zelle gekommen war.

Er legte seinen Pinsel auf den Tisch und drehte sich zu mir.

»Am Gründonnerstag«, fügte ich hinzu.

»Ein Abendmahlsfest?« Overbeck zog fragend die Augenbrauen hoch.

»Vogel und ich hatten eher an ein Frühlingsfest gedacht – wie von Botticelli gemalt. Eine Festa di Primavera.«

»Nein«, lachte Overbeck wissend. »Bei deinen Festen mache ich nicht mit.«

»Was soll das heißen?«, fragte ich empört.

»Es sollte kein sinnloses Fest sein«, forderte er. »Sondern einen tiefen und ernsten Hintergrund haben, schließlich leben wir in einem Kloster.«

Ich überlegte. Mir fiel keine passende Bibelstelle ein, mit der ich Overbeck hätte überzeugen können. Dann kam mir eine Idee.

»Wir könnten Raffaels Geburtstag feiern. Am sechsten April.«

Overbeck hielt sich seinen Zeigefinger an den Mund und sah zur Decke. »Wenn, dann Raffaels Todestag«, überlegte er. »Der fällt ja auf den gleichen Tag.«

»Einem Kloster sollten Gäste nie fehlen«, versuchte ich ihn zu überzeugen. »Vielleicht gewinnen wir noch den einen oder anderen für unsere Sache.«

Overbeck nickte. »Geben wir eine Agape.«

»Wer ist Agape?« Der Name klang für mich wie eine schwarzgekleidete Witwe.

»Ein Liebesmahl«, sagte Overbeck schwärmerisch.

169

Das hörte sich gut an. Ich sah schon nackte Römerinnen, die sich auf einer langen Tafel zwischen dreiflammigen römischen Lampen und einem Fass Velletriwein rekelten und mir einen in Weinblätter eingewickelten Abendimbiss in den Mund schoben.

Ich nickte heftig.

»Nicht mehr als neun Gäste«, bestimmte Overbeck und setzte sich wieder auf seinen Schemel.

»Darf ich dann mit Vogel Sankt Isidor verlassen, um Fleisch und Wein einzukaufen?«

»Schmackhaftes Gemüse, von Kunstgesprächen gewürzt, wäre doch besser, als zu leben wie die Reichen, die sich mit allerhand Leckerbissen bis zum Überdruss mästen.«

Ich setzte einen flehenden Blick auf. »Ein paar kleine Wachteln?«

»Wenn es Fleisch sein muss, dann lieber Rebhühner. Sie leben am Boden und sind ein Symbol für die Demut.«

»Meinetwegen, Rebhühner«, ich stöhnte innerlich und presste ein »Danke, Bruder Johannes« aus mir heraus.

Als der Tag gekommen war und Vogel und ich alle Stühle, die wir hatten, in das Refektorium schleppten, saß Overbeck an unserem Esstisch und starrte auf das Bild von Christus und Johannes, das er in der Bergkapelle in Bruck an der Mur gezeichnet hatte. Er hatte es auf seiner Staffelei am Kopf des Tisches gut sichtbar platziert.

Overbecks braunes, in der Mitte gescheiteltes Haar fiel ihm bis auf die Schultern. Er trug an diesem Abend Pforrs venezianischen Mantel, obwohl wir mit unserem Kohlebecken ordentlich eingeheizt hatten und es viel zu warm dafür war.

»Sollen wir noch einen Teller für die beiden hinstellen?«, fragte ich spöttisch.

»Das sollten wir eigentlich immer tun«, entgegnete Overbeck.

Ich verdrehte die Augen und warf Vogel ein weißes Linnen zu, das wir als Tischtuch über unseren Holztisch legten.

Fergus bereitete in der Küche die Speisen zu und Pforr öffnete die Weinflaschen. »Orvieto-, Frascati- und Velletriwein«, lallte er, als ich die Küche betrat. »Du sollst die Flaschen nur öffnen und nicht jeden Tropfen probieren«, mahnte ich ihn spaßig.

Nach und nach trudelten unsere Gäste ein und begrüßten sich alle lautstark. Als wir an der gedeckten Tafel saßen, nahm Overbeck sein Manuskript hervor und begann vorzutragen:

»Herr, unser Gott, der du alles vermagst, wir danken dir für dieses Mahl. Gib zu deiner unendlichen Gnade, mit der du uns täglich überschüttest, auch noch die deines Heiligen Geistes. Öffne uns immer mehr für die Werke jener Meister, die in deinem Geist gearbeitet haben.«

Joseph Anton Koch rülpste ein »Amen.«

»Wir haben uns heute hier versammelt«, fuhr Overbeck unbeirrt fort, »um einen besonderen Künstler zu ehren, der wie Christus selbst an einem Karfreitag gestorben ist. Der göttliche Raffael war kein normaler Mensch. Er war ein sterblicher Gott.«

»Ich bin an Weihnachten geboren«, unterbrach ihn Schick. »Meine Mutter behauptet sogar, es sei ein ganz besonders schöner Tag gewesen.«

Overbeck las weiter, ohne aufzublicken.

»Übernatürliche Gaben sind manchmal über ein Geschöpf ausgegossen. Dann sind für uns alle Handlungen dieses Einen göttlich und es offenbart sich, dass seine Fähigkeiten vom Himmel kommen. Das hat die Welt an Raffael gesehen, denn abgesehen von seiner nie genug gepriesenen Schönheit, erfüllte göttliche Anmut all sein Tun. Diesen Meister wollen wir ehren und anbeten.«

Overbeck erhob seinen Tonbecher. »Auf Raffael Santi!«

Auch wir standen auf. »Auf Raffael!«

Overbeck bat uns, wieder Platz zu nehmen.

»Die Welt, in der wir leben, braucht Schönheit. Sie allein kann das Böse vernichten und die Menschheit davor retten, in Verzweiflung zu versinken.« Zacharias Werner nickte heftig.

»Durch das Werk unserer Hände sind wir die Treuhänder der Schönheit«, las Overbeck weiter. »Allein die Kunst kann den Menschen ermutigen, seine Augen zu erheben. Sie holt den Menschen aus sich selbst heraus, sie zerrt ihn weg von seiner zufriedenen Mittelmäßigkeit, lässt ihn leiden und sticht ihm ins Herz.«

»Bravo!« Der Bildhauer Wagner klatschte.

»Die Kunst will ihn zu neuem Leben erwecken, ihn empor ziehen und ihm Flügel verleihen. Sie lässt ihn nicht in Ruhe und erinnert ihn immer wieder an seine letzte Bestimmung. Sie gibt ihm den Mut, mit ganzer Kraft den Pfad zu gehen bis zum Ziel menschlichen Lebens – der Begegnung mit Gott!«

»Das ist nicht mein Ziel«, entgegnete Koch, der Landschaftsmaler.

Overbeck hob die Hand, um ihn am Weiterreden zu hindern.

»Und wenn Schönheit und Göttlichkeit eins sind, dann kann der bloße Anblick eines Kunstwerks den Menschen wieder und vielleicht endgültig seinem Ideal nahebringen. Die Welt der Ideen, an der die Tugenden ranken können! Der Sieg des Guten über das Böse!«

Die Brüder Veit begannen zu tuscheln.

Overbeck kam mir auf einmal vor wie ein Marktschreier, der seine Vision verkaufte, um noch mehr Anhänger zu finden und dadurch größeren Einfluss auf die Kunst zu gewinnen.

»Die jedem von uns eigentümliche Kunstweise leitet sich aus einer gemeinsamen Wurzel ab«, lehrte uns Overbeck. »Dahin müssen wir zurück. Wir sollten zum Vorbild werden! Zum Lehrer für andere Menschen! Tätig sein können wir nur mit unseren Werken, aber um höchste, vollendete Kunstwerke hervorzubringen, müssen wir selbst ein Muster an Tugend und sittlicher Größe sein. Keuschheit ist dabei erforderlich und oberstes Gebot.«

Werner hielt sich den Bauch vor Lachen. Overbeck warf ihm einen strengen Blick zu.

»Die Werke der Künstler, die diese Grundsätze nicht erfüllen, sind und wirken unwahr. Um aber als großer Künstler zu gelten, genügt die sittliche Vorbildlichkeit nicht, hinzukommen muss eine technische Vollkommenheit in der Malkunst – aber nicht um ihrer selbst willen. Die alles veredelnde Schönheit ...«

»Warum geht ihr dann nicht mehr vor die Tür?«, fragte Werner.

»Die schönen Frauen sind da draußen«, meinte Schick. »Du brauchst nur mit offenen Augen durch Rom zu gehen.«

»Oder nach Tivoli zu fahren«, bestätigte Koch.

»Es ist mir ein Gräuel ein Porträt nach der Natur zu malen, wenn der Mensch nicht von höchster Schönheit ist.« Overbecks Mund wurde schmal wie ein Strich. »Auf der Straße sehe ich nur die verkommene Menschheit. Wir müssen sie zu Christus führen. Er bringt das Heil!« Overbeck nahm die Bibel, die neben ihm auf dem Tisch lag.

Wagner stöhnte: »Bitte nicht.«

»Es war vor dem Paschafest«, las Overbeck. »Jesus wusste, dass seine Stunde gekommen war, um aus dieser Welt zum Vater hinüberzugehen. Da er die Seinen, die in der Welt waren, liebte, erwies er ihnen seine Liebe bis zur Vollendung. Es fand ein Mahl statt.«

»Ja, lasst uns essen und trinken!«, rief ich laut. »Denn morgen sind wir tot.«

Ich gab Fergus ein Zeichen, das Fleisch auf den Tisch zu bringen.

»Wie mich der Vater geliebt hat«, fuhr Overbeck fort, »so habe auch ich euch geliebt. Bleibt in meiner Liebe! Wenn ihr meine Gebote haltet, werdet ihr in meiner Liebe bleiben, so wie ich die Gebote meines Vaters gehalten habe und in seiner Liebe bleibe.« Die Platte mit den knusprigen Hühnern wurde herumgereicht. Ich nahm mir eins und zerlegte es auf meinem Teller. Die Hälfte gab ich Vogel.

Overbeck las weiter: »Dies habe ich euch gesagt, damit meine Freude in euch ist und damit eure Freude vollkommen wird. Das ist mein Gebot: Liebt einander, so wie ich euch geliebt habe. Es gibt keine größere Liebe, als wenn einer sein Leben für seine Freunde hingibt.«

Pforr hustete. Anscheinend steckte ihm ein Knöchelchen quer. Er hielt sich die Serviette vor den Mund und gab röchelnde Laute von sich. Riepenhausen, der neben ihm saß, schlug ihm so fest er konnte auf den Rücken. Ein Stück Rebhuhn flog aus Pforrs Mund auf den Tisch. Er schnappte nach Luft und nahm peinlich berührt das feuchte Stück Fleisch mit seiner Serviette von unserer Festtafel.

»Jetzt aber gehe ich zu dem, der mich gesandt hat, und keiner von euch fragt mich: Wohin gehst du? Vielmehr ist euer Herz von Trauer erfüllt, weil ich euch das gesagt habe.«

Overbeck ging mir auf die Nerven. Er merkte nicht, dass niemand hören wollte, was er vorlas. Er hatte das Gespür verloren, wie weit er gehen konnte und las immer lauter:

»Doch ich sage euch die Wahrheit: Es ist gut für euch, dass ich fortgehe. Denn wenn ich nicht fortgehe, wird der Beistand nicht zu euch kommen; gehe ich aber, so werde ich ihn zu euch senden.«

Ich wusste, dass Overbeck uns den Abend verderben würde mit seiner Lesung, die keiner unserer anwesenden Gäste zu hören wünschte.

»Noch kurze Zeit, dann seht ihr mich nicht mehr, und wieder eine kurze Zeit, dann werdet ihr mich sehen. Ihr werdet weinen und klagen, aber die Welt wird sich freuen; ihr werdet bekümmert sein, aber euer Kummer wird sich in Freude verwandeln.« Pforr musste wieder husten, stand aber rechtzeitig auf und verschwand in der Küche.

Overbeck legte die Bibel zur Seite und zeigte in die Runde. »Wir alle sind Schöpfer! Wir müssen dankbar sein für die Gnade, die wir empfangen durften.«

Ich nahm meinen Becher und prostete Vogel zu.

Er grinste. Endlich griff Overbeck zum Brotfladen und trennte sich ein Stück ab.

»Wir können Schönheit mitteilen«, fügte Overbeck hinzu.

Ich stöhnte innerlich. Konnte er nicht endlich den Mund halten?

»Der Glaube erhöht unsere Kunst und nährt sie. Er ermutigt uns, die Schwelle der Wirklichkeit zu überschreiten und zum Licht zu gelangen. Auch Raffael hat nach der Bibel gemalt.«

»... weil der Papst sein Brotgeber war!«, warf Riepenhausen ein.

»Jede Kunst ist religiös. Man muss sich doch nicht auf alte Bibelgeschichten berufen«, meinte Schick.

»Es gab weder Raffael noch Michelangelo, wie wir sie uns vorstellen«, klärte Cornelius uns auf. »Zu ihrer Zeit war die Malerei ein Handwerk. Sie hatten Werkstätten im Vatikan mit Hunderten von Malern. Wenn einer besonders gut Hände malen konnte, dann hat er nur die Hände gemalt, einer spezialisierte sich auf den Himmel, der nächste auf Gesichter. Es sind Gemeinschaftswerke oder glaubt ihr wirklich Michelangelo hat allein auf dem Gerüst gestanden?« Er lachte.

Thorwaldsen grinste. »Sie haben malen lassen. Raffael hat jedenfalls gewusst, die Vergnügungen des Lebens zu verehren.«

»Er soll viele Frauen gehabt haben.« Riepenhausen lutschte ein Knöchelchen ab.

Schick schenkte sich sein Glas randvoll. »Ist er nicht an einem Aderlass zum Kurieren einer Geschlechtskrankheit gestorben?«

»Ich dachte, an der Pest«, entgegnete Veit.

»Sein Leichnam sollte schnell bestattet werden, um eine Ansteckung zu vermeiden«, bestätigte sein Bruder und warf sich eine Olive in den Mund.

Raffael mit eitrigen Pestbeulen im Gesicht? Liaisons mit Frauen? An der Syphilis gestorben? Das war nicht der Raffael, den ich kannte.

Plötzlich kam mir der Gedanke, dass wir uns ein Ideal geschaffen hatten. Eine verklärte Wirklichkeit. Wir verehrten einen Raffael, den es gar nicht gab und nie gegeben hatte. Wir hatten uns einen vollkommenen Menschen kreiert, zu dem wir aufschauen konnten, an dem wir uns orientierten. Dem wir nachfolgten. Dabei jagten wir einem eingebildeten Ideal hinterher. Overbeck hatte uns getäuscht. Ich fühlte mich wie ein dummes Kind. Es beschlich mich das Gefühl, dass Overbeck uns absichtlich einen heiligen Raffael präsentiert hatte. Er nutzte uns für seinen Zweck, eine neue christliche Kunst zu schaffen, wie er es von Anfang an vorgehabt hatte.

Er saß aufgebläht auf seinem Platz, als sei er aus einem mittelalterlichen Abendmahlsgemälde gestiegen, und er liebte anscheinend diese Inszenierung. In diesem Moment erinnerte er mich an Dürer, der sich selbst als Christus gemalt hatte. Er nahm einen winzigen Schluck Wein und biss in sein Brot.

Ich war auf ihn hereingefallen. Er war nicht mehr der Overbeck aus Wien, der alle mit seinen Ideen und seiner Aufbruchsstimmung mitriss. Die leuchtende Person, die das Göttliche zu sich herunterzog, gab es nicht mehr. Das Himmlische hatte ihn entführt. Im sinnlichen Rom hatte er seine Sinnlichkeit verloren und forderte deswegen auch von uns jungfräuliche Enthaltsamkeit.

In der Einsamkeit seiner Mönchszelle hatte er sich einen Kokon gesponnen, in dem nur Gott und er Platz hatten. Wie einen Mantel hatte er den alten Overbeck abgelegt und war als Bruder Johannes aus seiner Puppe geschlüpft. Blass und blutleer. Ein Gestalt gewordenes Evangelium, ein fleischgewordener Einfaltspinsel, der nicht nur jegliches irdische Heimatgefühl verloren hatte, sondern auch seine Lebensfreude.

Ich ging um den Tisch und schenkte unseren Gästen Wein nach. Overbeck klammerte sich an seine Bibel. »Die Stunde kommt und sie ist schon da, in der ihr versprengt werdet, jeder in sein Haus, und mich werdet ihr allein lassen. Ich habe die Welt besiegt.«

»Ich bin der Weinstock, ihr seid die Reben«, lallte Pforr, der zurückgekommen war, und leerte seinen Becher. Der Wein lief an seinem Mund vorbei auf sein weißes Hemd. Er torkelte durch das Refektorium, stolperte und blieb vor der Treppe liegen.

Ich ging zu Overbeck: »Du musst dich um deinen Herzensfreund kümmern.«

»Ich möchte ihm nicht so nah kommen. Sein Husten«, flüsterte er. »Ich darf mich nicht anstecken.«

Ich ging zu Pforr. Vogel eilte mir zu Hilfe. Gemeinsam schleppten wir ihn die Treppe hoch zu seiner Zelle. Als wir ihn auf sein Bett warfen, stieß ich gegen eine Apothekerflasche, die zu Boden fiel. Fragend deutete ich auf die Flotte von Tinkturen, die auf Pforrs Nachttisch stand. Vogel zuckte mit den Schultern. Kein Wunder, dass er den Wein nicht vertrug. Ich zog Pforr die Schuhe aus, während er unverständliches Zeug lallte. »Ich bin die Rebe«, kicherte er. Vogel deckte ihn noch zu, bevor wir ihn allein ließen.

Auf der Treppe kam uns Overbeck entgegen. Er trug die Bibel auf seinen Händen, als brächte er eine Gabe zum Altar.

»Du lädst leichte Mädchen in unser Kloster ein?«, zischte er mir ins Ohr.

»Du wolltest doch ein Liebesmahl«, antwortete ich unschuldig und winkte den Damen zu, die Vogel und ich geordert hatten.

»Mich ekelt dieses Trinkgelage. Völlerei und zügellose Trunksucht. Das sind nicht unsere Freunde! Das sind unsere Feinde. Schmeiß sie raus!«, befahl Overbeck.

»Feinde?«, wunderte ich mich. »Weil sie die Wahrheit sagen?«

»Wir dürfen uns nicht täuschen lassen von falschen Propheten«, entgegnete Overbeck.

»Siehst du nicht, dass alle leben wollen?«, fragte ich in der Hoffnung, ihn endlich umstimmen zu können.

»Gott ist Leben! Christus ist Leben!«

»Leben in dieser Welt«, konterte ich energisch, »nicht in der kommenden.«

Overbeck drückte die Bibel an seine Brust und stapfte wortlos die Treppe hoch.

Ich war froh, als er in seiner Zelle verschwand. Seine Gegenwart hemmte mich, ausgelassen zu sein. Jetzt konnte das Fest endlich beginnen.

Ich führte die Mädchen durch das Refektorium. Sie trugen Messingteller mit exotischen Früchten und stellten sie auf unsere Tafel. Dann tanzten die zwölf hübschen Römerinnen mit schwarzem Haar, antiken Gesichtern und langen Gewändern im Reigen um unsere Gäste. Kaum saß ich wieder, da schob mir eine der Damen eine Feige in den Mund. Ich spülte sie mit Rotwein hinunter.

Koch machte einen Freudensprung, schnappte sich eines der Mädchen und tanzte mit ihr durch den Saal. Alle ließen wir uns von den feurigen Wirbelwinden mitreißen.

Ich schlug auf die Handtrommel, die Riepenhausen mitgebracht hatte. Er selbst spielte die Zitter. Thorwaldsen sang aus heiser versoffener Kehle ein markdurchbohrendes Geschrei.

Wir gossen den Vestalinnen den süßen Wein in die Kehlen und über die Hälse.

»Ein Götterfest!«, rief einer. »Ein Bacchanal!«, ein anderer.

Ich lehrte meinen Becher in einem Zug und zerschlug ihn an der Wand.

Wahrlich, unser Kloster wurde zum Göttertempel. Einen Vesta-Tempel wie er am Tiberufer stand, mit runder Kuppel von Marmorsäulen getragen. In der Mitte ein Altar mit einer nie erlöschenden Flamme. Ich sah zu unserem Kohlebecken. Alles verschwamm. Vor meinen Augen erschienen Vestalinnen in weißen Gewändern, die hintereinander gebündeltes Aloeholz auf ihren zarten Armen trugen. Jungfrauen, die die Glut zu neuem Feuer entfachten und die ewig brennende Flamme speisten. Hätte man nicht in Rom ein bisschen Heidentum lassen können?

Ich schwankte, mein Blut pulsierte. Da war kein Raum und keine Zeit nur das Hier und Jetzt. Vor meinen Augen drehten sich die Wände. Mein Mund war trocken, ich griff nach dem Kelch. Ich sah nicht mehr richtig, der Kelch fiel um.

Wir entkleideten die Jungfrauen bis auf die Hemden und sie drehten sich im Kreis und flochten sich die Haare los. Kleidungsstücke flogen, bis wir alle mit bebenden Lippen und glänzenden Augen nackt um das Feuer tanzten, in dem sich alle weltlichen Nichtigkeiten in Rauch auflösten. Eine der Vestalinnen forderte mich zum Tanz auf. Unser erhitztes Blut blieb nicht in den gewohnten Schranken und wir drehten uns um das Feuer. Sie duftete nach Rosen. Ich spürte ihren Mund auf meinem und sank mit ihr zu Boden. Ihre Zungenspitze ertastete meinen Körper, bis sie wieder an meinen Lippen landete und vorsichtig Einlass begehrte. Sie presste ihren zarten Körper auf meinen. Ein Spiel unserer Leiber, über das wir selbst nicht mehr Herr waren. Wir küssten und wälzten uns unter dem Tisch des Refektoriums.

Ein Feuersturm umhüllte mich, ein Donnerbrausen unzähliger Katarakte, in dem ich mich selbst nicht mehr hörte. Alles um mich verschwand. Selbstvergessen verschmolz ich mit ihr und für einen Wimpernschlag fühlte ich sie. Die Unsterblichkeit.

## 17. Die Mahnung

Am frühen Morgen, vielleicht war es auch schon Mittag, weckte mich ein drängendes Klopfen an meiner Tür. Es klang so laut, als würde mir jemand mit dem Hammer auf die Schädeldecke schlagen.

»Ich möchte mit dir reden.«

Aus meinen verquollenen Augen sah ich Overbeck.

»Ich erwarte dich zum Frühstück im Refektorium.«

Ich lag nackt auf meinem Bett. Ich hatte keine Ahnung, wie ich da hingekommen war. Die Vestalin war verschwunden, aber für einen Moment konnte ich sie noch in meinem Arm spüren. An ihr Gesicht konnte ich mich noch erinnern. Ich werde versuchen, sie aus dem Gedächtnis zu zeichnen, beschloss ich. Ob alle Gäste gegangen sind?

Ich stemmte mich gähnend von meiner Schlafpritsche und tapste barfuß über den kalten Steinfußboden. Müde taumelte ich durchs Zimmer und trat gegen einen Becher mit eingetrockneter gelber Farbe. Überall stapelten sich Papiere, Messer und Spachtel, Gläser und Ampullen, Bröckchen mit Hämatit und anderem Gestein. Ich hatte vergessen, die Pinsel auszuwaschen und nun lagen sie hart und nutzlos am Boden. Dazwischen hatte ich Lavendelbündel geworfen, die mir ein altes Weib auf dem Markt aufgeschwatzt hatte. Sie sollten den Geruch nach faulen Eiern übertünchen. Aus dem Holzbottich in der Ecke schöpfte ich eine Kelle Wasser und trank es mit einem Zug aus. Dann spritzte ich mir eine Handvoll in mein zerknittertes Gesicht und trocknete es mit einem schmutzigen Lappen.

Overbeck löffelte seine Hafergrütze mit gekochten Pflaumen. Auch mir hatte er eine Schüssel auf den Tisch im Refektorium gestellt.

Alles war aufgeräumt. Nur der kalte Rauch und ein Hauch von Rotwein in der Luft ließen erahnen, was hier am Vorabend stattgefunden hatte. Die Fenster hatte er weit geöffnet. Overbecks Staffelei stand demonstrativ neben dem Tisch. Jemand hatte das Bild von Christus und Johannes mit Wein besudelt. Die Gesichter waren kaum noch zu erkennen.

Ich setzte mich. Ich sah Overbeck an und betrachtete ihn genauer. Er war dünner geworden. Das machte seine ohnehin schon strengen Züge noch ernster. Seine große Nase stach aus seinen hohlen Wangen hervor wie ein Vogelschnabel, der nach mir picken wollte.

»Seit wir in Rom sind«, begann Overbeck in scharfem Ton, »ist es für mich unerträglich, deinen Lebenswandel anzusehen. Dein Kleben an weltlichen Dingen, dein Ergötzen am Gewöhnlichen, dein sinnlicher Genuss und deine leichte Heiterkeit quälen mich wie ein Splitter im Auge. Dir fehlt der Sinn für Gott und alles Himmlische.«

Ich wollte protestieren, aber er winkte ab.

»Sankt Isidor umgeben nicht ohne Grund hohe Klostermauern. Die aufeinandergeschichteten Steine sollen uns helfen, uns vor der verderbten Welt zu schützen. Isidor ist eine Zitadelle! Es geht nicht darum, dass wir nicht hinaus dürfen, sondern darum, dass nicht jeder Hanswurst hier hereinkommt! Nicht wir sind gefangen, sondern die da draußen.«

»Du sprichst wie ein Imperator, der sein unterdrücktes Volk für ein bisschen blöd hält!«, erwiderte ich.

»Deine Café-Freunde haben sich als unwürdig erwiesen. Sie werden diesen Tempel der Kunst nicht noch einmal entweihen«, drohte er.

»Was ist falsch daran, das Glück im Leben, in den Menschen und in der Liebe zu suchen?« Ich löffelte in meinem Brei.

»Das ist banal. Das ist geschmacklos. Profan. Weltlich. Sie sind eine niedere Künstlerschar.« Overbeck schob seine leere Schüssel von sich weg.

»Du meinst, ich muss meine Augen vor den Schönheiten der Welt verschließen?«, hinterfragte ich.

»Die Augen will ich dir öffnen. In der Welt gibt es nur Hässliches und Böses. Die Schönheit liegt außerhalb der Welt. Du musst dich entscheiden, wem du angehören möchtest.«

»Du willst mir die Augen öffnen?«, lachte ich und biss in eine Pflaume. »Du bist es, der nichts mehr sieht.«

Overbeck schüttelte heftig den Kopf. »Die Welt, in der wir leben, riskiert bis zur Unkenntlichkeit entstellt zu werden. Ein Dämon durchstreift Europa und raubt alle Kunstschätze, um sie für sich allein zu haben. Aggression und Verzweiflung wachsen. Was kann den menschlichen Geist zurück auf den rechten Weg führen?«

Ich zuckte mit den Schultern.

»Ich versuche, es dir zu erklären.« Overbeck sprach mit mir, als hätte er einen Lehrjungen vor sich. »Sieh dir diesen Kern an!« Er hielt einen abgelutschten Pflaumenkern hoch. »Wie kann neues Leben aus ihm entstehen?«

»In dem man ihn einpflanzt und bewässert?«, fragte ich sichtlich genervt.

»Genau. Erst muss er in die dunkle Erde fallen, bevor neues Leben aus ihm wachsen kann.«

Ich winkte ab. »Verschone mich mit deinen biblischen Gleichnissen!«

»Wenn du die Regeln unsere Gemeinschaft nicht befolgst, kannst du nicht vorwärts kommen. Die Saat muss aufgehen. Dann erst kann ein neuer Baum des Lebens wachsen.«

»Ich sehe keinen Baum des Lebens«, schimpfte ich, »sondern eine alles erstickende Schlingpflanze, die dich gefangen hält.«

Overbecks zorniger Blick durchbohrte mich.

»Wir hatten doch ein Ziel. Wir hatten doch eine Vision!«

»Du hattest sie, Overbeck. Du!«

Ich nahm eine Pflaume auf meinen Holzlöffel, löste mit meinem Finger den Kern heraus, glitt über das saftige Fleisch und drückte den Saft heraus.

»Wenn du wüsstest, was du verpasst, Bruder Johannes.«
»Gott hat mir gesagt, dass ich Opfer bringen muss.«
Ich beugte mich über den Tisch und lächelte verschmitzt. »Und mir hat er gesagt, dass ich mich vergnügen soll.«
In diesem Punkt verstand er überhaupt keinen Spaß. Er legte den Löffel zur Seite. »Was ist letzte Nacht passiert?«
»Bist du mein Beichtvater?«, fragte ich trotzig wie ein Kind.
»Nein. Diese Sünde kann ich nicht von dir nehmen.«
»Was gilt denn deiner Ansicht nach als Sünde?« Ich wurde lauter.
»Alles, was wir wollen, ist Sünde.« Overbeck überlegte kurz. »Alles was von Gott kommt, ist gut.«
Was für ein Blödsinn, dachte ich. »Wie kannst du das unterscheiden? Woher soll ich wissen, was er will?«
»Du kannst es aus der Heiligen Schrift herauslesen. Du wirst schon noch die Schönheit in Gottes Wort entdecken.«
Ich hasste es, wenn Overbeck mit mir sprach, als sei er die Weisheit in Person und seine Wahrheit eine allgemeingültige.
»Wenn Gott irgendwo ist, dann in uns. Er sitzt auf keinem Thron. Glaubst du, Gott hat den Menschen erschaffen, damit er endlich jemanden hat, der ihn anhimmelt?«
Overbeck nickte zustimmend. »Natürlich. Gott will verherrlicht werden.«
»Du willst verherrlicht werden!«, schnauzte ich ihn an. »Du allein!«
Overbeck sprang auf. Sein Blick hatte sich von Entschlossenheit zu einer starren Verbohrtheit gewandelt.
»Ich habe ein Ziel vor Augen«, versuchte er sich zu erklären, »während du einen Schritt nach vorn, einen zur Seite und zwei zurück gehst. Konzentriere dich doch einfach mal auf die Malerei und auf nichts anderes! Du darfst dich nicht von allem ablenken und unterbrechen lassen, sondern musst dich sammeln und deine Idee verfolgen – bis zum Schluss. Was hast du denn zustande gebracht seit wir in Rom sind?«

Ich stand auf und ging einige Schritte im Raum auf und ab.
»Deine Zielstrebigkeit ekelt mich an!«

Overbeck schwieg. Nach einem kurzen Moment der unangenehmen Stille fuhr ich fort: »Ich bin nicht im kleinen Lübeck zur Welt gekommen, wo man zwischen anständigen Kaufleuten, Senatoren und streng arbeitenden Juristen, die auf ihre norddeutsche Geradheit stolz sind, verkehrt. Ich bin in Wien geboren. Zwischen Kaffeehäusern, rauschenden Bällen und Banketten. In Wien tanzt man durchs Leben und tanzen ist meine Art, mich fortzubewegen.«

Der ablehnende Ausdruck in seinen Augen blieb unverändert. Früher hatte ich manchmal das Gefühl, als würde Overbeck mich um meine Leichtigkeit beneiden. Jetzt sah er mich an, als würde er mich dafür verachten.

»Du aber marschierst wie ein Soldat Richtung Abgrund«, fuhr ich fort. »Du hast den Tod in den Augen. Nicht das Leben!«

Er lächelte milde, als hätte ich ihm ein Kompliment gemacht.

»Mir ist in meiner Zelle klar geworden, dass wir uns in diesem Leben nur auf den Tempel der Unsterblichkeit zubewegen können. Endgültig betreten können wir ihn erst nach unserem Tod.«

Ich spuckte einen Kern auf den Tisch.

»Ich lebe jetzt!«

Er wollte etwas sagen, aber ich fuhr ihm über den Mund.

»Du willst Seelen fischen. Du willst abhängige Jünger aus uns machen? Glaubst du ein bisschen abgebrannte Myrrhe und schöne Worte reichen dafür? Ist es dir vielleicht sogar eine Lust, deine eigenen Anschauungen in anderen Menschen widerhallen zu hören?«

Overbeck wurde plötzlich ganz ruhig. »Ich überlege, dich vom Lukasbund auszuschließen. Ein Gottloser soll nicht ins Haus aufgenommen werden. Nicht einmal grüßen sollen wir ihn«, zitierte er die Bibel. »Denn wer ihn grüßt, hat Teil an seinen bösen Werken.«

Ich schüttelte fassungslos den Kopf. Er hat seinen Verstand verloren! »Werde ich dir unbequem, ja?« Meine Stimme zitterte vor Aufregung.

»Wenn jemand einen ungehorsamen Sohn, einen Prasser und Trunkenbold zum Sohn hat, so sollen ihn steinigen alle Leute seiner Stadt.« Er blickte auf. »Du hast dich doch nur für die Askese entschieden, um nicht im Absinth zu ertrinken.«

Overbecks Worte verletzten mich.

»Du willst Christ sein?«, fuhr ich ihn an. »Du kannst deinen Nächsten nicht lieben, weil du nicht einmal dich selbst liebst. Pforr bricht vor deinen Augen zusammen und du lässt ihn liegen. Ich werde dir sagen, warum. Du willst doch nur seine Bewunderung, alles andere interessiert dich nicht.«

Overbeck wollte mich unterbrechen, aber ich ließ ihn nicht zu Wort kommen.

»Fürchtest du dich davor, verletzt oder verlassen zu werden? Bedroht es dich, die Kontrolle über deine Emotionen zu verlieren?«

Overbeck stand versteinert wie ein Götze da.

»Du selbst bist der König der Könige, der in seiner Festung sitzt, Bruder Johannes. Und deine größte Angst ist, dass ein Mensch die Mauer einreißen könnte, die du um dein Herz gebaut hast.«

## 18. Die Passion

Der Frühling ließ auf sich warten. Die Kälte, die durch die undichten Fenster bis in meine Knochen kroch, hinderte mich daran, konzentriert meiner Arbeit nachzugehen. Sankt Isidor war klamm, die alten Steinmauern eisig.

Mein Pinsel aus groben Fischotterhaaren wollte keine Spitze bilden und zog einen zu breiten, dunklen Strich über mein Bild vom ungläubigen Thomas. Ich öffnete das Fenster und warf den Pinsel hinaus. Bibelgeschichten waren einfach nicht mein Sujet.

Ein Geruch nach Verbranntem stieg mir in die Nase. Besorgt sah ich in den Kreuzgarten. Overbeck stocherte mit einem Stock im Feuer herum und warf Zeichenblätter in die Glut.

»Kochst du uns etwas?«, rief ich ihm spöttisch zu.

Suchend blickte er nach oben, von wo er die Stimme gehört hatte.

»Ich bringe ein Bußopfer verworfener Kunst! Ich vernichte alle Studienzeichnungen, die wir bei Füger, Caucig und Maurer gemacht haben.«

Ich schüttelte den Kopf und schloss das Fenster. Bestimmt wollte er nicht, dass jemand seine schlechten Skizzen sah, falls er einmal berühmt werden würde.

Auf der Suche nach Gesellschaft klopfte ich bei Pforr, der mit dicken Schweißperlen auf der Stirn apathisch auf seinem Bett lag. Das Übel auf seiner Lunge hatte sich in den vergangenen Wochen schnell verstärkt und ihn so sehr geschwächt, dass er tagsüber viel ruhte.

Seine Augen waren geöffnet und blickten auf den Totenschädel, den er sich auf den nackten Bauch gelegt hatte.

Ich wollte schon wieder gehen, da fragte er: »Ist die Nacht nicht eigentlich die Mutter alles Schönen?«

»Was meinst du?« Ich öffnete die Tür einen Spalt.
»Aus ihrem Schoß wird der Tag geboren«, überlegte Pforr.
»Sie ist also auch Mutter alles Fruchtbaren.«
Ich nahm einen Schemel und setzte mich zu ihm ans Bett.
»Die Nacht ist das Gegenstück zum Tag. Mehr weiß ich nicht, weil ich nachts schlafe.«
Pforr nahm eine Apothekerflasche von seinem Schränkchen, entkorkte es und träufelte eine grasgrüne Flüssigkeit auf seinen Blechlöffel.
»Was ist das?« Ich nahm ihm die Flasche aus der Hand und stellte sie zurück.
Pforr verzog sein Gesicht, als er die Medizin herunterschluckte. »Florentiner Wein, Wermut, China- und Eisenfeilspäne, die Doktor Schlosser an der Sonne destilliert hat.« Pforr reichte mir den klebrigen Löffel. Er zuckte zusammen und hielt sich die Brust.
»Hast du Schmerzen?«, fragte ich besorgt.
»Ein Stechen in meiner Lunge.«
»Du musst dich schonen!«, bat ich.
»Wofür?« Pforr versuchte sich im Bett aufzusetzen. »Es ist sehr fruchtbar, eine Weile an das Bett gefesselt zu sein. Die Zelle ist ein guter Nährboden.«
Ich sah an die karge Wand.
»Seit ich hier liege, verstehe ich Fergus und all die anderen Mönche. Sie führen ein Leben im Geist und schaffen sich ihre eigene Welt, ohne an der Wirklichkeit der anderen zu rühren. Das ist eine Kunst, die man von nichts trennen kann, weil sie nichts anderes ist als ihr Leben selbst.«
Ich schauderte bei dem Gedanken, nur noch diese Wände zu sehen.
»Ihr Lehrmeister ist nicht die Weite«, erzählte Pforr. »Die Landschaft, in der sie wohnen, ist eine innere. Ein blühender Kreuzgarten, in dem eine neue Wirklichkeit wächst.« In Pforrs Stimme klang Begeisterung. »Wie die Lebenskunst der Mönche aus dieser engen Welt in die Weiten des Himmels und in die

Ewigkeit aufsteigt, um an ihr teilzunehmen, so hoffe ich, dass meine Idee als Essenz meines kleinen Daseins bleiben wird.«

Ich sah auf Pforrs Bild, das er im Bett liegend fertiggemalt hatte.

»Würdest du mein Gemälde beschreiben, wie wir es in der Akademie getan haben?«, bat mich Pforr. »Damit ich sehe, ob du es erkennst.«

In Wien durften wir bei Professor Maurer Bilder betrachten und darlegen, was wir sahen, ohne zu bewerten. „Sehen lernen", nannte er es.

Ich stellte das Bild auf die Staffelei und setzte mich wieder aufs Bett. »Erstmal ist es sehr klein, eine Elle breit und hoch?«, schätzte ich.

»Ungefähr. Zu einem größeren Format fehlt mir die Kraft«, erklärte Pforr etwas traurig.

»Ein mittelalterliches Gelübdebild?«, mutmaßte ich.

Pforr lächelte. »Mein Freundschaftsbild für Overbeck. Es sind unsere Bräute: Die Schwestern Sulamith und Maria.«

Ich musste an Pforrs Skizze denken, die er mir in Venedig gezeigt hatte. Auf der hatten die beiden Mädchen noch eng beieinander gesessen.

»Für ein Freundschaftsbild sind die beiden Damen aber sehr weit voneinander entfernt«, dachte ich laut.

»Siehst du denn nicht ihre Verbundenheit?«

»Sie sind durch eine Wand getrennt«, überlegte ich. »Sie sehen sich nicht einmal an.«

Pforr seufzte resigniert. »Ich wusste es. Man erkennt ihre Gemeinschaft nicht. Ihre Nähe, ihre Vertrautheit, ihre Innigkeit.« Er zögerte einen Moment. »Ihre Liebe.«

Von all dem war auf Pforrs Bild tatsächlich nichts zu erkennen. Overbecks und Pforrs erdachte Bräute waren so weit voneinander entfernt wie die Sonne vom Mond.

Pforr nahm den Totenschädel von seinem Bauch, legte ihn auf den Nachttisch und drehte ihn so, dass die Augenhöhlen zum Bild zeigten.

Ich betrachtete Sulamith, die auf der linken Seite mit ihrem Kind in einem Garten saß, der von einer Mauer umgeben war.

»Ein Hortus Conclusus«, begann ich, »von dem aus man in eine italienische Landschaft und auf Rom sehen kann. Sulamith scheint sich nicht für den Blick in die Weite zu interessieren.« Overbecks Vorstellung von Sulamith, dachte ich.

»Ein verschlossener Garten ist meine Schwester Braut. Die Quelle des Gartens bist du. Ein Lustgarten sprosst aus dir. Granatbäume mit köstlichen Früchten. Das ist aus dem Hohelied, das Overbeck und ich so gern lesen.«

Pforr lehnte sich nach vorn. Ich stand auf, nahm sein Kissen, schüttelte es und legte es hinter seinen zerbrechlichen Oberkörper. Dann versuchte ich weiter, sein Bild zu entschlüsseln.

»Ihren Kopf hat sie zu dem nackten Kind geneigt, das sie mit einem Arm stützt. Mit der freien Hand ...« Ich beugte mich nach vorn. »... hält sie dem Kind einen Apfel vor das Gesicht.«

Ich sah zu Pforr, der die Augen geschlossen hatte.

»Was soll das kleine Kind mit einem Apfel?«

»Es ist ein Granatapfel. Als Zeichen der Unsterblichkeit«, sagte er, ohne aufzublicken.

»Der Knabe drückt seine rechte Hand von unten an Sulamiths Hand als wollte es den Granatapfel wegschieben.«

Pforr lächelte.

»Sulamith trägt ein weißes Kleid mit langen, weiten Ärmeln«, fuhr ich fort, »das so rein ist wie der junge Hund und die Lilien rechts von ihr.«

»Hund?« Pforr öffnete die Augen. »Es ist ein Rehkitz!« Seine Stimme klang etwas empört.

Jetzt erkannte ich es an den Füßen.

Über ihrem Kleid hatte sie ein grünes Mieder, und um ihren Unterkörper ein rotes Tuch geschlungen.

»Die Farben Italiens! Du hast ihr die Farben Italiens gegeben.«

Pforr lächelte mit geschlossenen Augen. Er kannte sein Bild. Und Maria? Der Raum, in dem sie sich aufhielt, war düster, fast schwarz. Eine Deutsche für Pforr und eine Italienerin für Overbeck. »So stellt ihr euch also eure Bräute vor?«

»Erzähl weiter, was du siehst«, bat Pforr.

»Die Stadt erinnert mich an Rom. Vorn ein Aquädukt, dahinter rechts könnte das Pantheon sein, die Trajanssäule, mehrere Kirchen und der Petersdom. Der Berg hinter der Stadt ist an seinem unteren Teil mit Gras bewachsen und wird nach oben hin sehr felsig. Von rechts führt ein Weg, an dessen Rand eine Zypresse steht, zum Gipfel des Berges, auf dessen Anhöhe ein Kloster steht. Mehrere Menschen gehen auf dem Weg dorthin. Es besteht aus zwei Geschossen, von denen das untere sich in Bogengängen zu einer breiten Treppe öffnet. Ein Turm erhebt sich über der rechten Seite.«

»Es ist ein Tempel«, hustete Pforr.

»Drei Vögel sehe ich. Ein Eisvogel auf dem Gartenweg, ein Rotkehlchen und neben der Rasenbank pickt ein Huhn.«

»Demut, Passion, Auferstehung. Und das Martyrium im Palmzweig«, erläuterte er.

»Eine niedrige, graubraune Mauer beschließt den Garten. Die Mauer hat ein Tor.«

»Es war schwer darzustellen«, entschuldigte sich Pforr, »aber es soll aus Zedernholz sein.«

»Vor ihr steht eine männliche Gestalt mit gefalteten Händen.«

Ich lachte. »Das kann nur Overbeck sein!«

Pforr hatte die Figur in seinen venezianischen Mantel gewickelt.

Auf der rechten Bildhälfte saß Maria. Ihr blondes Haar war in der Mitte gescheitelt und geflochten. Sie sah der Tochter der Gräfin ähnlich und schien so nachdenklich wie Dürers Melancholia.

Maria sah aus, als ob sie sich für ihren Bräutigam schön machte. Einen Bräutigam, der vielleicht nie kommen würde.

»Der Raum, in dem Maria sitzt, ist von allen Seiten mit Brettern umgeben.« Ich stutzte. »Er ist schrecklich dunkel, fast wie ... fast wie in einem Sarg. Heißt es, dass sie ihrem Bräutigam im Tod begegnen wird?«

Auf einmal dämmerte mir etwas. Über Marias Bett hatte Pforr eine Sanduhr gemalt, wie er sie auf einem der Särge in der Michaeler Gruft freigekratzt hatte. Das Todessymbol!

»Wo bist du auf diesem Bild?«

Pforr lächelte mild.

»Wo bist du?« Mir schwante Böses.

Pforr zog sich langsam das Laken über den Kopf wie ein Leichentuch.

»Was ist mit deinem Traum vom Glück? Was ist mit Maria?« Ich riss ihm das Laken weg.

»Diesen Traum habe ich auf meine Leinwand gebracht«, sagte er. »Ich habe alles, was in mir ist, in dieses Bild gelegt. Und ich durfte spüren, was es bedeutet zu lieben. Was kann ich mehr vom Leben erwarten?«

»Pforr, du bist vierundzwanzig. Du musst kämpfen!« Meine Verzweiflung wollte mir die Kehle zuschnüren. »Dein Leben liegt noch vor dir.«

»Was sind irdische Jahre gemessen an der Ewigkeit?« Pforr blieb ganz ruhig. »Das, was ich zu sagen hatte, habe ich gesagt.«

»Wie meinst du das?«

»Mein Talent reicht nicht aus, um durch große Werke zum Tempel zu gelangen. Der Weg, den ich nehmen muss, ist der frühe Tod. Gott nimmt mein Lebensopfer gnädig an. Meine Idee erwacht zum Leben, während die Schwindsucht meinen leiblichen Körper verzehrt. So eilen mein Bild und ich gemeinsam der Vollendung entgegen.«

»Diesen Unfug hat dir Overbeck eingeredet.« Ich ging an sein Bett und schüttelte Pforr.

»Du darfst nicht sterben!«

Es ist doch nur ein schlimmer Husten! Ich fühlte mich hilflos. Es wird vorbei gehen. Pforr wird wieder gesund werden.

»Das Fieber und das Auszehren sind nur der körperliche Ausdruck der Glut meiner Sehnsucht«, versuchte Pforr mir zu erklären.

»Die Glut deines selbstzerstörerischen Seelenfeuers«, jammerte ich.

Pforr sah mich an, als wäre er bereits in einer anderen Welt. Ich ließ mich auf seine Brust sinken und umarmte seinen mageren Körper. Pforrs Herz schlug ruhig. Er legte seine Hand behutsam auf meinen Kopf, als wolle er mich trösten.

»Warum kämpfst du nicht?«, wimmerte ich.

»Wo ich hingehe, werden meine Bilder nicht mehr nur Traum sein, sondern Wirklichkeit«, versuchte er mich zu beruhigen.

»Du bist doch nicht nach Rom gekommen, um hier zu sterben?«

»Nicht ganz. Hast du unser gemeinsames Ziel vergessen?« Pforr lächelte. »Ich bin mit euch nach Rom gekommen, um ein Bild zu malen, für das es sich lohnt, zu sterben.«

»Was ist mit dem Tempel der Ewigkeit?«, versuchte ich es.

»Ich stehe davor.« Pforr lächelte trotz seiner Schmerzen. »Weißt du, warum ich im Vatikan mein Bewusstsein verloren habe?«

»Dir war schlecht vom Wein am Vorabend?«, mutmaßte ich.

»Nein, das war es sicher nicht. Ich habe alles in den Stanzen gesehen. Alles, verstehst du? Die Poesie und die Malerei waren von klein auf meine Welt. In Raffaels Bildern lag der Parnass vor mir, die Theologie und Philosophie zu meiner Seite und alles Irdische hatte ich hinter mir. Ich habe mein Leben vor mir gesehen, als sei es nur ein Symbol für das Universum. Die Decke hat sich über mir geöffnet und ich konnte bis in den Himmel sehen, indem alles eins war.«

Ich nahm das Tuch, das in der Waschschüssel lag, wrang es aus und tupfte Pforrs Stirn ab.

»Ein einziger Raum, in dem jeder seinen Platz finden könnte. Seite an Seite mit dem Anderen. Die Vereinigung der

Gegensätze. Wir saßen in einem Garten, in einem geschaffenen Universum, als hätte uns das Kunstwerk für einen Moment zusammengeführt und erhoben zu dem Schönen an sich. Ich habe erkannt, dass auch wir nur Bilder sind.«

Pforrs Geist driftete in Dimensionen ab, in die ich ihm nicht mehr folgen konnte.

»Ein Abbild der Urschönheit. Ein Abbild Gottes«, fügte er hinzu.

»In Frankfurt habe ich als Kind mit meinem Freund Johann David Passavant ein Bild gesehen von einem Paradiesgärtlein.« Er stockte kurz. »Der Eindruck dieses Gemäldes hat mich bis heute nicht losgelassen. Das Bild hat mir die Gewissheit gegeben, dass es einen Ort gibt, an dem es keinen Schmerz, keine Krankheit und keinen Tod gibt. Und auch keine Gegensätze.«

Wenn sein Fieber nur etwas sinken würde, flehte ich stumm.

»Wir sind nur Hinübergehende. Wir sind alle aus diesem Garten und gehen alle wieder dorthin zurück.«

Ich sah Pforr ungläubig an.

»Gott hat der Menschheit als Ersatz für das verlorene Paradies die Künste gegeben, die sie für einen Moment daran erinnern, wie es einmal war.« Pforr überlegte, bevor er fortfuhr: »Und wie es sein wird.«

»Meinst du, wir können den Tempel der Unsterblichkeit durch das Malen eines Bildes erreichen?«, fragte ich.

»Bilder sind nur Diener. Die Ewigkeit wirst du nicht im Leben finden, wo du sie suchst.«

»Wo dann? Sag es mir«, flehte ich ihn an. »Außerhalb der Welt?«

Pforr schüttelte den Kopf und sank in sein Kissen. In seinem Gesicht lag eine Weisheit, die verriet, dass er mir nicht offenbaren konnte, was er bereits wusste.

Ich musste es selbst erfahren.

## 19. Unvollendet

Pforr spuckte Blut.

Ich erschrak. In der Zinkschale, die ich ihm unter den Mund hielt, schwammen Gewebestücke in der roten Lache. Dr. Schlosser hatte uns vorausgesagt, dass sich Löcher in Pforrs Lunge bilden würden, durch die der Eiter abfließe.

»Es ist die Totgeburt, die ich aus mir herausspucke.«

»Es ist Lungengewebe.« Ich wusste nicht, ob das beruhigender war.

»Mein Bild ist nicht gelungen.« Pforr klang verzweifelt. »Ich habe nicht geschafft, das, was ich fühle, auf die Leinwand zu bringen.«

Dunkle Ränder lagen unter Pforrs Augen. »Es ist unvollkommen!«

»Aber letztes Mal hat dir dein Bild doch gefallen«, wunderte ich mich.

Pforr schüttelte den Kopf. »Es ist zu klein. Es ist nicht harmonisch.«

»Dann versuch es noch einmal!«, riet ich ihm.

»Mein Körper ist zu schwach. Meine Hände zittern. Mir fehlt die Kraft. Ich habe umsonst gelebt, wenn ich meine Idee nicht verwirklichen kann.«

Pforr schnupfte in sein Taschentuch.

»Ich wollte immer auf dem Schlachtfeld sterben, nicht auf einem Krankenbett dahinsiechen.«

»Du bist auf dem Schlachtfeld«, versuchte ich ihm Mut zu machen. »Wir kämpfen immer noch für die gemeinsame Sache. Wir sind noch immer Lukasbrüder.«

Ich wusste nicht, ob ich selbst noch daran glaubte.

»Was ein einzelner nicht vermag, das gelingt nur der Gemeinschaft«, sagte er traurig.

Pforr war immer ein Sonderling, der seine eigene Welt still in sich herumtrug. Diese Phantasien seiner Wirklichkeit oder besser gesagt diese Wahrheit seiner selbst geschaffenen Welt war vielleicht zu leise, um sich Gehör zu verschaffen. Seine Wirklichkeit war zu schwach, sich der allgemeingültigen und anerkannten Wahrheit gegenüber zu stellen und vielleicht in manchen Punkten überzeugender zu sein als sie.

»Ich würde dein Bild für dich beenden«, begann ich, »aber ich bin ein Zeichner, kein Maler.«

Pforr zog mich zu sich herunter.

»Nur einer kann es tun.«

Ich stapfte aufgebracht in Overbecks Atelier.

»Pforr stirbt!«

»Ich schätze es nicht, wenn einer von euch meine Zelle betritt. Und schon gar nicht, ohne anzuklopfen«, erwiderte Overbeck ruhig.

»Pforr spuckt sich die Lunge aus dem Leib«, versuchte ich es weiter und konnte meine Stimme dabei kaum beherrschen.

»Ich male«, antwortete Overbeck gelassen.

Er zeichnete die Umrisse einer überdimensionalen Christusfigur auf die Leinwand. Neben dem Erlöser saß eine Frau mit Heiligenschein. Sie hatte ihre Hände auf Jesus' Schultern gelegt und darauf ihren Kopf gebettet. Zusammen schwebten sie auf einer Wolke, die von vielen kleinen Engeln getragen wurde.

Es ist lieblich, dachte ich. Es ist gefällig. Es ist das abscheulichste Bild, das ich je in meinem Leben gesehen habe!

»Dein Herzensfreund liegt im Sterben, Overbeck. Dein Bruder!«, betonte ich. »Denk einmal nicht an das Heil der Welt und kümmere dich um ihn!«

»Das Malen ist mein Gebet. Ich bete für Pforr«, erwiderte er leicht gereizt und zeichnete weiter.

»Das kannst du doch nicht ernst meinen.« Ich war fassungslos.

»Beten ist das Beste, was wir für ihn tun können«, wiederholte er sich.

»Beten. Beten. Ich kann es nicht mehr hören!« Mich packte die Wut.

»Reich ihm seine Medizin, lies ihm etwas vor, sei bei ihm in seiner schweren Stunde!«

Ich trat gegen die Staffelei und Christus fiel zu Boden.

Overbeck hob die Leinwand betont ruhig auf und zeichnete weiter an der segnenden Hand des Erlösers.

»Sein Leben wird gekrönt.« Overbeck lächelte.

»Pforr spuckt Blut!«, schrie ich ihn an.

Das Lächeln verschwand aus Overbecks Gesicht und verwandelte sich in maskenhaften Gleichmut. »Das ist die Gnade des Martyriums. Vielleicht wird Gott ihn in seiner Pfingstfreude zu sich holen.«

Ich packte Overbeck mit beiden Händen am Kragen und riss ihn hoch. »Siehst du noch irgendetwas anderes in deinem Leben außer Gott?« Overbeck zuckte mit den Schultern.

Ich schlug ihm mit der Hand ins Gesicht. Overbeck verzog keine Miene.

»Spürst du noch etwas? Schlägt da noch ein Herz in dir?« Ich bohrte meinen Finger in seine Brust. Der leicht ablehnende Ausdruck in seinen Augen blieb unverändert.

Overbeck schob mich wortlos zur Tür.

»Erträgst du es nicht, deinen Freund siechen zu sehen?«, schnauzte ich ihn an. »Macht dir seine Krankheit Angst?«

Ich zeigte auf das Christusbild. »Er hatte keine schöne Gestalt, sodass sie ihn anschauen mochten«, zitierte ich die Bibel. Ich schubste Overbeck zur Seite, nahm seinen Brieföffner vom Schreibpult und stach wie von Sinnen auf die Leinwand ein. »Jesus war ein Mensch! Mit Rissen und Narben!«, brüllte ich.

Overbeck packte mich von hinten, legte seinen Arm um meinen Hals und drückte mir die Kehle zu. Der Brieföffner fiel klirrend auf den Steinboden. Es gelang mir, mich aus seiner Umklammerung zu lösen. Ich schlug ihm so fest wie ich konnte mit der Faust ins Gesicht. Er taumelte.

»Spürst du wenigstens noch den Schmerz?«, fragte ich hämisch.

Overbeck wischte sich das Blut vom Mund.

»Na, wie schmeckt das?« Ich grinste. »Wie ist das, wenn man Blut spuckt?«

Overbeck richtete sich auf, rannte auf mich los und riss mich zu Boden. Wir prügelten aufeinander ein, würgten uns, schimpften und wälzten uns auf dem Boden. Dabei rissen wir die Staffelei um. Pinsel und Farbtöpfe flogen durch die Luft. In einer riesigen Sauerei blieben wir erschöpft liegen.

»Nur du bist in der Lage, seinen Traum zu Ende zu träumen«, stöhnte ich.

»Was meinst du damit?« Overbeck hielt sich das Kinn.

Nach einigen Sekunden des Schweigens sagte ich mit zittriger Stimme: »Wenn die Malerei dein Gebet ist, dann mal ein Bild für Pforr! Vollende seine Vision!«

Mit flehendem Blick flüsterte ich: »Mal seine Allegorie der Freundschaft!«

Overbeck zeigte mit letzter Kraft auf das Bild, das ich zerschnitten hatte. »Ich war gerade dabei.«

Ich fühlte mich schlecht und wie ein eingesperrtes Tier in Sankt Isidor. Ich musste raus aus der Festung. Auf dem Campo Vaccino stolperte ich durch die kläglichen Reste vergangener Jahrhunderte, vom Strom der Zeit bis zur Unkenntlichkeit geschliffen. Steinquader, zerbröselte Säulenreste, durcheinander gewürfelte Klötze, Treppenstufen, die ins Nichts führten. Auf einem Säulenstummel saß ein verrückter Alter mit verfilztem Bart, der sich wohl für einen Heiligen hielt.

Von ihnen gab es einige in Rom. Obwohl der Papst immer noch im Exil war, kamen die Pilger in großen Scharen, mit blutigen Füßen und zerquetschten Schulterblättern, weil sie zur Buße Backsteine schleppten und auf Knien von der Krippe von

Bethlehem in Santa Maria Maggiore zum Tisch des Abendmahls im Lateran krochen. Vier Soldaten piekten mit ihren Gewehren in die Hautlappen des Säulenheiligen, die an seinem ausgezehrten Körper herunterhingen. Er rührte sich nicht. Die Militärs gehörten zu den französischen Truppen, die dabei waren, einen Triumphbogen unter einem gewaltigen Schutthaufen hervorzuschälen. Zwei von ihnen umzäunten die Steinhaufen. Als ob ihnen jemand die verwitterten Trümmer stehlen würde.

Überall buddelten und schaufelten sie, jäteten grüne Ranken und Sträucher, rissen Blumen heraus. Ich musste aufpassen, nicht in eine Grube zu fallen. Ein anderer Soldat vertrieb einen Schäfer und zerstörte sein Obdach aus Schilfrohr, das er sich zwischen zwei korinthischen Säulen gebaut hatte. Seine Schafe blökten.

Was störte die Franzosen daran, das Altertum von frischem Leben umschlungen zu sehen? Ich hob einen 1.800 Jahre alten Stein hoch, auf dem sich eine Eidechse sonnte.

In meinen Gedanken sah ich uns vier in unserer ersten Woche in Rom über das Forum Romanum laufen. Pforr hatte mit dem Führer in der Hand von den Ruinen auf das Ganze geschlossen. Ich hörte noch seine Stimme: »Sie haben für die Ewigkeit gebaut.«

Unter dem Tempel der Ewigkeit hatte ich mir etwas anderes vorgestellt. Ich war meilenweit von diesem Ort entfernt. Körper verwesen, Gemälde verbleichen, Skulpturen verwittern und Töne verklingen. Ganze Völker und Welten können untergehen.

Diese Säulenstummel, allesamt Zitate eines verlorenen Reichs, konnten doch lediglich als Mahnmal der Vergänglichkeit des Irdischen dienen und zum Genuss des Lebens aufrufen. Ich wandte mich ab und warf meinen Stein zurück auf den Boden.

Als ich zum Kolosseum weiterschlenderte, trugen die Soldaten den Säulenheiligen, der steif wie ein gefrorenes Bettlinnen war, an mir vorbei.

Hunderte von Vögeln flogen aus dem Gestrüpp auf, als ich die oberste Sitzreihe der Arena erklommen hatte, wo einst der Pöbel grölte und an trockenen Brotfladen knabberte, während die Gladiatoren auf dem Kampfplatz sich gegenseitig die Köpfe abrissen.

Wie viele Arme und Beine hier wohl durch die Luft geflogen sind, fragte ich mich und betrachtete das monströse Kreuz, das sie vor Kurzem in der Mitte des Kampfplatzes errichtet hatten. Seitdem war das Kolosseum offiziell eine christliche Stätte, nur damit die baufreudigen Römer keine Steinquader mehr von hier wegschleppten.

Der Gedanke, dass wir vielleicht bald unseren Freund beerdigen müssten, legte einen dunklen Schatten auf das glänzende Kreuz. Ich versuchte mir einzureden, dass der Tod nicht das Ende war, aber es gelang mir nicht.

Ich lief weiter. Immer weiter. Als würde ich vor mir selbst weglaufen. Über das Forum hinaus gab es fast nur verfallene Kirchen, verlassene Klöster und wüste Weinberge. Ich spazierte hinter der Engelsburg am Tiberufer entlang, der sich hier gelb und schlammig vorwärts rollte. Zwischen einer Reihe schiefer Baracken, die ihre zernagten Grundmauern in den Fluss tauchten, hingen dreckige Lumpen über stinkenden Müllhaufen, in denen halbnacktes Gesindel und abgemagerte Hunde herumwühlten. Hier und da stand eine traurige Topfblume auf einem Fenstersims.

Die größte Pracht und das erschreckendste Elend wohnten in Rom Tür an Tür. Die Peterskirche war von schmutzigen Gassen umgeben, durch die ein übler Geruch von altem Fisch, Käse, faulenden Früchten, Unrat und Urin waberte. Malaria, Tuberkulose und Gelbfieber wälzten sich wie ein unaufhaltsamer Lavastrom durch die verfallenen Hütten und begruben die Menschen unter sich. Eine Vielzahl von Elendsquartieren schmiegte sich an die Prachtbauten des Vatikans, in denen Mönche in zerrissenen Gewändern hausten und sich den Fremden zu jeder Kommission anboten.

Vor den Altären die dem Besucher zugekehrten Priesterrücken. In ihren Kirchen die ganze verfaulte Herrlichkeit, einem Parasiten gleich in antike Bauwerke eingenistet. Gierige Päpste, die alle Todsünden begangen hatten und ihre Laster hinter Marmor und Alabaster verhüllten. Vor jedem Portal dieselben Blinden, die mit Büchsen rasselten. Elende Krüppel, die für ein Almosen ihre Beinstummel zur Schau stellten.

Wie sollte man da nicht den Glauben verlieren?

Die Trümmer streckten sich aus der Erde wie die mahnenden Finger eines Toten. Wie die Grabsteine einer Stadt, die der Feind und die Zeit zerschmettert und deren Gebeine man verscharrt hatte. Ganz Rom kam mir vor wie ein Friedhof, auf dem wir wie verstörte Ameisen herumkrabbelten.

Ein gigantisches Grabmal, der Schutthaufen eines versunkenen Reiches, aus dem ich mich heraus wünschte. Ich kam hier nicht weiter. Ich konnte nicht vor mir selbst davonlaufen. Wie bereits in Wien hatte ich mich wieder im Leben verzettelt und das Werk aus den Augen verloren. Den Weg zum großen Ziel habe ich mit gewöhnlichen Momenten des Glücks verschüttet, dachte ich. Ich bin da steckengeblieben, wo ich niemals hinwollte: im Mittelmaß.

Ich hatte Angst. Unser Geld wurde langsam knapp.

Pforr hatte beschlossen zu sterben und Overbeck war auch schon halb tot. Vogel würde in sein warmes Nest zurückkriechen und wo blieb ich?

Alle werden sie mich verlassen. Die Gesteinsreste lagen vor mir wie mein Skizzenbuch, das ich auf meiner Reise mit bruchstückhaften Szenen gefüllt hatte. Mosaiksteine, die man unter viel Geröll hervorsammeln und säubern musste. Ich sah keinen Sinn in meinen Aufzeichnungen. Die aneinandergereihten Szenen wollten kein Bild formen.

Noch nicht.

## 20. Sulamith und Maria

Seit einem Jahr waren wir nun in Rom. Die vergangenen drei Monate hatten wir gemeinsam in Pforrs Zelle verbracht. Er wollte nicht allein sein und er konnte es auch nicht mehr. Vogel musizierte auf der Flöte oder wir lasen in der ‚Göttlichen Komödie', die Dr. Schlosser vom Italienischen ins Deutsche übersetzt hatte. Die meiste Zeit aber widmeten wir dem Bildnis von Sulamith und Maria. Wir trugen all unser Kunstwissen zusammen. Overbeck entwarf die Komposition, Vogel die Landschaft, Pforr war für die Intensität der Farben zuständig und ich hauchte den Figuren Leben ein.

In unseren Skizzenbüchern suchten wir die schönsten Hände und Gesichter. In Maria war schließlich die Tochter der Gräfin zu erkennen und in Sulamith das Antlitz meiner Vestalin. Overbeck übertrug seinen neuen Entwurf ins Große, während Vogel und ich das Holz für den Rahmen kauften, Reißkohle brannten, Pigmente zerstießen, Farben schlemmten und die Leinwand grundierten. Sulamith und Maria waren anders als Overbecks Heiligenfiguren. In ihren Adern floss Blut. Sie waren voll Leidenschaft, Liebe und Hingabe. Er hatte ein größeres Format als Pforr gewählt. Drei Ellen hoch und breit. Zumindest bis zur Hüfte waren Sulamith und Maria in Lebensgröße unter uns. Overbeck zügelte Pforrs poetische Gedanken in seiner ikonengleichen Komposition. Overbecks Sulamith wurde dunkelhaarig und trug ein Kleid aus Raffaels Zeit in deutschen Farben. Und Pforrs Braut Maria wurde blond und trug ein Kleid aus Dürers Zeit, aber in den italienischen Farben. Overbeck hatte auf Pforrs erste Skizze zurückgegriffen. Die innige Handhaltung der Mädchen schien anzudeuten, dass sie in ihrer Verbundenheit in einem traurigen Ereignis gleichsam ineinander wuchsen.

Während sie auf der Leinwand an Energie und Ausdruckskraft gewannen, schwanden Pforrs Lebenskräfte dahin.
Wir hatten keine Zeit zu verlieren.

»Ich selbst bin Maria, die Gottesgebärerin.« Pforr blickte mir in die Augen.

Ich nahm den Tonbecher von seinem Nachtschrank.

»Du brauchst Flüssigkeit.«

»Ich bin Maria«, wiederholte Pforr, als glaubte er, dass ich ihn nicht gehört hatte. »Und Sulamith bin ich auch.«

Das Blut war aus seinem Gesicht gewichen. Seine Haut, die von Natur aus schon immer sehr bleich war, hatte jetzt eine leichenhafte Blässe angenommen.

Ich führte den Becher an seinen Mund und hielt seinen Kopf, der mir vorkam, als sei er kleiner geworden. Er trank zwei Schlucke und strahlte, als hätte ihm jemand neuen Lebensatem eingehaucht. »Und ich bin Christus«, behauptete er. »Der immer wieder neu geboren wird. Jeden Tag, überall auf der Welt.«

Ich hielt ihm den Becher an den Mund. »Trink!«

Das Wasser lief an Pforrs Mundwinkeln hinunter.

Vogel kam zum Bett. »Brauchst du Hilfe?«

»Gib mal die Opiumtinktur!«, bat ich ihn. Ich tupfte Pforrs Kinn mit dem Schnupftuch trocken.

»Meinst du nicht, dass er genug hatte?«, fragte Overbeck, der in der anderen Ecke der Zelle an seiner Staffelei saß.

»Es beruhigt mich.« Pforr hustete. »Und die Lunge.«

Er sagte es, als würde sein Organ schon nicht mehr zu ihm gehören.

Vogel träufelte die Tinktur auf den Löffel und reichte sie Pforr.

»Glaubst du, dass unser ganzes Leben schon vorgezeichnet ist, bevor wir überhaupt den ersten Atemzug nehmen?« Pforr blickte Vogel fragend an.

»Weiß ich nicht«, erwiderte dieser.

»Vielleicht habe ich Sulamith und Maria geschaffen.« Das Sprechen schien Pforr heute anzustrengen.

»Natürlich hast du das.« Overbeck tauchte seinen Pinsel in die rote Farbe. »Es war deine Idee. Wir führen das Bild nur aus.«

»Vielleicht hat das Bild aber auch mich geschaffen.« Ich sah Vogel an, der mir einen flüchtigen Blick zuwarf. Pforr seufzte. »Ihr versteht mich nicht.«

Er schlug das Laken zur Seite. Ich erschrak, als ich sah, wie mager er war. Jede einzelne Rippe zeichnete sich unter seinem Hemd ab.

»Womöglich war das Bild vor uns da«, versuchte er es weiter. »Vielleicht ist die Wirklichkeit nur eine Illusion und die Illusion wirklicher als die Wahrheit.«

Vogel runzelte besorgt die Stirn und sah auf Pforrs Nachttisch, auf dem die Medizin stand. Wenn das Opium ihm half sich vom Irdischen zu lösen, dann war es doch gut. Das Fieber verformte sowieso die Wahrheit zur Fiktion.

»Wir sind nur Figuren. Eine vorübergehende, vergängliche Erscheinung«, sagte Pforr nachdenklich. »Eine Idee. Und wenn wir zu Ende gedacht sind, dann dürfen wir unseren Körper wieder verlassen. Dann sind wir vollendet wie ein Bild, an dem jemand den letzten Pinselstrich getan hat.«

Dann dürfen wir das Buch der Schöpfung verlassen, sagte ich zu mir.

Vogel tauchte den Lappen in die Schüssel mit kaltem Brunnenwasser.

Pforrs Blick wurde traurig. »Ihr denkt, ich habe den Verstand verloren. Hottinger, wenn du dich ganz hineinversenkst in ein Kunstwerk, dich mitnehmen und verwandeln lasst, dann ist es eins, ob du der Maler oder der Betrachter bist, der Musizierende oder der Lauschende, der Schreibende oder der Lesende. Es macht das Gleiche mit dir.«

Ich zuckte mit den Schultern. »Vielleicht ist es bei der großen Schöpfung genauso.«

»Ihre Handhaltung gelingt mir nicht«, beschwerte sich Overbeck.

Er hatte zehn Skizzen allein von ihren Händen gezeichnet und uns um Rat gefragt, welche die würdigste sei.

»In ihrer Haltung muss etwas Gewährendes und zugleich bergend Umschließendes liegen«, überlegte er.

»Genau das tut es!« Pforr hob seinen Kopf und ließ ihn gleich wieder in sein Kissen fallen.

»Ich finde sie sogar ausgesprochen zärtlich, fast als ob sie sich lieben«, überlegte ich.

»Du kennst doch Pforrs Geschichte. Sie sind Schwestern.« Vogel wusch sich die Hände in der Schüssel.

Pforrs Glieder hoben sich unter dem dünnen Stoff des Nachthemdes ab.

»Vielleicht war nicht alles schlecht, was wir auf der Akademie gelernt haben.«

Er stemmte sich hoch. »Lass mich das Band malen«, bat er Overbeck. Vogel und ich halfen ihm, sich im Bett aufzurichten.

Pforr zog mit dem Pinsel das rote Hochzeitsband durch Sulamiths Haar. »Wende dich, Sulamith, damit wir dich betrachten«, flüsterte er.

Ich sah auf das Bild. Sulamiths linke Hand, die eben noch schützend vor ihrem Herz gelegen hatte, war herabgesunken. Doch sie nahm keine entspannte Haltung ein. Ihr Arm krümmte sich vor Kummer. Sie schien Maria sanft von sich zu drücken.

»Eure Bräute sehen immer noch etwas traurig aus. Als könnten sie nicht zueinander finden«, sagte ich vorsichtig.

»Es ist ein Wechselspiel zwischen Gleichklang und Anderssein«, erklärte Overbeck. »Die Harmonie gegenseitiger Würdigung.«

Pforr vermochte kaum aufrecht zu sitzen. Vogel stützte ihn, damit er einen besseren Blick hatte.

»Das am weitesten Getrennte liegt oft nicht so fern, wie wir glauben«, sagte Pforr leise.

Ich dachte an Pforrs ursprüngliche Idee, ein Freundschaftsbild zu malen. Ich konnte mittlerweile bei Sulamith und Maria nicht mehr erkennen, welche Overbecks und welche Pforrs Auserwählte war. Die irdische und die himmlische Liebe schienen auf der Leinwand auf magische Weise zu verschmelzen.

»Sie haben all ihre Widersprüchlichkeiten überwunden«, flüsterte Pforr.

»Die Idee vom Paradies?«, fragte ich behutsam.

»In ihrer reinsten und schönsten Form.« Pforr lächelte zufrieden.

»In der Vollendung.«

## 21. Das Hohelied

»Ihr Schoß, ihr rundes Becken. Ihre Brüste wie Trauben.« Pforr lag blass und schmal in seinem Bett. Schweiß glänzte auf seiner Stirn.

»Ob er uns noch hört?«, flüsterte ich Overbeck ins Ohr.

»Ich denke schon« antwortete er leise.

»Mein Herz ist wach«, sagte Pforr heiser, als hätte er uns vernommen.

Völlig entkräftet und fast bis zur Mumie ausgedörrt lag er da. Sein Gesicht hatte sich verändert. Hinter seinen jugendlichen Zügen lauerte schon der Tod.

Vogel kam herein. »Wie geht es ihm?« Er steckte frische Zweige, die er von der Dattelpalme im Kreuzgarten geschnitten hatte, in eine Tonamphore.

Ich zuckte mit den Achseln. »Unverändert.«

Vogel nahm ein Palmblatt wieder heraus, stellte sich an das Fußende des Bettes und fächelte Pforr ein wenig Luft zu.

»Als Märtyrer wirst du deinen Weg zu Ende gehen«, sagte Overbeck traurig. »Wie du es immer wolltest. Das Schwert an der Hüfte gegen die Schrecken der Nacht.« Overbeck blätterte in seiner Bibel.

»Ihre Hüften sind rund, wie von Künstlerhand geformt«, murmelte Pforr schweißgebadet.

»Er spricht nur noch aus dem Lied der Lieder«, sagte Overbeck leise und blätterte weiter.

»Eine Lilie …« Das Sprechen schien Pforr schwerzufallen. »… unter Disteln.« Ich legte meine Hand auf seine glühende Stirn, um ihn zu beruhigen. Pforr wand sich in seinem Bett.

»Am Feigenbaum reifen die ersten Früchte. Die Stimme der Turteltauben. Die Taube versteckt im Felsennest«, las Overbeck.

Vogel lief mit seinem Palmblatt im Zimmer auf und ab.

»Wie schön ist deine Liebe. Meine Schwester Braut. Ein verschlossener Garten ist meine Schwester Braut. Die Quelle des Gartens bist du. Ein Lustgarten sprosst aus dir. Granatbäume mit köstlichen Früchten.«

Ein Zittern durchlief Pforrs Körper.

»Leg mich wie ein Siegel an dein Herz. Schön bist du, meine Freundin, ja, du bist schön.« Overbeck sah Pforr an, als ob er auf eine Reaktion warten würde. Vergeblich.

»Das ist mein Geliebter. Das ist mein Freund. Seine Linke liegt unter meinem Kopf, seine Rechte umfängt mich. Mein Geliebter ist weiß und rot. Sein Haupt reines Gold. Seine Locken rabenschwarz. Wende deine Augen von mir. Sie verwirren mich. Der Geliebte ist mein und ich bin sein. An unserer Tür warten alle köstlichen Früchte.«

Pforr hielt seine Augen geschlossen und blieb stumm.

»Zedern sind die Balken unseres Hauses. Meine Geliebte ruht wie ein Beutel mit Myrrhe an meiner Brust.«

Die Bibelworte gefallen mir, dachte ich.

Pforr drehte seinen Kopf, als würde er etwas vernehmen.

»Hörst du etwas?«, fragte ich Pforr und hielt mein Ohr vor seinen Mund.

»Hochzeit.« Er schluckte schwer und rang einen Augenblick nach Atem. »Glocken.«

»Hochzeitsglocken?« Ich nahm das Schnupftuch, tupfte ihm die Schweißperlen von der Stirn und reichte es Overbeck. Vorsichtig, damit Pforr es nicht merkte, stand ich auf, ging schnell in meine Zelle und kramte eine kleines Porzellanglöckchen aus meiner Reisekiste, das ich für meine Schwester auf dem Markt gekauft hatte. Dann zog ich das Seidentuch der Vestalin unter meinem Kopfkissen hervor, das nach ihrem Rosenwasser duftete, und lief zurück zu den anderen.

»Der Riss eines Granatapfels«, hörte ich Overbeck, als ich mich wieder setzte.

Pforr lächelte, dann hustete er und rang nach Luft.

»Er erstickt!« Vogel sprang von seinem Stuhl und öffnete das Glasfenster, dann die Fensterläden. Er hielt sich die Hand vor die Augen, um sie vor dem gleißenden Licht zu schützen. »Sengende Mittagshitze«, sagte er, »und Totenstille.«

Nicht ein Vogel war zu hören.

»Sie kommen. Unsere Bräute wollen uns holen.« Overbeck griff nach Pforrs Hand.

Ich stand wieder auf, ging zur Tür und öffnete sie. Ein Windhauch ging durch den Raum. Pforr schien den Luftzug auf seinem Gesicht zu spüren.

»Sulamith und Maria sind da. Hörst du sie lachen?«, fragte Overbeck. »Die Zeit zum Singen ist da.«

Pforr lauschte und lächelte.

»Horch, mein Geliebter! Siehe da, sie kommen.« Overbeck deutete Vogel, Sulamith und Maria zu holen.

Vogel nahm das Bild von der Staffelei und stellte es an das Fußende des Bettes.

»Maria wartet auf dich!« Ich läutete mit meinem Glöckchen und wedelte mit dem duftenden Tuch.

In Pforrs Gesicht lag freudige Erwartung. »Ich wusste, dass sie mich abholt«, hauchte er mit letzter Kraft und versuchte, seinen Kopf zu heben. Er öffnete die Augen, aus denen noch einmal das Leben blitzte, bevor sie sich für immer schlossen.

## 22. Vollendet

Als Vogel und ich leise die Zelle betraten, lag Overbeck auf dem Bett neben Pforrs zerbrechlichem Körper, der ein wenig in das Kissen gesunken war. Er war immer schmal gewesen, aber jetzt unter dem Linnen bildete er kaum eine Erhebung und wirkte noch verletzlicher. Seine Augen und Lippen waren geschlossen. Eine verstummte Hülle, in der eine Seele gewohnt hatte, die vielleicht nie wirklich heimisch in dieser Welt gewesen war.

Overbeck ruhte an Pforrs Schulter, umklammerte seine Hand und wimmerte. Er weinte laut und herzzerreißend, wie es sonst nur kleine Jungen taten.

Ich wusste, dass ich nun auch weinen sollte, aber ich konnte nicht. Ich war einfach nicht in der Lage dazu. Manchmal vermochte ich nicht zu weinen, gerade dann, wenn mir am meisten danach zumute war.

Ich hatte mir manchmal vorgestellt, wie es sein würde. Pforr selbst hatte es auch gewusst. Schon lange. Vielleicht schon bevor wir nach Italien aufgebrochen waren. Er hatte immer vom Tod gesprochen, als sei er sein Freund. Aber jetzt, da das Ende so greifbar war, so unwiderruflich spürbar, schauderte es mich. Plötzlich wurde mir auch meine eigene Endlichkeit bewusst.

Die Strahlen der Morgensonne fielen durch das Fenster auf Pforrs Hand, die blass und schmal auf einem Kruzifix ruhte. Eben war sie noch lebendig und hat den Pinsel über die Leinwand geführt, dachte ich.

Overbeck hatte sein Gemälde auf eine Kommode neben das Bett gestellt, als wollte er Sulamith und Maria dazuholen. Vor ihnen brannte eine Kerze. Ich hielt Vogel zurück, mit dem ich immer noch im Türrahmen stand. Als Overbeck uns bemerkte, sprang er auf und wischte die Tränen von seinem Gesicht.

»Du hast deine Haare abgeschnitten?«, fragte ich verwundert.

Overbeck zuckte mit den Schultern. »Ich war sie leid.«

Ich legte meine Urkunde der Lukasbruderschaft unter die Staffelei.

»Was tust du da?«, fragte Overbeck.

»Ich möchte dich bitten, mich aus dem Bund zu entlassen. Du hattest recht. Ich habe nichts Vernünftiges in der Zeit hier in Rom zustande gebracht. Ich fühle mich nicht länger würdig, ein Lukasbruder zu sein. Du dagegen hast es geschafft!«

Ich reichte ihm die Hand, als Geste der Würdigung.

Overbeck nahm das Bild von der Staffelei und drehte es um.

Er hatte unseren Stempel der Lukasbruderschaft auf die Rückseite gedruckt. Der Heilige Lukas mit dem Stier. Darunter waren unsere vier Signa gemalt. Der Kelch, der etwas auffing und weitergab, die Gämse als Zeichen der Genügsamkeit, der Palmenzweig als Siegeszeichen und der Totenkopf mit Kreuz und Schmetterling für die Unsterblichkeit.

»Pforrs Seele wird weiterleben«, flüsterte Overbeck. »Wie seine Idee in diesem Bild.«

Da kamen mir doch noch die Tränen.

Overbeck stellte das Gemälde auf die Staffelei und hob meine Urkunde auf. Lächelnd gab er sie mir zurück.

»Ein Opfer darzubringen steht dir nicht, Hottinger.«

Ich blinzelte den Schleier von meinen Augen und betrachtete Overbecks Gemälde.

Sulamiths und Marias Gesichter leuchteten im Kerzenschein. Sie hatten sich geschmückt für ihre mystische Hochzeit. Ihre Gesichter berührten sich sanft an der Stirn.

Wie zärtlich Overbeck den Pinsel über die Leinwand geführt hat, dachte ich.

Maria schien Sulamith zu trösten. Vertieft in ihre Zwiesprache kümmerten sie sich nicht um mich. Sie schenkten mir keinen direkten Blick. Sie genügten sich. Die Form ihrer Leiber war in sich geschlossen und ruhend.

Als ich den Mädchen zum Abschied zärtlich über die Wangen strich, blieb ein wenig Farbe an meinen Fingern hängen.

»Seine Krankheit hat mir die Augen geöffnet«, sagte Overbeck und blickte auf Pforr. »Die Schönheit liegt nicht im Ideal, sondern auf dem Grund eines jeden Menschen, unabhängig von seiner äußeren Erscheinung.«

Zum ersten Mal hatte ich das Gefühl, Overbeck zu verstehen. Ihn ganz zu verstehen. Die Harmonie seiner Figuren verriet, dass er zu einer in sich ruhenden Form gekommen war. Ich verstand jetzt, dass er der Forderung dieses Werks nur im Opfer begegnen konnte. Er war als Begnadeter an einen Ort gelangt, den man heilig nennen durfte.

Pforrs Stimme drang ganz lebendig in mein Ohr: »Die Schönheit, die die Welt erlöst, ist die Liebe, die den Tod teilt.«

Im Antlitz des heimgegangenen Pforrs fand ich die Erlösung, von der er gesprochen hatte. Ich sah eine Anmut, die mich erschütterte und gleichzeitig tief berührte.

Das Ebenbild des unsichtbaren Gottes, durchfuhr es mich. Urbild und Abbild wurden in diesem Augenblick eins.

Die Junisonne strahlte durch das offene Fenster. Pforrs helle Haut war so durchscheinend wie Pergament. Sie hatte die Gottfarbe angenommen. Seine sterbliche Hülle glich einem zart gewebten Kokon, der bald zu Staub zerfiel. Welch schönes Antlitz ist in deinen Staub gemalt?, hallte es in meinem inneren Ohr.

Ich hörte Pforrs Lachen und ich hörte ihn dichten. Ich sah seine leuchtenden Augen, wenn er über die Liebe sprach und ich sah ihn in Triest mit weit ausgebreiteten Armen am Meer stehen. Er wollte am liebsten die ganze Welt umarmen und mit ihr jede Kreatur.

Ich sah seinen Körper wie eine fein modellierte Skulptur, sein Leben offenbarte sich mir wie eine Symphonie aus Farben und Tönen, die nun vollendet war. Wenn diese Vollendung die Pforte zur Ewigkeit darstellte, waren wir dann nicht schon auf Erden unsterblich?

Pforrs Hülle mochte verwesen, aber die Urschönheit, die immer wieder neue Schöpfungen hervorbrachte, blieb. Auch unsere Sehnsucht nach ihr, dachte ich.

Vorsichtig legte ich meine Hand auf Pforrs. Vogel legte seine darüber und dann kam Overbeck dazu.

Wir hatten unser Gemeinsames wiedergefunden. Mir war, als seien wir nun alle vier zu würdigen Mitgliedern eines geheimen Bundes geworden.

*Zu Lukasbrüdern.*
*Der Tempel der Unsterblichkeit war hier.*
*In diesem Moment.*
*In Sankt Isidor.*
*In uns.*

# Nachwort

Nach Pforrs Tod verlassen die Lukasbrüder das Kloster Sankt Isidor.
 Während Hottinger und Vogel zurück in die Heimat gehen, bleibt Overbeck für den Rest seines Lebens in Rom. Er findet immer mehr Anhänger, denn sein außergewöhnliches Leben spricht sich bis nach Deutschland herum.
 König Ludwig I. kauft das Gemälde »Sulamith und Maria«, das Overbeck später »Italia und Germania« nennt und bringt es nach München, wo es bis heute in der Neuen Pinakothek zu sehen ist.
 Bilder der ‚Nazarener', wie die Lukasbrüder später aufgrund ihrer langen Haare genannt werden, sind noch heute in jedem großen deutschen Kunstmuseum (z.b. Alte Nationalgalerie Berlin, Städelmuseum Frankfurt, Hamburger Kunsthalle) und in vielen Kirchen (z.b. Kölner Dom, Mainzer Dom, Dom zu Speyer) zu finden. Die Nazarener bestimmen die christliche Malerei des 19. Jahrhunderts und beeinflussen die gesamte Romantik.

## Die Autorin

Alexandra Doerrier ist 1973 geboren und in Einbeck aufgewachsen. Nach ihrem Sportmanagement-Studium in Bayreuth, Montpellier und Straßburg ging sie nach Brüssel. Dort arbeitete sie im EU-Büro des Deutschen Sports und in der Generaldirektion Bildung und Kultur der EU-Kommission. Von 2006 bis 2008 besuchte sie nebenberuflich die Freie Kunstschule Köln, um Malerei zu studieren. Dort kam sie mit den Bildern der Nazarener in Berührung, die sie seitdem nicht mehr losließen. 2013 ging sie den Jakobsweg nach Santiago de Compostela und zog sich danach für 16 Monate in ein Kloster zurück, um die Geschichte der Malermönche aufzuschreiben. Heute lebt sie wieder in Einbeck.

# Danksagung

Ich danke Frau Dr. Isa Schikorsky, Cornelia Hülse, Lucia Muttoni und Jasmin Meinke für Anregungen, Kritik und Lektorat. Besonders danken möchte ich Sr. Angela Gamon und Sr. Diethild Berger für die Ermutigung und Unterstützung in meinem künstlerischen Tun.

Alexandra Doerrier

# Weitere Titel im acabus Verlag

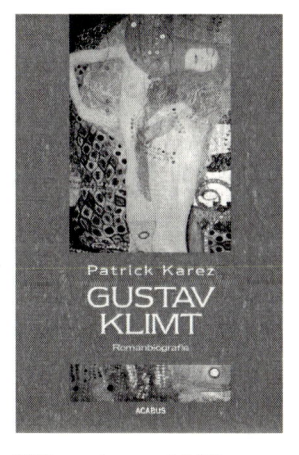

Patrick Karez

**Gustav Klimt.**
**Zeit und Leben des Wiener**
**Künstlers Gustav Klimt**

Buch-ISBN: 978-3-86282-295-9
BuchVP: 24,90 EUR

732 Seiten, Paperback, 23,5 x 15,5 cm
acabus Verlag, November 2014

Wien. Anno 1862.
 Ein Ausnahmekünstler wird geboren. Gustav Klimt. Gebiert wiederum. Die Moderne.

New York. Anno 2012.
 Eine frisch geschiedene Endvierzigerin. Gebiert nichts. Und niemanden. Und scheitert. An der Härte des modernen Lebens.

150 Jahre. Nach seiner Geburt. Und rund 100 Jahre nach seinem Tode. Taucht Gustav Klimt plötzlich in einem schäbigen New Yorker Diner auf. Und trifft dort auf eine frustrierte und frisch geschiedene Endvierzigerin ...
 Dieser biographische Roman führt nicht nur das Leben und Werk des Wiener Ausnahmekünstlers Gustav Klimt (1862-1918) vor Augen, sondern zeichnet auch ein Sittenbild einer legendären Ära, der Belle Époque, die im Bombenhagel des Ersten Weltkriegs unterging. Seinerzeit ein umstrittener und vehement angefeindeter Skandalkünstler, weil Erotikmaler, zählt Klimt heute zu den bekanntesten und beliebtesten Künstlern überhaupt.

Johanna Blackader

**Peter Paul Rubens Leben**
**Biografischer Roman**

Buch-ISBN: 978-3-86282-346-8
BuchVP: 12,90 EUR

280 Seiten, Paperback, 13,8 x 21,0 cm
acabus Verlag, April 2015

Im Europa des 30-jährigen Krieges ist der junge Flame Peter Paul Rubens entschlossen, die Malerei zu revolutionieren. 1600 reist er von Antwerpen nach Italien, um die alten Meister zu studieren. Mit seinen außergewöhnlichen Gemälden, die von Figuren aus Fleisch und Blut bevölkert werden, feiert er in Rom erste Erfolge. Doch sein Aufstieg wird jäh durch den Tod seiner Mutter unterbrochen. Peter kehrt in die Spanischen Niederlande zurück und baut sich gemeinsam mit seiner Frau Isabella ein neues Leben auf. Seine Bilder, die den Betrachter schockieren und berühren, machen ihn bald reich und in ganz Europa berühmt. Sein Ansehen steigt so sehr, dass Mächtige wie Maria de Medici von ihm gemalt werden wollen und die Statthalterin der Spanischen Niederlande ihn schließlich als Botschafter nach Spanien und England entsendet. Dort sieht er sich einer unlösbaren Aufgabe gegenüber: Er soll im kriegsgebeutelten Europa den Frieden wiederherstellen.

Geistreich und eindringlich erzählt dieser Roman aus dem Leben eines der größten Genies des 17. Jahrhunderts.

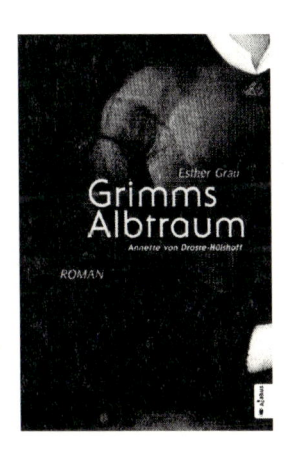

Esther Grau

**Grimms Albtraum**
**Annette von Droste-Hülshoff**

Buch-ISBN: 978-3-86282-355-08
BuchVP: 13,90 EUR

360 Seiten, Paperback, 13,8 x 21,0 cm
acabus Verlag, Juni 2015

Die Dichterin Annette von Droste-Hülshoff raubt dem Märchensammler Wilhelm Grimm mit ihrer unverblümten Art den Schlaf. Ganz anders ihre Schwester Jenny, die mit ihm anbändelt. Vor Liebesintrigen ist aber auch der kokette Trotzkopf Annette nicht sicher...
Vor allem für ihre größte Leidenschaft, die Dichtkunst, muss sie als adelige Frau im frühen 19. Jahrhundert lebenslang kämpfen.
Der biografische Roman erzählt unbekannte Seiten einer bekannten Dichterin und folgt ihrer Lebensreise vom Münsterland an den Rhein bis nach Meersburg am Bodensee. Er zeigt, dass die Dichterin der Biedermeierzeit alles andere als bieder war, sondern eine kluge Frau, die diplomatisch, humorvoll und durchaus unkonventionell ihrer Berufung folgte.

Unser gesamtes Verlagsprogramm
finden Sie unter:

www.acabus-verlag.de
http://de-de.facebook.com/acabusverlag

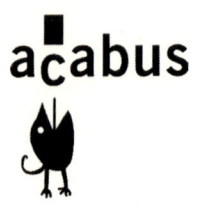